U0649794

KATIE WILLIAMS

TELL
THE MACHINE
GOODNIGHT

快乐贩卖机

[美] 凯蒂·威廉斯 —————— 著

施霁涵 —————— 译

湖南文艺出版社
HUNAN LITERATURE AND ART PUBLISHING HOUSE

博集天卷
CS-BOOKY

献给阿里和菲亚

目录

Contents

快乐贩卖机

The Happiness Machine

Apricity（古英语）：冬日暖阳照在人的皮肤上的感觉。

　　快乐贩卖机说，这个男人应该吃橘子；此外，它还给出了其他两条建议，所以一共是三条。这是一个适中的数字——珀尔念完她面前的屏幕上显示的建议清单后向这个男人担保。那台机器的屏幕上写着：1.他应该经常吃橘子；2.他应该在一张能被晨光照到的办公桌上工作；3.他应该截去自己右手食指最下面的指节。

　　这个男人——按照珀尔的估计，应该三十出头，眼睛和鼻子周围像小白兔或小白鼠那般，有一圈粉红色——好奇地把他的右手举到眼前，然后又抬起左手，用左手手掌试探性地压了压右手食指也就是清单里提到的那根手指的末端。这个人会哭吗？珀尔心想。有时候，人们在听了他们的"快乐建议"后会哭。珀尔开展工作的会议室的墙面是玻璃做的，正对着另一头的工位，好在墙上有一个开关可以让玻璃墙面雾化；如果那个男人开始哭的话，珀尔可以打开那个开关。

"我知道，最后那一条似乎有点飞出左外场①了。"珀尔说。

"你的意思是在右外场咯。"这个男人——珀尔瞟了一眼手里的名单，看到他的名字叫梅尔文·瓦克斯勒——开玩笑说，嘴唇咧开来，露出过长的门牙。这样一来，他看起来更像一只兔子了。"你懂我的意思吗？"他晃了晃右手说，"右手，右翼。"

珀尔礼貌地笑了笑，但是瓦克斯勒先生现在的关注点全在他的指头上。他又压了压那个指节。

"这算是一条温和的建议了，"珀尔说，"跟我之前见过的一些比起来。"

"哦，当然，我知道，"瓦克斯勒说，"我楼下的邻居也来做过你们的测试。测试结果建议他断绝与他哥哥的任何联系。"说完，瓦克斯勒又捏了捏他那根手指。"但是他和他哥哥从来也没有吵过架或是怎样，关系算得上不错，反正我邻居自己是这么说的。互相支持，兄友弟恭。"说完他又捏了捏手指，"但他还是照做了，完全断绝了和他哥哥的联系，老死不相往来，就这样。"他再次捏了捏手指，"然后就真的

---

① 原文"out of left field"是由美国棒球术语演变而来的俚语，意为"出人意料"，下一句中的"右外场"即针对此句的"左外场"而说。

见效了，他说他现在快乐多了——要知道，那可是他的双胞胎哥哥，如果我没记错的话，跟他简直就是一个模子刻出来的。"瓦克斯勒的右手握起了拳头，"但事实就是，他跟他哥哥有联系的时候还真是不快乐，而那台机器也知道这一点。"

"冬日暖阳给出的建议可能一开始看起来会有些古怪，"珀尔开始侃侃而谈，当然都是从培训手册上背下来的，"但我们要知道，这台机器采用的是一种非常精密的测量标准，纳入了很多我们的意识没有捕捉到的因素，它的用户满意度就是证明。'冬日暖阳'测试系统受到了用户近100%的好评，确切地说是99.97%。"

"那还有0.03%呢？"瓦克斯勒的右手食指又从握紧的拳头里冒了出来，似乎它就是不愿意好好待着。

"那些是畸变。"

珀尔瞄了一眼瓦克斯勒先生那个指节。它看起来和他别的指节并无二致，然而在快乐贩卖机看来，它却是他手上的畸变。珀尔想象着它从他手上被切落的情景，就像一粒软木瓶塞从瓶子上掉了下来。当珀尔再次抬起头时，她发现瓦克斯勒先生的目光已经从自己的手指移到了她的脸上。他们脸上都带着陌生人之间的微微笑意。

"你知道吗？"瓦克斯勒把他的那根手指勾起又竖直，"我一向不太喜欢它，就是这根手指。在我小的时候，它被一扇门夹过，从那以后……"他说着，又咧起了嘴，露出牙齿，脸部几乎抽搐了一下。

"它让你感到难受？"

"倒是不疼，只是感觉……感觉它不再属于我了。"

珀尔往她的电脑里输入了几条指令，然后念出机器给的反馈："切除指尖的手术只有很小的感染风险，完全不会危及生命。恢复所需的时间几乎可以忽略不计，最多不过一周。有了这份'冬日暖阳'给出的报告——喏，就是这个，我已经给你和你的人事经理，还有你的医师，都发送了一份——你的老板已经同意为你承担所有相关费用。"

瓦克斯勒的嘴又瘪了回去。"嗯，那就没什么理由不做了。"

"是的，没有理由。"

他又想了一会儿。珀尔耐心地等着，谨慎地维持着不露声色的表情，直到他点头示意她继续。于是，珀尔在键盘上敲入最后一道指令，然后怀着一股突如其来的满足感将他的名字从名单上钩掉了。梅尔文·瓦克斯勒。搞定。

"我也向你们公司建议将你的办公桌移到办公楼东面，"珀尔说，"某个靠近窗户的位置。"

"谢谢你，那很不错。"

于是珀尔问了最后一个提示问题，那预示着这个案子的结束，她向自己的季度奖金又迈近了一步。"瓦克斯勒先生，你认为冬日暖阳给出的建议会提高你对生活的综合满意度吗？"这个问题的措辞来自公司更新过的培训手册。之前的问法是：你认为冬日暖阳会让你更快乐吗？但是后来，公司的法务部认为，更快乐这个词是有漏洞的。

"多半会吧，"瓦克斯勒说，"截掉指节的那条建议可能会降低我的打字速度，"他耸了耸肩，"但是生活中还有比打字速度更重要的事。"

"所以……你的答案是肯定的？"

"当然，我是说，会的。"

"太好了。感谢您今天拨冗前来。"

瓦克斯勒先生起身想要离开，但紧接着，仿佛被一股冲动击中，他停下了脚步，把手伸向桌上放在他和珀尔中间的那台"冬日暖阳480"。这台新机器是公司上周刚给珀尔配备的；它比"冬日暖阳470"造型更优雅，也更小巧，只有一沓扑克牌那么大，机身的边缘有凹槽，浅灰色的外壳反射着微光，就像一个占卜水晶球里涌动的烟雾。瓦克斯勒把手悬在它上面。

"可以让我摸一下吗？"他说。

珀尔点头之后，他用自己那个按照"冬日暖阳"的建议将被截去的指节敲了敲这台机器的边缘。与此同时，来自他们公司人事部和医务室的确认信也出现在珀尔的电脑屏幕上——手术将于大约两周后进行。珀尔看了看瓦克斯勒先生，发现不知是出于自己的想象，还是真实的情况，他的站姿已经变得挺拔一点了，仿佛一副看不见的枷锁从他的肩膀上被卸了下来，而他的眼睛和鼻子周围那圈粉红色现在也有了脸颊上健康的红晕作为陪衬。

正要转身离开的瓦克斯勒先生又在门廊里停了下来。"我能再问你一个问题吗？"

"当然。"

"我一定要吃橘子吗，还是其他任何柑橘类的水果都可以？"

*

珀尔从二○二六年起就在冬日暖阳公司担任操作技师，到现在已经九年了。当她的同事纷纷跳槽到更高的职位或是某些创业公司时，她还是决定留下来。珀尔喜欢待在这里，她一直过着这样的生活。大学毕业后，珀尔的第一份工作是给在亚洲市场进行交易的经纪人当夜班行政助理。有了儿子后，她就待在家中，直到孩子开始上学。在与大学时的男朋友艾略特结婚后，她开始担任妻子的角色，后来，他有了外遇，离开了她。毕竟，她在这里待得还挺习惯，每天的工作就是为那些购买了冬日暖阳公司三级快乐评估套餐的顾客做测试，收集样本，再给他们解释测评结果。

譬如，她手头的这项工作就非常典型。这个客户是旧金山市场营销界一颗冉冉升起的新星——哈扎公司[①]，刚刚购买了冬日暖阳的白金套餐，因为他们公司前不久出了点事情——一位员工去世了，或者用珀尔老板的话来说，"度过了一个非常不愉快的圣诞节，但是有个人终于可以长眠了"。就在圣诞派对结束后不久，哈扎公司的一名文案在办公大厅里自杀了。那个可怜女人的尸体是被夜班清洁人员发现的，发现的时候早就来不及了。死讯当然传播开来，不仅包括自杀地点，还有自杀原

---

① 该公司英文名为"Huzzah"，是一个表示欢呼的语气词，意为"好棒啊！"。

因。次年一月，哈扎公司的月度报告显示，员工的生产力出现了下滑，向人事部门提交的投诉也越来越多。接下来，二月的月度报告更加难看，三月的前几周可说惨不忍睹。

于是，哈扎公司想到了向冬日暖阳公司求助，珀尔也被拉了进来，公司指派她为哈扎公司的五十四名员工每人制订一份快乐计划。快乐就是冬日暖阳。这是她们公司的口号，只是珀尔不知道那位死去的文案对此怎么想。

冬日暖阳的评估过程本身并不会对人体有什么侵犯。这台机器在生成建议之前唯一需要的检测品就是用棉签从受试者口腔内沾取的一些皮肤细胞。这也是珀尔每次开展测试工作时的第一个任务，给受试者发放一根棉签，然后拿回沾取了受试者细胞的棉签，将上面的一丝口水涂抹在一块计算机芯片上，接着将加载了口水的芯片塞入这台机器的一道狭槽里。接下来，就轮到"冬日暖阳480"工作了，它会在几分钟之内给出一份个性化的快乐方案。珀尔一直觉得这非常神奇：想象一下，那个能让你幸福的解决方案就躺在你早饭吃的贝果面包的残渣旁边！

然而这是真的，珀尔自己就做过冬日暖阳的测试，也感受过它的效力。虽然生活中大部分时候，"不快乐"对珀尔来说仅仅是一股温和的情绪，而非她听到别人描述过的那样——像头顶上的乌云，当然更不会像一片令人压抑的迷雾。珀尔的不快乐更像一支被吹灭的蜡烛产生的一缕青烟，而且那还是一支生日蜡烛。稳重、坚定、平稳，珀尔从小就收到这样的评价，她认为自己确实符合：深色的头发绕着耳朵和脖子裁剪,像一顶整齐的泳帽;不是很漂亮,但看着很舒服;上半身很苗条,大腿和臀部圆润,就像一个被打倒后会自动摇摆起来的充气不倒翁。事实上,珀尔被选中担任目前的冬日暖阳技师一职也是因为她有一种特质,用她老板的话来说,"羊毛般的温和质感,就像你的头上罩着一块毯子"。

"你很少会忧虑,从不绝望。"她的老板接着说道,而珀尔坐在他面前,拨弄着她专门为第二次面试而选择的西装外套的袖口。"你的眼泪来自一个小池塘,而不是一片汪洋。你现在快乐吗?你是快乐的,不是吗?"

"我还好。"

"你还好!就是这样!"老板冲着她喊了一句,"你把你的快乐储藏在一个仓库而非零钱袋里。用不了多少钱就能买到!"

"谢谢您的夸奖!"

"谢什么,不用谢。看,这个小家伙喜欢你,"他指的是放在他办公桌上最显眼位置的"冬日暖阳320","而那就意味着我也喜欢你。"

那场面试已经是九年前的事了,珀尔手中的机器也已经换了十六个型号。自那以后,珀尔还被老板用数十个隐约带有侮辱意味的隐喻形容过,而更重要的是,她亲眼见证了冬日暖阳系几百次——不,几千次证明了自己的实力。当其他一些科技公司渐渐凋敝或扩张成了资本主义巨兽时,冬日暖阳公司在它的首席执行官兼创始人布拉德利·斯克鲁尔先生的带领下仍然坚守着自己的使命。快乐就是冬日暖阳。是的,珀尔是这句话的信徒。

　　不过，珀尔倒没有那么天真，期望每个人都和她一样，对这东西深信不疑。那天她接待下一位顾客时，几乎和接待瓦克斯勒一样顺利——在听到机器建议他和妻子离婚，并且聘请几个声誉卓著的性工作者来满足自己的肉欲时，那个男人几乎眼皮都没眨一下——但是在那之后，她的工作就开展得出乎意料地差。这位受试者是一位中年网页设计师。虽然快乐贩卖机给她的建议看起来并不激进——让她进行宗教实践，珀尔也指出，她可以把这理解为从天主教到巫术崇拜这个范围内的任何东西——那个女人还是从屋子里冲了出去，一边跑一边大声说珀尔是想让她变得意志薄弱，还说什么这就遂了她的雇主的心意了，不是吗？珀尔随后给公司的人事部门发了一封请求信，要求在第二天安排一次跟进的见面。通常，受试者有时间去想清楚之后，这种情况就会有所好转。有的时候，冬日暖阳会让人们直面自己不为人知的一面，而正如珀尔试图向那位大喊大叫的女士解释的那样，她这样激烈的反应，即便是负面反应，也是这种直面的一种表现。

　　即便这样，珀尔回到家的时候也感觉非常气馁——罩在她头上的那条毯子似乎变薄了一点——因为她发现公寓里空无一人。屋里竟然空无一人。她在屋子里转了两圈才最终确认，自打从诊所回了家，瑞特第一次主动离开了这栋房子。珀尔打了个冷战，寒意开始在她的每块指甲下聚集、蜂鸣。她笨拙地摸索着，从口袋深处拿出手机，打开屏幕。

　　"我刚回家。"她给瑞特发了一条短信。

好的。过了一会儿，她终于收到了回复。

"你不在家。"珀尔继续在手机上输入。其实她想说的是：你去哪儿了？

我的作业做完了，我想出去一会儿。

"按时回家吃晚饭。"

每当珀尔发送或接收到一条信息，她的手机都会发出一声警报，就像是一声深深的叹息。

她的公寓位于里士满外围的大道上，从那里可以走到海边，如果把脸颊贴在浴室窗户上向左看，可以看见大海的一角，灰色的浪花在翻滚。珀尔想象瑞特独自一人在沙滩上走着，走向海浪。不，她不应该那样想。瑞特不在家里待着是件好事。他有可能是跟他从前学校里的朋友一起出去了，不是吗？或许有人想起了瑞特，给他打了电话。或许那个人就是乔赛亚，他看起来是那群小孩中最善良的一个，也是他们当中最后一个停止来探访的；他还给在诊所里的瑞特写过信。有一次，他指着瑞特手臂上的一块深色淤青，用一种既悲伤又可人的口吻说了一句哎哟，仿佛那块淤青长在自己的胳膊上，那些血也汇聚在他光洁无痕的皮肤下面。

现在，珀尔在她空荡荡的公寓里把这句话大声地说了出来。

"哎哟。"

说出这个词并不会带来任何疼痛。

为了挨过晚饭前的时间，珀尔拿出她最新的一套拼装模型。玩拼装模型是机器给珀尔的快乐建议。她最近在玩的是一只泥盆纪时代的三叶虫，几乎快拼装完了。珀尔将最后几块骨架拼在一起，然后用一把小小的螺丝刀将隐藏在每块人造骨头里的更小的螺丝拧紧。完成这一步之后，她又往一块有着鹅卵石纹理的皮质材料上刷了一层薄薄的胶水，然后将这块材料紧紧地覆盖在外骨骼上。完成之后，珀尔停下来审视了一番。是的，这只三叶虫正在顺利成型。

在组装这些模型的时候，珀尔从来不会求快或是图省钱。她会购买高端模型套装，硬的部件都是用3D打印机精准打印的，软些的部件则是在经过巧妙混合的DNA溶液中培育出来的。在珀尔身上，冬日暖阳又一次证明了自己的正确性。每当撕开一套新模型的玻璃纸，闻到里面的东西散发的刺鼻味道时，珀尔都会感觉自己离快乐足够近。

在组装这只三叶虫之前，珀尔已经完成了一朵菩提花，也就是俗称的"帝王花"。但是瑞特很快向她指出，这种花从严格意义上来说还没有灭绝。所以，珀尔原本可以在厨房窗台上的花箱里——就是那个可以接收到小巷里的微弱光照的花箱——种一株真正的帝王花。但是，珀尔并不想要一株真正的帝王花，或者说，她并不想养一株真正的帝王花。她只想一块又一块地搭建出一朵帝王花的模型。她想要的是用自己的双手把它塑造出来。她想要感觉到一种如宗教般宏大的东西：看看我造就了什么？帝王花开在恐龙中间。想象一下这番景象！这些远古巨兽把这朵花踩在脚下。

这时，家宅管理系统引开了珀尔的注意力，用图书管理员般温柔的声音提醒她，瑞特已经走进了这栋公寓楼的大堂。珀尔开始收拾她那些搭建模型的材料——小刷子，末端和被夹起的毛发一样细的镊子，以及大瓶的虫漆和胶水——以便在瑞特走到公寓门口之前把东西都收好。她不想让瑞特看见自己的兴趣爱好，因为他会取笑和嘲讽她。"这是弗兰肯斯坦①吗？"他会用他那平淡的声音说，即便他没有刻意模仿，那声音听起来也像极了扩音系统发出的声音。呼叫弗兰肯斯坦博士，怪物情况危急，怪物生命垂危！生命垂危！请速回！虽然瑞特的嘲笑并没有对珀尔造成困扰，她仍然认为，不让他有机会表现得讨人厌对他是有好处的。然而话说回来，他也不需要别人给他这样的机会。要说表现得讨人厌，她这个儿子可以说是自学成才。哦不，她不应该这样想。

前门传来一阵声响。不一会儿，瑞特便拖着他那十六岁、九十四磅②重的身体走了进来。外面很冷，珀尔几乎可以从他身上闻到早春的气息，带着金属和镀锌的味道。她想从他脸上找到一丝红润，就像她在瓦克斯勒先生脸上看到的那样。但是瑞特的皮肤仍然只呈现出灰黄色，他高耸的颧骨更是一个令人难以接受的事实。他该不会又掉体重了吧？珀尔心想，但她不会去问他。毕竟，瑞特已经在没有提醒的情况下走进了厨房，很可能是来跟她打招呼，所以她才不会问他去哪儿了，或者是让

---

① 玛丽·雪莱创作的科幻小说《弗兰肯斯坦》（又名《科学怪人》）的主人公，是个热衷于生命起源的生物学家，频繁出没于藏尸间，尝试用不同尸体的各个部分拼凑成一个巨大的人体。

② 英美制重量单位，1磅约为0.4536千克。

他厌烦的你饿了吗，在他看来，这是所有问题当中最差劲的一个。

于是，珀尔拉出一把椅子，而作为对她的克制的奖励，瑞特重重地点了点头，然后坐了上去，仿佛是在承认珀尔刚刚在他这里得了一分。随后，瑞特摘下毛线帽，头发也随之乱作一团。珀尔努力抵抗着用手帮他把头发捋顺的冲动——这倒不是因为她想让他看起来更整洁，而是因为她渴望去触碰他。可是，她的手一旦靠近瑞特头部的任何地方，他多半会一脸难受地往回缩。

珀尔站起身来，一边在橱柜里翻找着什么，一边宣布："我今天过得糟糕透了。"

其实并没有。往最坏了说，她今天不过就是有点累，但是当她抱怨起工作的时候，瑞特看上去似乎松了一口气，并且迫切地想要听她讲述接受机器评估的那些人的秘密和怪癖。珀尔的公司有严格的顾客信息保密政策，由珀尔的老板布拉德利·斯克鲁尔亲自撰写。按照合同规定，从严格意义上来说，珀尔不应该在办公室以外的地方谈论冬日暖阳为顾客所做的测试，并且其中有很多内容也并不适合作为青春期男孩和他母亲之间的谈资。即便如此，从珀尔意识到他人的悲伤能缓解儿子那强大而又无从解释的痛苦的那一刻起，她就把所有这些反对的声音抛诸脑后。于是，她向瑞特讲述了自己当天接待过的那个男人，听到冬日暖阳建议他用妓女取代妻子，他丝毫不感到难为情。她还告诉瑞特，一个女士在冬日暖阳给出"探索一种宗教"这个简单的建议后忍不住朝她大喊大叫。不过，珀尔没有把瓦克斯勒先生截掉一小段手指的故事说给瑞特听，她害怕瑞特也会生出截掉自己身体的某个部分这种念头。毕竟，一根手指怎么也有好几盎司^①重吧！

珀尔将办公室里发生的故事和盘托出时，瑞特脸上一直保持着笑容，那是一种不怀好意的微笑，他独有的微笑。在瑞特还小的时候，他的脸上经常会绽放出灿烂的笑容，乳牙的小缝中会透出光来——好吧，这么说可能有些夸张了，但是在珀尔看来，瑞特那小男孩的笑容是如此明媚。他还曾经叫她"妈姆"，而当珀尔指着自己的胸口试图纠正他说"妈妈"时，瑞特仍然重复说"妈姆"。他倒是能清楚地叫艾略特"爸爸"，但是在他口中，她一直都是"妈姆"。对此，珀尔曾经愚蠢而不无欢欣地认为，儿子对她的爱如此强烈，他觉得有必要创造出一个全新的词语来表达。

珀尔继续为瑞特准备晚餐。她舀出一勺粉笔灰般的蛋白粉，倒入黏稠的营养奶昔中。瑞特管这款奶昔叫烂泥，即便这样，他还是一如自己承诺的那样把它喝了下去，每天喝三次，这是他和诊所的医生达成的协定。他能出院靠的就是这个和其他一些协定——不要过量运动，不要服用利尿剂，不要给自己催吐。

"我想，我得接受，人们并不总会做那些对自己最好的事情。"珀尔说，她指的是那个朝她大喊大叫的女人，但是当她在儿子面前放下奶昔的时候，她立刻意识到这句话也可能会被瑞特理解为是在说他。

---

① 英美制重量单位，1盎司约为28.3495克。

如果瑞特感觉到了讽刺，他也没有做出什么反应，而是往前探下身去吸了一小口他的"烂泥"。这款营养奶昔珀尔喝过一次，喝起来有颗粒感，还有一股假假的甜味，像一种糖精糊。瑞特怎么能选择依靠这玩意儿活着？珀尔曾经尝试用从市区的农贸市场和精品面包店花大价钱买的精致食物来诱惑瑞特，并把那些东西通通堆放在厨房的台子上——宝石般硕大的葡萄，刚从奶牛身上挤出来的有机牛奶，带着黄油脆皮的牛角面包，等等。瑞特看它们的眼神就像看到了一摊真正的烂泥。

很多时候，珀尔都要努力克制一股冲动——告诉儿子她在他这么大的时候，这种"疾病"只会困扰那些看了太多时尚杂志的青春期少女。为什么？珀尔想要大叫。为什么瑞特会坚持这样做？这真是一个无解之谜，在经受了数小时的传统治疗以后，瑞特仍然拒绝坐下来进行冬日暖阳测试。珀尔只向他提起过一次，却引发了剧烈争吵，那可以说是他们之间最激烈的一次争执。

"你又想把什么东西塞进我的身体里吗？"瑞特大声说。

他指的是进食管，也就是——正如他提醒珀尔的那样——珀尔允许医院给他强行安插的食物导管。当他们给瑞特安插导管的时候，那情景真是恐怖：瑞特羸弱的双臂在空中朝护士疯狂地挥舞，最后他们不得不给他打了一针镇静剂才把导管放进去。珀尔那时一直无助地站在房间的一个角落，死死地盯着瑞特的黑色眼珠，它们在他的眼皮下往上翻。之后，珀尔给母亲打电话，在电话里哭得像个孩子。

"塞进你的身体？"珀尔说，"拜托，那甚至都不是一根针管，只是根棉签在你嘴里转一圈。"

"那也是侵犯。你知道这个词，对吧？违背别人的意志把什么东西放进他们的身体里。"

"瑞特，"珀尔叹了一口气，她的心脏此刻正怦怦地剧烈跳动，"那不是强奸。"

"随便你怎么说，我就是不想做。我才不想和你那愚蠢的机器扯上关系。"

"好吧，你不是非做不可。"

即便他在这场争论中胜出了，随后瑞特还是把嘴巴闭了起来，拒绝一切食物和谈话。一周以后，他将回到诊所，那是他在那儿的第二次治疗。

"学校如何？"珀尔又问。

珀尔给自己准备好晚饭，吃了起来。那是一小碗意大利面，放了油、马苏里拉奶酪、番茄和盐。只要她的盘子上出现任何油腻或刺鼻的东西，瑞特的鼻孔就会大张，上唇也会因为反感而噘起来，仿佛珀尔是穿着轻薄睡衣来到了桌旁。正因如此，珀尔在瑞特面前吃得很简单，也会尽量避免去招惹他。事实上，这种苦行僧般的饮食已经让她的体重开始下降。她的老板曾经提到，说她最近看起来气色不好，"就像一匹瘦马——它们叫什么来着？就是那些会跑的、瘦骨嶙峋的马"。好吧。如果瑞特的体重可以上升，珀尔倒是情愿自己的体重下降，就当那是一个不成文的约定，或者说是一种平衡吧。有时，珀尔会回想起自己怀孕的时候，那个时候是她的身体在为儿子提供营养。曾有一瞬间的脆弱使她把这话说给了瑞特听——在我怀你的时候，是我的身体在给你提供营养——而对这句话，瑞特厌恶至极。

但是今晚，瑞特似乎在默默忍受很多事情，譬如他的营养奶昔、珀尔的意大利面，以及珀尔的存在。事实上，今晚的他几乎说得上活跃，还跟珀尔讲了讲他在人类学课堂上了解到的一种古文化。瑞特都是在网上上课。他还在诊所的时候就开始了，回到家以后继续，但是他绝对不会回到那所相当不错也相当昂贵的私立高中去上课——学费由他鄙视的冬日暖阳公司支付。事实上，这些天以来，他连公寓的门都很少出。

"那些人会在自己的头骨上打孔，用凿子在头骨上凿个洞。"瑞特平淡的语气中透着一丝痴迷，就像扩音系统在宣读世界奇观，"头上的皮肤会愈合，而他们接下来就会顶着头上的一两个洞生活。这些人相信，这会使得神性更容易进入他们的头脑。嘿！"说完，他把杯子重重地放到桌上，杯壁上挂了一层残存的奶昔。"说不定你可以建议今天那位生气的女士考虑这种宗教——在自己的头上钻一个洞！记得明天带着凿子去上班。"

"好主意。今天晚上我就去把它磨尖。"

"别呀，"瑞特笑着说，"就让它钝着。"

珀尔知道自己当时看上去一定吓了一跳，因为瑞特脸上的笑容顿时消失了。有那么一会儿，他似乎有点困惑，有点迷茫。珀尔强迫自己发出笑声，但是已经太迟了。瑞特把杯子放到桌子中央，站起来含糊地说了声："晚安。"几秒钟之后传来他的卧室门决然锁上的咔嗒声。

珀尔坐在原地，过了好一会儿才努力使自己站了起来，然后开始清理桌面，最后把瑞特的杯子拿了起来，因为需要刷洗。

*

珀尔一直等到家宅管理系统探测到瑞特房间的灯熄灭了一小时之后才悄悄溜进他的卧室。她小心翼翼地打开橱柜门，发现瑞特白天穿的牛仔裤和夹克衫都被叠得整整齐齐，放在架子上。如果这不是瑞特的又一个怪癖的话，它几乎可以说是一个孩子身上令人羡慕的品质了，因为很多青春期的男孩都不会这么做。珀尔在瑞特的衣服口袋里搜寻着公交车票、商场收据或其他任何可以告诉她儿子当天下午去了哪里的证据。她给艾略特打过电话，问瑞特是否跟他在一起，但是艾略特当时并不在市区，而在一个什么美术馆（是在明尼阿波利斯，还是明尼通卡？反正是一个叫明尼什么的地方）帮朋友安装一个设备，他还说，如果瑞特去他住的地方找他了，那他现在的妻子瓦莱里娅一定会告诉他。

"他现在还在喝奶昔吗，小鸽？"艾略特问。而当珀尔回答了一句"是的，瑞特还在喝奶昔"后，艾略特又说："照我的意思，干脆就让这孩子保有一点他自己的秘密吧，只要那些秘密不是和食物相关。不过，嘿，我下周回来后会和他一起找点什么事做，到时候你再打电话来问我有没有什么别的情况吧，你知道我想让你打电话给我的，对吗，小鸽？"

珀尔回答说她知道，说她会打电话给他，然后便道了晚安。但是，对于艾略特叫她昵称这件事，她什么都没说——事实上，她从来都没有说过什么，因为艾略特对她这个昵称的使用是永久而随意的，即便当着瓦莱里娅的面也是如此。小鸽。不过，这昵称倒不怎么让珀尔难过，因为她知道艾略特需要这种矫揉造作。

其实，从他们俩在大学刚认识时开始，艾略特和他那些艺术家朋友就莽撞地四处游逛，狂喜，啜泣，背后插刀，小题大做，据说所有这些戏码最后都可能转化成艺术。珀尔一直怀疑艾略特的艺术家朋友都觉得她很无聊，即便那样也没关系，因为珀尔也觉得他们很傻。这些人现在仍然是那副德行——搞婚外情，拉帮结派，恩怨不断——只不过他们都上了年纪，这意味着当他们一意孤行的时候，身前有小肚腩在抖动。

瑞特的牛仔裤口袋里空空如也，他书桌下面的那个小垃圾筐也是。他的两部手机——口袋里的和书桌上的——都设置了指纹锁，所以珀尔也不能查看。黑暗中，她静静地站在儿子的床头，等候着，就像瑞特还是婴儿时那样，直到她确定看见他的胸膛在被子下面起伏。

瑞特第一次去诊所，发现治疗并不奏效后，他们带他去了一个艾略特找的地方，那是一个靠近海边的修道院，由一栋维多利亚时期的建筑改造而成；在那里，一群年迈的妇女会用拥抱来治愈那些自愿绝食的患者。一抱就是好几个小时。"治愈系拥抱？"当珀尔和艾略特告诉他必须去那儿时，瑞特表示非常不屑。但那个时候，瑞特已经虚弱得没有力气抵抗了，甚至没法自己坐起来。这项"治疗"非常私密，连患者父母也不允许在场观看，但珀尔还是看到了那个被分派给瑞特的女人，她名叫尤娜，有着丰腴且长着老年斑的手臂，手肘和手腕处布满细密的纹路，仿佛她把皱纹当作手镯和袖子穿戴在身上。珀尔曾经坐在公寓里，想象着这个名叫尤娜的女人抱着儿子，给予他某种本该由珀尔提供但不知为何她无法给予的东西。瑞特的体重一度增加了五磅，但是珀尔随即对艾略特说，他们应该把瑞特接回诊所。在那之后，瑞特之前增加的五磅体重掉了回去，接着又掉了更多，艾略特一直建议让瑞特再回到修道院去，珀尔一直不肯同意。"那些怪人？那些嬉皮士？不。"不行，她对自己说。她可以为瑞特做任何事，也已经做了，但想到尤娜抱着她的儿子，而他温柔地凝望着她——这是珀尔无法忍受的。她准备先留着尤娜，作为最后一招。离开修道院后，瑞特再次回到了医院，然后便是那可怕的进食管。不过它终究还是起作用了。一磅一磅地，珀尔努力将瑞特的体重拉了回来。所以，瑞特今天下午是去了那个地方吗？他又跑去找尤娜了？他需要的是她的臂弯吗？

伴随着瑞特的呼吸，他的被子也在轻微起伏。珀尔从房间里溜了出去。如果让她再做一次冬日暖阳的测试，她不知道自己的快乐清单上是否会出现一个新的条目：观察你儿子的呼吸。但事实上，与其说这种做法会让她感到快乐，不如说它可以击退一轮绝望。

*

第二天早上，那个来赴后续约见的网页设计师迟到了。当她终于出现的时候，她是气冲冲进来的。珀尔一开始以为她昨天的火气还没消，但在这个女人坐定，从脖子上取下一条长长的红色围巾后，她做的第一件事情就是道歉。

"你也许不会相信，"她说，"我一直很讨厌别人大喊大叫。我通常不会是抬高音量的那个人。"

这个女人名叫安妮特·弗拉特，她用一种实事求是的态度向珀尔道了歉，没有任何自怜或推诿。跟前一天同样的装束：白T恤和剪裁得体的灰色休闲裤。珀尔想象着弗拉特女士的衣橱，里面可能满是一模一样的衣服，因为时尚对她来说只是毫无必要的干扰。

"他们有没有告诉你圣诞派对之后发生的事？"弗拉特女士说，"他们让你来这儿的目的是什么？"

珀尔快速思考了一下，认为弗拉特女士应该不是那种将假装无知视为一种礼貌的人，于是她回答说："你是说你们那个自杀的同事吗？是的，他们一开始就告诉我了。你认识她吗？"

"其实不认识。她是文案，我是设计，我们在不同的楼层工作。"弗拉特女士说完，张了张嘴，又闭上了，仿佛在重新思考着什么。珀尔等着她再次开口。"有些人在拿这事开玩笑。"弗拉特女士终于说道。

事实上，她说的这个情况珀尔已经知道了。这家公司的两个雇员在接受测试时开过同样的玩笑：我猜是因为圣诞老人没有给她她想要的礼物。

"这很没教养，"弗拉特女士一边摇头一边说，"不，这不善良。"

"不快乐会让人心生怨怼，"珀尔尽职地说，这句话出自她的培训手册，"正如怨怼也会让人不快乐。"说完，珀尔在脑海中思索着她还能说些什么，一些她自己的想法，但是她的思绪一片空白，毫无想法。为什么会这样？为什么她没有一点自己想说的话？

"他们是害怕。"珀尔终于说道。

"害怕？"弗拉特女士不屑地说道，"害怕什么？她的鬼魂吗？"

"害怕自己有一天也会像她那样难过。"

弗拉特女士盯着她腿上的那条围巾，手指从流苏中拂过。她再次开口时，语速变得飞快："她曾经为我写过一点东西，一句文案，或者说其实是一句诗。在我来这儿上班的第一周，她把那句话放在我的键盘上。"

"她写了什么？"

弗拉特女士弯下腰去，在她脚边的包里翻找了一阵。珀尔可以透过她短短的平头看到她的头皮，以及脊柱和颅骨接合处的曲线和头发。珀尔想象自己转动着小小的螺丝钉，将这些小块拼在一起的画面。弗拉特女士直起身来，打开手里拿的钱包，然后从装硬币的小袋里抽出一张字条。珀尔小心翼翼地用两根手指捏住那张字条，把它接了过来。字条上的字是电脑打印的，那种字体刻意模仿了仓促写就的手写字体。

你会长途跋涉，你会非常开心，虽然只是孤身一人。

"我查过了，"弗拉特女士说，"这句话摘自一首名叫《幸运饼干金句》的古老诗歌。你看，它是不是很像我们从幸运饼干里拿出来的小字条？显然她给每个新入职的同事都写过一张这样的字条，从不同的诗里摘取不同的诗句。为了欢迎他们。没有别人告诉你她是怎么做到的吗？"

"他们没说。"

弗拉特女士抿了抿嘴唇。

"事实就是，你是对的，"弗拉特女士说，"或者说，你的机器是对的。我的确需要点东西。"她把重音放在了最后一个词上。"我对宗教不是很了解。我从小受到的教育是不要相信宗教。但是……有一件事，今天早上——"说到这里，她停了下来。

"今天早上怎么了？"珀尔提示她继续往下说。

"带我来这儿的那趟公交车会从金门公园穿过，那里有一些老人在草地上打太极。今天我从车上下来，站在那里看了一会儿。这也是我今天来见你迟到的原因。你觉得……这会不会就是我的宗教信仰？我的意思是我应该选取的宗教？你觉得这会不会就是那台机器说的意思？"

珀尔假装思考了一下这个问题，然而她心里已经知道自己会给出培训手册上的标准答案。"试试看就知道了。在冬日暖阳看来，这世界上没有对与错，只有什么是对你有帮助的。"

弗拉特女士突然绽放出灿烂的笑容，整个面部也因此而改变。"你能想象吗？"她笑着说，"这一大群中国老人……和我一起打太极？"

她谢过珀尔，又一次为昨天的情绪爆发道了歉，然后弯下腰去拿起那条长长的红围巾，把它缠回脖子上。

"弗拉特女士，"当她起身要走时，珀尔叫住了她，"还有一件事。"

"什么事？"

"你觉得冬日暖阳的建议会不会提高你对生活的整体满意度？"

"那是什么意思？"

"你会不会过得更快乐？"珀尔结结巴巴地说，"你今后是否会开心地生活？"

弗拉特女士眨了眨眼，仿佛被这个问题惊到了。随后，她点了一下头，简短却肯定。"我觉得我会的。"

让珀尔奇怪的是，她忽然感到一阵……那种感觉是失望吗？就在弗拉特女士从会议室走出去的时候，珀尔看着她脖子后面柔和的颈背，突然产生了一股强烈的愿望，希望弗拉特女士会转过身来，像昨天那样开始喊叫。

*

到家之后，珀尔想着迎接自己的不知是否又是一个空荡荡的房间。但这次不是，瑞特正在房间里用电脑做着课后作业，正如他本该做的那样。

"嘿。"瑞特头也不回地说。

珀尔专注地盯着瑞特耸起的肩膀，过了一会儿才注意到瑞特的书桌上放着她那个未完工的三叶虫模型。

"这个我可以拿过来吗？"瑞特转过身，顺着珀尔的目光看了过去。

"当然可以，只是还没有完工。还需要增加一些细节，比如触角和腿，还要刷一层虫漆。"说完，珀尔又脱口而出，"你可以帮我把它做完。"

"好啊，行。"瑞特说着，已然背过身去。

"那就这个周末？"

"随便。"

珀尔想着自己要不要走。她希望可以在瑞特给出这个算是承诺的回答后就此离开，但是他们必须得在瑞特吃（实际上是喝）他的晚饭之前把事情完成。

"瑞特，今天是称体重的日子。"

"是的，我知道，"瑞特语气平淡地说，"先让我写完这段话。"

几分钟之后，瑞特到洗手间来见珀尔了。他脱掉自己的汗衫，把它放进珀尔已经在等待的手里。

"掏一下口袋。"珀尔说。

瑞特看了她一眼，但还是一言不发地照做了：把口袋翻了个面。在那之前，瑞特耍过花招，在衣服口袋里装一些重物。珀尔点头之后，瑞特站上了体重秤。她并不高，但他现在比她高了，站在体重秤上高出更多。身高更高，体重却不如她。而她并不是个身材魁梧的女人。他两眼直直地望向前方，任由珀尔去看秤上的读数。珀尔能感觉到体重秤上那个数字。不论它高了还是低了，珀尔每周都能感觉到，仿佛它会反过来影响她的身体，让她也随之变得更加轻盈或沉重。

"你又轻了两磅。"

瑞特从体重秤上下来，一言不发。

"这样不好，瑞特。"

"只不过是暂时的变化。"

"但是也不好。"

"你看到我了。我一直在喝我的奶昔。"

"那你昨天去哪儿了？"

瑞特缓慢且不屑地把嘴闭上了。"我去哪儿了和这个数字没关系。"

"这样，我身为你的妈妈——"

"对此我很抱歉。"

"抱歉？不用抱歉，我只不过是希望你——"说到这儿，珀尔也停住了。她到底在说些什么？她听上去仿佛是在念什么手稿。"我们会再秤一次体重。周六做。如果这只是暂时的变化，到那个时候应该已经恢复正常了。"

"好的。"

"但如果仍然没有恢复正常，我们就给辛格医生打电话，并调整一下你的营养奶昔的配方。他也可能会让我们再去一趟。"

"我说了，好的。"

*

接下来两人的晚餐是在沉默中吃完的，唯一的声响就是瑞特吸食奶昔时故意发出的咕噜声。珀尔自我安慰，这不过是青春期的男孩会做的事情——故意惹人厌，作为对你的责备的报复。晚饭之后，珀尔拿出一套新的拼装模型，这次她拼出来的将会是一种特别的黄蜂。珀尔从甲胄开始，用钳子扭动那些细铁丝。和往常一样，瑞特吃完晚饭就径直回自己的房间了，据说是要为一门考试做准备。珀尔完全沉浸在黄蜂模型的搭建当中，听见从桌上传来的一阵刮擦声才回过神来。她发现是瑞特来归还她的三叶虫模型。他就站在那儿，仿佛在等着什么，一只手还放在那个模型上。珀尔看不懂他脸上的表情。

"你也可以把它留在你房间里，"珀尔说，"我的意思是，我希望你把它留在你房间里。"

"不是还没完工吗？你刚才说的。"

一股冲动驱使珀尔伸出手，抓住了瑞特的手腕。他的手腕可真细啊！如果没有触碰到，还真不知道它会这么细。珀尔只用拇指和食指就可以轻易握住。瑞特的皮肤上还留存着些许毛发，那是在他最瘦的时候，身体自动生长出来的一层为他保暖的半透明的软毛。医生们叫它"胎毛"。两人都低下头，盯着她握住瑞特手腕的那只手。珀尔知道，瑞特现在多半很惊恐，因为他一直以来都很讨厌别人的触碰，尤其是珀尔的触碰，但是珀尔现在就是不想松手。她用手指抚摸着那些绒毛。

"真软啊。"她呢喃地说。

瑞特没有说话，但也没有把手抽走。

"要是能把它们复制在我的哪个模型上就好了。"珀尔脱口而出，这真是一句诡异又可怕的话。

但瑞特还是没有动弹，任由她继续抚摸了一会儿。随后，瑞特又做出了一些别的举动：他——令人难以置信地——用手腕碰了碰珀尔的脸颊，然后才抽出自己的手。

"晚安。"他说。珀尔觉得自己仿佛还听到他又加了一句"妈姆"。接着，伴随着他卧室门的一声响动，瑞特又消失了。珀尔盯着桌上那未完成的三叶虫模型，想象着它这样一个麻木无力、没有视觉的小小躯壳，失去了触角的帮助，从漆黑的深海里游过。瑞特刚才肯定没有说"妈姆"。

珀尔那天又熬夜了。她假装在搭建黄蜂模型，但事实上她只是用钳子在铁丝上胡乱扭着，最后拧出来的是一只自然界完全不存在的生物：一只从未存在过以后也不可能存在的生物；进化论不会允许它的存在。不过，珀尔仍然想象着这个生物是存在的，想象着它身上覆盖着皮毛、羽毛、鳞片和纤毛，即便最轻微的动静也能让它有所反应。当瑞特房间的灯光终于熄灭后，珀尔走下楼，来到客厅，从手袋里拿出一根棉签。

瑞特仰面朝天地睡着，嘴唇微微张开，这是因为珀尔在为他准备晚餐时往他的奶昔里加的安眠药粉末生效了。珀尔把棉签伸进瑞特的嘴里，沿着他的脸颊刮了一圈。这做起来很容易，没有引发扭动或呻吟——或许比应有的难度还容易一点。然而这一举动在瑞特本人和珀尔的公司两方看来都属于越界行为。那台"冬日暖阳480"就放在餐桌上，体积很小，但胸有成竹。珀尔拿着那根棉签朝它走了过去，然后撕开了一块芯片的包装，那是能将她儿子的DNA传递给那台机器的一小片塑料。

你会长途跋涉，你会非常开心，虽然只是孤身一人。

珀尔装上芯片，将它送入插槽，然后输入指令。这台机器一边采集着数据，一边发出轻微的嗡嗡声。珀尔往前探身，看向空白的屏幕，希望能在那儿，在它开始发光前的最后一刻看见自己想要的答案。

第二章 作案手法，作案动机，作案时机
Means, Motive, Opportunity

案情记录 3/25/35

嫌疑人	作案手法	作案动机	作案时机
莱纳斯	买卖"僵尸"	尚未可知	派对上
乔赛亚	和莱纳斯交好	萨芙不愿意说	派对上
阿斯特丽德	尚未可知	因为当替罪羊而进行报复	派对上
埃莉	去年十月拿到"僵尸"	她是埃莉	派对上

　　萨芙说，一想到有人那么恨她，对她做出那样的事情，她就觉得好笑。她还说，一想到他们在做那件事时她自己也在场，以及她已经知道这个谜团的答案，就觉得更好笑了；她只是不记得发生过什么了。萨芙

还说，她的身体一定记得——那个人的手指印还在她的皮肤上，他们的声音还在她的耳膜上，他们的影子留在她的眼底——说不定，她的身体可以告诉她，只要她能让自己的脑子消停下来，让身体来判断。萨芙把那一串手镯撸至手肘，又让它们掉落到手腕处。手镯彼此碰撞，叮当作响。"你觉得我疯了，对吗，瑞特？"萨芙说，然后又补充道，"告诉我你的真实想法。"

"我不觉得你疯了，"我说，"但是大多数人都不会把我对什么是疯狂的判断当一回事。"

萨芙皱起了鼻子。她该不会认为我们是在打情骂俏吧？如果她真那么想，那我也会让她继续那么想，因为那样反而能减少点麻烦。

而且我没有告诉萨芙实情：我的身体也比我的大脑懂得多，而那正是我拒绝进食的原因。不过，我告诉她的是一个谎言。我告诉她，我能帮助她。

*

案情记录 3/26/35

罪行

在二〇三五年二月十四日的晚上，萨芙·琼斯（十七岁）被人灌了"僵"，也就是"僵尸"的简称——这种迷幻药之所以会叫这个名字，是因为它会让人短时失忆，并伴随极强的被教唆性。基本上，在你吸食了"僵"以后，别人让你做什么你就会做什么，而且事后完全想不起来。在被下药以后，萨芙被人教唆着脱光了衣服，背诵"dormer""manger"和

"baiser"（意思分别是"睡觉""吃饭"和"做爱"）这几个法语单词的变体。此外，这些人还让她剃掉了自己左边的眉毛，并吞下半块柠檬香皂。

所有这些都发生在埃莉·伯格斯特龙（十八岁）家当时正举办派对的地下室里，并且整个过程都被萨芙的手机录下来了。在这段视频里，除了萨芙外没有其他任何人的身影和声音。正如"僵"通常所产生的效果，萨芙在第二天早上醒过来的时候，对前一天晚上发生的事情没有任何记忆。她并没有意识到什么异常，直到她登录脸书才发现这段发布在自己账号上的视频。在那个时候，它已经收到了一百一十四个"不喜欢"，以及五百八十五个"喜欢"。

*

"说不定原本会更糟。"萨芙对我说。

我们坐在她的车里，车停在金门公园花卉温室后面的一条通道上。我几乎能透过车窗外的树梢看到那些温室的白色尖顶，但视野中最清晰的还是后面的大垃圾箱，人们会把那些已经枯萎的花朵扔在里面。

"萨芙，他们让你吃了肥皂。"

萨芙给我看了那段视频。（我不用脸书。）视频里，她对着那块厚厚的肥皂咬了一口又一口，仿佛它是一块茶点。在地下室昏黄的灯光下，她的瞳孔是如此巨大，呈现出淡紫色。（她的乳头也是。）但是她的眼睛并没有像你想象的那样如僵尸般了无生气。萨芙有着大大的深色眼睛。而在这段视频里，她的眼睛闪闪发亮，并且她一边嚼着肥皂一边还在笑。我们觉得叫她吃肥皂的人不仅仅是让她吃肥皂，还要让她喜欢吃肥皂。看这段视频的时候，我紧紧地盯着她的嘴巴，好让自己不去看她裸露的胸部，因为穿着衣服的萨芙就坐在我对面，看着我观看她的这段视频。视频里，萨芙还伸出舌头去舔沾在她下唇上的一小块肥皂碎片。两片嘴唇一张开，一个肥皂泡随即形成，像一个你发不出声的词语那样颤动着。随后，萨芙吐了，她把吃下去的肥皂全都吐了出来，嘴里涌出一股泛着泡沫的黄色液体。后面的视频被剪掉了。

萨芙耸耸肩。"至少我的眉毛正在长回来。你能看出来吗？"她那被剃掉的眉毛已经被仔细地描画过，但我还是能看出来，因为颜色和另一侧的真眉毛有点不一样。"事情本可能更糟的。"

"你确定没有变得更糟吗？你确定你没有被……"我没有说出口的那个词是强奸。

"我觉得我能分辨出来。如果是那样的话，我会感觉有些……不同。"她没说出口的是我还是个处女。

萨芙偷偷瞄了瞄我，但是这次她并不是想和我眉来眼去，而是感觉尴尬，不论是因为她告诉我她还是个处女，还是因为她还是个处女这件事本身。

我想告诉她的是，她和我在一起的时候完全不用为任何事而感到尴尬。去年，当我即将离开学校的时候，班里所有人都开始宣布自己的性取向，直的、弯的、双性恋，或是别的什么，但我完全没有什么好说的。因为我什么都不是。我到现在也仍然什么都不是。我对一切都没有兴趣。医生说我只要多吃点就不会这样了。在他们看来，我的每个真实的部分都只是我的病情的一个症状。但他们不明白的是，我现在的情况就是我的一个症状。我是一块深埋在地底下的石头，永远不会发芽，无论周围的泥土有多丰饶。

"可你的确，"这次我决定要把这个词说出来，"被强奸了。"在我说出这句话的时候，萨芙倒吸了一口气。"即便你并没有真的被强奸，他们也迫使你去做了一些事情。他们强迫你了。我知道那是什么情况。"

"哦。好吧。感谢那个该死的视频，现在每个人都知道那是什么情况了。"

"不，我的意思是说我知道那是什么感觉，被强迫去做一些事情。"

"哦，瑞特，"萨芙低声说，"哦不。"我知道她误解我的话了。她以为我的意思是我被人强奸过，但事实上我的意思是，在我虚弱到没有力气反抗的时候，那些医生往我的喉咙里插入了一根进食管，而我的父母允许他们这么做；当时我感觉就像溺水一样。但是我没有对萨芙解释什么，而是让她继续这样误解下去。我任由她抓住我的手，用她又大又黑的眼睛看着我，因为我知道，当人们安慰你的时候，他们实际上是在安慰自己。

*

案情记录 3/27/35，上午晚些时候

作案时机

我们完全没有关于作案时机的任何线索。萨芙班里的每个人都有机会给她下药。"僵尸"是通过皮肤组织吸收的。它先是被涂抹在一小片透明的纸条上，就像一小截透明胶带。只要把这个纸条贴在你裸露的皮肤上——你的手臂、手掌、大腿，或是其他任何地方——它就会被你的身体吸收。你可以给自己下药，以便享受它的副作用：时间变慢、嗅觉增强，以及感到莫名地欢欣鼓舞。尽管第二天你不会记得这种感觉。又或者，你会在完全不知情的情况下被别人下药。譬如，当你从拥挤的人群中穿过时，一个陌生人在你裸露的肩膀上拍了一下，或是装作从你脸颊上弹走一根掉落的睫毛时触碰了你的脸，又或者是假装同情地拍了拍你的手背。

在酒吧里，每个人都全副武装：长手套、高领毛衣、长裤、高筒靴，甚至还有人戴面纱和面具。但事实上，你身上覆盖的东西越多就越具有挑逗性，因为那相当于是在说你或许会允许陌生人触碰你身上任何被覆盖的地方。有些小孩会让自己身上某些部位的皮肤露出来，例如上臂、脚踝和脖子，不过不会露太多，只要让自己保持警觉就够了，因为你得去保护你露出的部位。

萨芙那天晚上并没有把自己裹得严严实实。事实上，那天没有一个人把自己裹得严严实实。那天萨芙穿的是T恤和牛仔裤，还把球鞋脱

在了门口，那意味着裸露的手臂、裸露的双手、裸露的脖子、裸露的双脚——暴露在外的部位如此之多。但是萨芙从未想过她会遭到暗算。这可是在埃莉家开的派对，就像从鸭嘴兽主题的五岁生日会开始举办过的上百次派对一样，而埃莉那次五岁生日会请来的小朋友几乎和这次是同一批人，还要加上我。塞内卡走读学校是一所精英学校，那意味着它很小，只收父母都在大科技公司工作的孩子。每个毕业班里只有十二个学生。（因为我的离开，我所在的班是十一个人。）我们在一起从小玩到大。我们全都彼此信任。

好吧，其实并非如此。毕竟，还有哪里会比被迫一直待在一起的一群人组成的小团体有着更多不信任？陈年旧怨、埋葬的感情、过往犯下的错误，以及那些在更大的学校里你原本可以逃离的旧版本的自己。信任？身处一群完全陌生的人当中会更安全。

*

我向萨芙解释说，我们将通过三个因素的探寻来解开她身上的谜团，那就是作案手法、作案动机和作案时机。我告诉她，每个人所做的每一件事都可以用这个三要素的逻辑来进行预测：他们能否做到这样一件事？是否有理由来做这件事？是否有机会做成这件事？

"每个人所做的每一件事？"萨芙扬起一侧眉毛——她的真眉毛。"可是万一我做了一件完全即兴而为的事情呢？"

说完，她猛地伸出手，打翻了桌上的盐罐。我们在学校对面的一家餐厅会面。盐粒像瀑布一般撒了一桌，越过桌沿悄无声息地落到地上。

服务生瞪了我们一眼。

"你刚刚正好证实了我的观点，"我对她说，"你的手臂动了，那是方法；你想要挑战我的理论，那是你的动机；盐罐刚好摆在你跟前，而那就是你的机会。"

萨芙想了一会儿，说："那说说你帮助我的事，怎么用你的那个理论来分析？"

"这个嘛，我有帮助你的手段，因为我看过大约一千本侦探小说，并且我很聪明。时机是任何你找我帮忙的时候。我恰好在上网课，这就意味着我不用整天都处在大人的照看和监管之下。"

"那动机呢？"萨芙说。

因为他们把一根进食管强行插入了我的喉咙，我本可以这样告诉她。因为我再次见到你的时候，你没有说我看起来是多么健康这样的鬼话，我本来也可以这么说。因为我们从小屁孩的时候就认识了，那时所有这些破事还未发生。

然而我却说："因为我想这么做。"

萨芙把嘴撇到一边。"作为真正的动机，难道不应该有一个确切的理由吗？"

作为回应，我伸手打翻了胡椒瓶。

萨芙笑了。

餐厅的窗户外面有点动静。埃莉和乔赛亚在街对面朝萨芙招手。他俩都在我们的嫌疑人名单上。埃莉嫌疑很大，因为那就像是她会做出来的事情。埃莉会那样做。这简直是个真命题。不论你的提议是什么，埃莉都会毫不犹豫地照做。但乔赛亚呢？乔赛亚不会伤害任何人。或许他会两手插兜站在那儿说：嘿，算了，别这样。（但那样可以说更糟，不是吗？）但是他的确不会伤害任何人。

我几乎有一年没见过乔赛亚了。他看起来还是老样子，只不过长高了些。这是大人们最喜欢说的一句蠢话：你看上去长高了。仿佛那是一项了不起的成就，而不是你的身体没有得到你的允许就自行做出的某种行为。

"我该走了。"萨芙说，身体往前探，仿佛想亲我的脸颊。

在街对面的乔赛亚努力眯起双眼，想要看清和萨芙坐在一起的人是谁。我在卡座里往下缩了缩，于是萨芙只吻到我脸颊刚才所在的地方的空气。

"别告诉他们你和我碰过面。"我说。

*

案情记录　3/27/35，下午

作案动机

"替罪羊游戏"始于特拉斯克老师二年级英语课上的一个单元。特拉斯克老师将《从奥米勒斯城出走的人》《摸彩》《饥饿游戏》《蝇王》，以及其他一些经典名著都归为替罪羊主题。他们甚至还看了卡拉·帕克斯的电影，《皮肤温暖的女孩》。在电影里，为了遏止全球变暖，拯救世界，卡拉·帕克斯被献给一位住在浮冰上的神。萨芙说，他们每个人都真正投入进去，非常认真，全班都决定要在现实生活中检验一下"替罪羊"的概念，当然是在特拉斯克老师不知情的情况下进行。为了这项试验，我的前同学们排出了十一周的时间，因为班里总共就十一个人，而他们每个人都会担任一周的"替罪羊"。和那些故事里所写的角色一样，这个"替罪羊"要默默承受来自其他人的虐待和欺负，并且不能做出任何评论或抱怨。在那一周里，班里另外的十个人可以任意冲"替罪羊"发泄他们的愤怒、不满、痛苦，或其他任何情绪，同时他们也知道，到了下一周，另外一个人——或许轮到的就是他／她自己——也会成为"替罪羊"。他们觉得这样很公平。

*

萨芙下课后又来找我，以便继续我们在餐厅里的那场谈话。当我打开门的时候，萨芙看上去脸色很差，眼睛也红红的。她那道画过的眉毛内侧脏兮兮的，仿佛被她揉抹过。我突然有一股想伸出手去触碰那里的冲动，触碰她眉骨上那一小块裸露的皮肤。但我选择了把手揣进衣兜里。

"你爸妈在家吗？"她说。

我告诉她不在，我母亲在上班，而我父亲已经不住在这里了。

"哦，"她说，"好吧。"

她没有说什么我很抱歉之类的话，对此我很高兴，因为这样一来我也就不用说什么没关系，或者我和他周末还会见面，又或者其实这样反而更好之类的父母离异的小孩必须要说的鬼话。

"我们可以进行到六点，"我说，"我妈通常会在那个时候回家。"

这倒不是说我妈不允许萨芙来我们家。事实上我敢肯定，她要是知道会非常开心，但那也正是我不想让她知道萨芙来过这儿的原因。让我妈对我有所期待是一件太难面对的事。昨天她比我早回家，而我当时正和萨芙在公园里谈话，于是她后来不停地看我，但是她不会问我昨天去哪儿了，我也不会告诉她，不仅仅是出于倔强。

我从街角的便利店买了一罐饼干和几瓶苏打水，以防萨芙会饿。厨房里有很多吃的，没错，但是假如那里少了什么东西，我妈就会注意到，并且她会认为（确切地说是希望）是我吃了。我把零食递给萨芙，同时装作这不是我特意为她买的。我甚至还把它们留在厨房，这样便能假装走过去从橱柜里拿出来。然后，我们带着零食走进我的房间。

萨芙在我的房间里慢慢转了一圈。我想象着我的房间在她眼中的样子：单人床、碎呢地毯、书桌-椅子-电脑组合。没有乱七八糟、用来显示我独特个性的乐队海报和日本机器人摆件——这些东西不过是从商场里买来的。我去年就把它们都收起来了。现在，这个房间看上去简单（用我妈的话说是空荡荡）、纯净（用我妈的话说是像出家人住的地方）。几面墙壁是它唯一特别的地方。现在，它们都贴着维多利亚风格的壁纸，和老版BBC剧集《神探夏洛克》里那款一模一样，其中一面墙上甚至印着一个壁炉，还有烟灰缸和烟斗。

我等着看萨芙能否理解其中的玩笑成分，但她一言不发地在我床边的地上坐下，拿出几块饼干，然后把饼干罐冲我晃了晃。在我说过"不用了，谢谢"之后，她没有再多说什么，也没有用充满深意的眼神打量我，或是说：你确定吗？于是我打算还她这个人情，不去追问她之前为什么哭了。

于是我说："再跟我说说那个游戏吧。"

"什么游戏？"

"替罪羊的游戏。"

她翻了个白眼，一下子咬掉半块饼干。"哦。那个倒霉的游戏。"

"最开始是谁的主意？"

"你觉得呢？"

"埃莉的主意。"

萨芙点点头。

受欢迎程度——例如，谁很酷，谁不酷，谁是运动员，谁是书呆子，或者其他什么类型——对我和萨芙来说都是只存在于电影里的中学生记忆。如果你的班上只有十二个人，真的不够分成小团体。当然了，这个班里也会有成对的密友，比如埃莉和萨芙，或者（曾经的）乔赛亚和我；还有一对一对的情侣，比如埃莉和莱纳斯有一阵子在交往，然后是布琳和莱纳斯。基本上班里的每个女孩都和莱纳斯交往过，除了萨芙。她从来没有和莱纳斯交往过。过去这一年里他们可能在一起，但我也无从知晓，因为我已经不在班里上课了。我要说的重点是，班里的每个人都会和其他人在一起玩。

不过，这当中有一个角色，一个规则：埃莉一直以来都是领导者，从我们上一年级起就这样了。埃莉在那个时候就会把躲避球朝我们身上扔；如果你被砸哭的话，埃莉就会解释说这是游戏的一部分，她解释得那么镇定自若，你会发现自己都不由得随之点头，即便你脸颊上还挂着泪痕。这样说或许会让别人以为埃莉是个坏人，但事实上并非如此。随着年龄的增长，我越发认为埃莉是对的，因为她在五岁的时候就明白了一件我们其他人直到十五岁才搞明白的事情：这个世界是残酷的，所以你最好也要对它狠下心来。

"后来呢？"我对萨芙说，因为有埃莉掺和进来的事情，多半还有别的情况。

"后来，在埃莉想出这个替罪羊游戏的点子之后，她主动提出要做第一个替罪羊。现在想来，她这样做其实是非常聪明的，因为刚开始的时候，大家都——你知道的——很温柔，还处在热身阶段。另外，假如你是第一个的话，你还没有把其他任何一个人当作替罪羊，所以他们也没有理由报复你。"说到这儿，萨芙停顿了一下，"你觉得她老早之前就把这一切都想好了吗？"

"我觉得埃莉有一种能够识别弱者的本能。"

"好吧，反正我们第一周并没有做出什么过分的事情，也就是扯扯埃莉的头发，上课的时候踢一下她的椅背，让她帮我们端个餐盘之类的。反正都不是什么大不了的事。我觉得她玩得很开心。实际上，我知道她玩得很开心。最后一天，她把自己打扮成卡拉·帕克斯的样子，穿着一件性感的白袍，是我们看过的那个在冰上祭祀的电影里的片段。她看起来很美，当然。然后第二周轮到了莱纳斯。我们对他更严苛了些，但是也不算残酷，你懂我的意思吗？并且莱纳斯这个人你是知道的，他怎么样都行。那时感觉这就是一场游戏。甚至还有点好玩。自由。当你被允许……如果你可以做任何事……有时候那就像……"萨芙用大拇指敲击着胸口，放弃了解释，转而又拿起一块饼干。这是她吃的第三块。（我总是忍不住去数人们吃了多少食物。）

"可是后来情况就变坏了。每周，每当有人充当新的替罪羊时，我们都会变本加厉，变得更严苛，更残酷。"

"那你是第几个？"

"最后一个，"她说着露出一丝苦笑，"我就像个大傻子。"

她看起来像是又要哭了。我只好往手机里输入几行笔记，让她有时间平复一下情绪。

"识别弱者的本能。"萨芙喃喃地说。

我从手机屏幕前抬起头来，说："我不是说你是弱者。"

"我不知道，我感觉自己蛮弱的。"

"可你并不是弱者。这也是为什么他们会对你下药。他们得借助外力来让你变成弱者，而这也恰恰证明了你不弱。你明白吗？"

萨芙咬了咬嘴唇。"我还没跟你说过阿斯特丽德的事。"

"阿斯特丽德很弱。"

"是的，我知道。她是我前面那个做替罪羊的人。"

阿斯特丽德的父母都是严肃的律师，对他们来说，争吵就像一种游戏，或许这能在某种程度上解释她为何会是现在的样子——如果你想要解释人们为何会是现在的样子的话。二年级的时候，阿斯特丽德就把她的头发都梳到脸前面，也就是脸的正前方，让头发把她整张脸都盖住。老师们一再给她头绳和梳子，并告诉她她梳马尾多么好看。在塞内卡走读学校，所有的老师都被要求使用一种教学风格，那就是"多用建议而非纠正"。但是有一天，霍利老师终于忍不住了，朝她大吼道："阿斯特丽德，为什么你老是那样做？！"而当我们其他人全都转过头去看坐在最后一排的阿斯特丽德时，她从那层头发后面发出细小的声音："因为我喜欢躲在这后面。"

我仍然在想她那句话。因为我喜欢躲在这后面。

"我们有点忘乎所以了，"萨芙说，"我们当时想着，因为我们是非常要好的朋友，所以我们说任何话、做任何事都是安全的。"

说完，萨芙又停了下来，于是我提醒她说："阿斯特丽德。"

"我骑在她身上，瑞特。骑了一周。我一直没停。"她一边说一边撸起袖子，仿佛准备做什么艰苦的工作，"我也知道这样不好。我还知道她每次下课都会跑到厕所去哭。但是那却让我对她更加严苛。你刚才还说埃莉有识别弱者的本能。"

"你的意思是埃莉让你这么做？"

"这就是奇怪之处。埃莉并没有教唆我，是我自己要这么做的。全都是我自己。我比其他人表现得都要坏。或许连埃莉也觉得我太过分了。倒不是说她曾经制止过我们，让我们不要做得太过分。"萨芙摇了摇头，"我在那之前都不知道自己竟然可以这样。"

"所以你认为是阿斯特丽德想要报复你？"

萨芙耸耸肩。"反正这些天来，跑到厕所去哭的人已经是我了，不是吗？"

她看起来是如此悲伤，或许正是因为这样，我才说了一句不该说的话："那段视频的内容的确蛮惨的。"

然后萨芙就在我的房间里哭了起来。

"并不是因为那块肥皂，"萨芙一边啜泣一边说，"虽然我现在每次洗手时还是会干呕。也不是因为那条倒霉的眉毛。"说着，她摸了摸自己那道被剃掉的眉毛，把画的眉粉又蹭掉了一些，"甚至都不是因为我没穿衣服，而是因为每个人都看到了我那个样子。整个毕业班，整个高二年级，还有老师、我朋友的父母、我父母的朋友。每当他们看我的时候……好吧，他们大多数时候要么都不看我，要么就死死地盯着我，我几乎可以听见他们在心里对自己说：我现在正看着她的眼睛，我在看着她的眼睛。"

说完，她用双手捂住了脸。我看着她在那里哭泣。我知道我不会去抱她，甚至不会去拍拍她的手臂，但是我仍然感觉我应该做点什么。于是我从饼干罐里拿出一块饼干，咬了一口。这是过去一年多以来我吃的第一口固体食物，嚼起来感觉怪怪的。萨芙听见我咀嚼的声音，抬起头，眼睛瞪得跟什么似的，仿佛这是什么了不得的事情。她的反应让我直想把这口饼干吐出来。但我还是又咬了一口，然后把那块饼干递给了她。她接过去也咬了一口，又递回给我。就这样，我们你一口我一口地吃完了那块饼干。

*

案情记录　3/27/35，晚上

作案手法

每个嫌疑人都有可能找到给萨芙·琼斯下药的方法。

莱纳斯·沃尔兹（十七岁）平时会买卖一些消遣性毒品，主要是迷幻药、快乐丸和摇头丸，但是他要搞到"僵尸"应该也不难，不论是为他自己，还是为其他同学。埃莉去年被发现在使用"僵尸"，虽然她一直没说是从哪儿弄来的，但大家都知道是莱纳斯帮她搞到的。

乔赛亚·哈鲁（十六岁）是莱纳斯的密友，和埃莉一样，他也可能曾让莱纳斯帮他搞到一些"僵尸"，甚至还有可能从莱纳斯的存货中偷过一些。

在这四个嫌疑人中，阿斯特丽德·洛温斯坦（十七岁）似乎是最不可能有渠道拿到这种药的人，但是这也不能成为将她从嫌疑人中剔除出去的理由。

到了这个时候，他们当中的每个人都排除不了嫌疑。每个人都有可能是凶手，虽然他们任何一个人做出这样的事都令人难以想象。因为他们曾经都是我的朋友。我不能让我的偏见把我蒙蔽。他们当中的确有人做出了那样的事。感情用事必须杜绝。

*

那一整个晚上，我都想着萨芙在我房间里哭泣的情景。离开学校以后，我第一次想回到塞内卡走读学校，让萨芙在那里有人可以——怎么说呢——信任。只不过，假如我之前留在塞内卡走读学校的话，那么我也会和别人一起参加那个替罪羊游戏，那天晚上我也会去参加在埃莉家举办的派对，我也只会成为萨芙的又一个下药嫌疑人。我现在能够帮助她只是因为我在这里，身处局外。

我问自己，为什么居然想要帮助萨芙，为什么老是想起她那只有一道眉毛还污迹斑斑的脸。我的意思是，萨芙也没有关心过我。事实上，他们当中没有一个人关心过我。从学校离开之后，我只收到过屈指可数的几封电邮、几条短信，以及一张无疑是哪个老师买的并让他们全体签名的"早日康复"明信片。除此之外，莱纳斯和乔赛亚倒是来我家探望过我几次，之后就只有乔赛亚，再之后连乔赛亚也不来了。倒不是说我希望有人来探望我。他们的问候邮件和短信我也全都没有回复。然后，就在上周，就在我离开学校几乎整整一年之后，萨芙给我发了条短信：我猜你是我们班里唯一还没有看过它的人了。我需要你告诉我你还没有看过。拜托你，求求你一定要没看过。

她说的是那段视频。的确，我当时还没有看过。随后，萨芙和我约在了我家外面的一个公交车站见面。我们坐在塑料雨篷下面——虽然那是个晴天——任由一辆一辆的汽车从面前开过去。萨芙看起来没什么变化，还是留着卷曲的短发，圆脸，戴着一手臂的金属手镯，就像她的风铃。我之前没怎么留意过萨芙；她一直都是埃莉的朋友，一副笨笨的、人畜无害的样子，就像个小跟班、小喽啰。不过，那次来找我的可没有埃莉。萨芙是一个人来的。或许，她看起来还是跟之前有一点不同吧。或许她看起来更坚强、更勇敢了。

她在我旁边的椅子上坐下，说："嘿，瑞特。"

她没说什么你看起来好点了或是你长胖点了之类的话。

那意味着我也不用说是的，我又长胖了这样的话。

那还意味着我可以说："嘿，萨芙。"仿佛我们只是两个在等公交车的正常人。

我告诉萨芙，如果她希望班里还有一个人没看过那段视频，就不必把它拿给我看。但是萨芙说那不一样，因为她现在是主动选择把视频拿给我看。当我观看视频的时候，她也全程盯着我。当我把手机还给她的时候，我确保自己不去看她的身体，同时也想确保自己没有刻意不去看。萨芙说的每个人都在盯着她看的那种感觉，我懂。因为人们也会那样盯着我看。

如何帮助萨芙的念头是那天晚上我在做算术测验时蹦出来的。想到之后，我是如此兴奋，甚至故意把测验的最后一道题答错，因为要把那些数字算出来实在太费时间了。我在电脑屏幕上点击了提交按钮，从座位上跳了起来。我妈随时都可能从公司下班回来，假如我现在不做，就要等到明天早上了。我妈的公司几周之前刚给她的机器做了一次升级，如果我足够幸运的话，那台老机器现在仍然放在客厅的橱柜里，等着被交还给冬日暖阳公司。我的确很幸运，因为那台机器现在就放在她的雨靴旁边：冬日暖阳470。我把它拿起来，在手里掂了掂。就是一个银色的小盒子。然后，我忘了自己有多讨厌它，讨厌妈妈是如此相信它，以及它那些所谓的快乐方案。我把自己所有的道德疑虑都抛诸脑后，因为我就是想这么做。我打算靠它找出是谁给萨芙下了药。

＊

案情记录　3/28/35，下午

摘自格罗弗与伊利诺伊州政府的协同意见书

"快乐探测技术到底能否探测到我们隐藏最深的欲望，这仍然是一个有待讨论的议题，但可以肯定的是，这款机器并不具备成为我们过去行为的见证人的能力。快乐贩卖机或许可以告诉我们自己想要什么，但是它不能告诉我们自己做过什么或是将来会做什么。简而言之，它不能告诉我们我们是谁。因此，它在法庭上并不能占据一席之地。"

＊

萨芙和我决定来个突然袭击，也就是让他们突然迎接我的归来。放学之后，我们班里会举办一次班级会议来讨论期末旅行去哪儿。届时参会的唯一成年人是史密斯老师，也就是我们的班主任"史密蒂"，他一直坚持"学生自治"，这就意味着在我们开会的时候，他会坐在大厅对面的教师休息室里批改试卷。我们，也就是我和那台机器，可以悄悄溜进去，不会引起任何人的注意。

"我们再来梳理一遍吧。"我说。此刻我们正坐在萨芙的车里，车停在停车场的尽头，等着这场班级会议开始。"我们将会重点关注四个人：莱纳斯……"

"因为他有搞到'僵尸'的渠道。"萨芙补充道。

"埃莉。"

"因为她可以搞到'僵尸'，并且她会那样做。"

"阿斯特丽德。"

"因为我虐待过她。"萨芙说。

"那乔赛亚呢？"我故意用了一个疑问句。

"哦对，还有乔赛亚。"萨芙赞同道，但是没有再补充什么。她并不打算告诉我她为什么怀疑乔赛亚。

是因为你们俩曾经交往过吗？我想问她。这个念头已经在我脑海中徘徊一周了。但是我不能问她，因为那样的话，萨芙可能会以为我在意这件事。又或许，那正是她不愿意告诉我的理由。我应该告诉她，让她不要担心我在不在意的问题。我应该告诉她，我不在意，不在意她是否曾经和乔赛亚在一起，甚至对她也不在意。事实上，我对什么都不在意。我应该把这个告诉她。

然而我却说："你有没有想过是他们几个人一起做的？我的意思是，那是全班一起犯的案？"

萨芙把脸转向窗户，朝它吹了口气，然后又把她呼出的印记从窗户上擦掉。"当然想过，但没有深入去想。要往深处想的话，这个念头真是太令人恶心了。"

"抱歉。"

她抬起头，诧异道："你为什么抱歉？"

"我不知道。抱歉我刚才说的有可能是他们所有人。"

"但说不定你是对的啊，那的确有可能。"

"不会是他们所有人的。"我说。我当然不确定那是不是真的。

"我唯一敢确定的就是不是你。"萨芙说，一边凝视着我的眼睛。

"嗯，当然不是我。"

她的脸上掠过一丝笑容，就像她的手镯互相碰撞发出的声响一样，一闪而过。

班级会议快开始了，于是我们走了进去。

没想到史密蒂躲得比教师休息室更远。他竟然跑到外面，悄悄（好吧，其实也没那么隐蔽）躲到他自己的车里抽烟去了。萨芙率先进了教室，我则等在走廊里。没想到我竟开始紧张起来。心跳得如鼓点那么快。要是换作几个月之前，我可能已经需要坐下来把头埋在两膝之间了，但是现在，我足够强壮，可以一直站着。我猜这也算是一点小小的成绩了吧。医生们肯定会说这是个了不起的进步。当你想要站的时候有力气站起来。我数到三十，然后走进了教室。

"瑞特！"莱纳斯叫道，我突然间就感觉回到了一年以前，仿佛我从未离开过他们。"我的老兄！"莱纳斯脸上露出灿烂的笑容，手臂张开以示欢迎。还有两个女生，布琳和丽达，跑过来围着我大惊小怪。（"你看起来气色真好，比之前好多了。""是呀，你脸上已经有了血色。"）只要有机会，这两人就会对我大做文章。阿斯特丽德冲我微微挥了挥手，埃莉则朝我叫道："嘿，瘦骨头。"惹得其他几个人朝她使劲瞪眼，然而埃莉毫不介意。乔赛亚一开始什么也没说，直到我和他四目相对。和往常一样，他的刘海早就该剪了。"嘿，老兄。"他轻声说道，声音轻到我只能从他的嘴形读出来是这几个字。

教室被布置成了研讨会的风格，里面不是一张一张的书桌，而是一张大会议桌和几把转椅。布琳和丽达领着我走到会议桌的尽头，也就是老师通常坐的地方。

"你要回来上课了吗？"莱纳斯说。

我突然意识到我可以。我可以说"是的"，就那样回到我的班级，回到塞内卡走读学校，正好上高三。学校会允许我回来，医生也会允许，我妈更是会喜出望外。但是我看了看他们，看了看这十一张过于熟悉的脸，我就是做不到。我不知道该怎么去解释。这和他们都没有关系，也不是因为我认为他们会如何对我。我只是打心眼里知道，假如我回来上学，我就又会不吃东西。嘿，我倒不是说我想吃东西，只是这么久以来，我或许第一次感觉到希望自己想吃东西。

乔赛亚此刻正低头盯着自己的膝盖，其他所有人都在看着我。萨芙的嘴巴微张，似乎如果我不能回答这个问题，她就准备替我回答。

"没有。我是回来做一个学校的项目。"我说。"网上教学。"我又纠正道。如果说大家对于我不会回到塞内卡走读学校有什么失望的话，在我把"冬日暖阳"放到桌上的那一刻，他们的失望就被兴奋取代了。

没有人拒绝冬日暖阳的测试。每个人都热切地等候着——像我妈说的那样——被人用棉签刮走唾液。唯一一点犹豫的迹象来自埃莉，她说："我不需要别人来告诉我什么能让我感到快乐。"但她还是和班上的其他人一起舔了舔棉签。我按照之前看过的我妈操作的程序，用一根根棉签在计算机芯片上涂抹，然后把芯片插入机器一侧的卡槽里，这样做了十次。之后，萨芙和我又一次一起对班上其他人撒了谎：谎称我的手机电池用完了，我得拿回家充电，才能从机器中取出报告。

"所以我们还会再见到你吗？"乔赛亚说，口气有点生硬。我不能判断他到底是想再次见到我还是不想。

我还来不及回答，史密蒂就把头探进教室。看到我时，他露出一脸诧异的表情。"瑞特！真没想到！早知道你会来，我就给你烤个……"说到这儿，他的声音小了下去，略显尴尬。

"烤个蛋糕？"我帮他把这句话说完，"抱歉，史密蒂老师，我不饿。难道你没听人说吗，我从来不会饿。"一阵尴尬的停顿之后，每个人都笑了。连我也笑了。

*

案情记录 3/28/35，晚上

嫌疑人的快乐贩卖机测试结果

莱纳斯：插花，去意大利旅游，放声歌唱。

乔赛亚：在床上铺一张暖和的毯子，和你妹妹共度时光。

阿斯特丽德：乘坐夜间公交车，不上数学课，去文个身。

埃莉：每天跑步十英里，写诗，别听你父亲的话。

*

"我没看出来有什么可疑的，"萨芙说，"你呢？"

我又把测试结果看了一遍，不愿意告诉她真相，我也没看出任何可疑的迹象。我们坐在地板上，萨芙又拿起那罐饼干。她吃得太猛，我都来不及计数。

"我还想着会不会有人的测试结果是说出真相或是向萨芙道歉之类的，"她嘴里一边嚼着饼干一边说，"是不是很蠢？"

"不。警察在审讯过程中使用快乐贩卖机会发生这种事情。有些人的负罪感会让他们感受不到快乐。"

"好吧。我想那事不论是谁做的，他们一定不会内疚，"萨芙喃喃地说，"他们一定认为是我活该。"

"嗯，有可能。但我还是得说，不论这事是谁做的，那人都是个浑蛋。"

萨芙叹了口气。"你的结果是什么？"

"什么结果？"

"那台机器的测试结果？"

"我没做过。"

"但是你之前总应该做过吧？"

"我从来没做过。"

"什么？你从来没做过？但是你妈妈不是——"萨芙说，"这不是她的工作吗？"

我仍然盯着眼前那堆测试结果。"是啊，所以呢？"

"难道你就从来不好奇吗？"

"我只是没什么兴趣。"

"你对快乐没兴趣？"

"嗯，"我抬起头看着她，"是的。"

她眯起眼睛。"我还以为难过的人对快乐是最感兴趣的。"

"我才不难过。"

"嗯，"她面无表情地说，"我也是。"

在接下来的一分钟里，我们互相看着对方，但是能说什么呢？我们俩都很难过。但是那又怎样？

"你知道最好笑的是什么吗？"我把朋友们的测试结果推给她，"你看到这堆结果最先想到什么？"

"我不知道。或许是我无法想象莱纳斯会去插花？"

"好吧，但是总的来说，看到它们，你是怎么想的？"

萨芙翻了翻测试结果。"我不知道。好像讲不大通。"

"我就是这个意思，"我对她说，"测试结果听起来非常随机，讲不大通。'乘坐夜间公交车''插花''不上数学课'。"我顿了一下，又说："'背诵法语单词。剃掉一边眉毛。吃掉一块肥皂。'你在'僵尸'的作用下做出的那些事就像是有人让你做了一个反向的快乐测试。"

"啊。"萨芙抬手捂住嘴巴，手镯纷纷往下滑，叮当作响。"说不定我真的做过一个测试。"

"一个快乐贩卖机的测试？"

"是啊。有可能。"

"你是说那天晚上？"

"有可能。"萨芙重复道，她努力回想的时候眼珠在来回转动，"难道是在某个游戏厅里？"

游戏厅里有一台翻新过的老式算命机，旁边有个混凝纸做的吉卜赛人塑像。你只要把手指按在一块金属面板上，这台机器就会为你打印出一份快乐方案。当然，这并不是一台真正的快乐贩卖机，因为它不会用到DNA，也不会进行运算，只是一个游戏。

"格雷罗街上就有一个游戏厅，不是吗？"

"是的。'被污染的硬币'。"

"那里距离埃莉家是不是只有几个街区？你那天晚上去过那里吗？"

"我告诉过你，我不记得那天晚上发生的事了。"说完，萨芙举起双手，把脸蒙了起来。我想起阿斯特丽德说的我喜欢躲在这后面。蒙着脸的萨芙说："瑞特，我到底做了些什么？"

*

案情记录 3/29/35

乔赛亚的测试结果（全部）：

在床上铺一张暖和的毯子。

和你妹妹共度时光。

告诉某人。

*

好吧，或许我对萨芙撒了谎。因为这可能是一条线索，但也可能什么都不是。告诉某人。这是那台机器给乔赛亚的最后一条建议，但是我在把它们打印出来之前把这一条删掉了。我对漏掉这条内容进行合理化解释，因为机器说的是告诉某人，而不是告诉所有人。而我之所以会对自己的做法进行合理化解释是因为我知道，在和萨芙有关的事情上，我会做出正确的选择。并且我知道，这听起来有点像什么"道德标兵"之类的蠢话，但我也知道，我说的话是真的，我会替她主持公道。

乔赛亚家的地毯纹样让我有一种久违的熟悉感。那是一款深紫色的几何图案——方块里面套八角形，再套八角形。我们曾经在这上面玩耍——我和乔赛亚，在这些形状各异的图案上搭建微缩的城市，还在上面安插锡人。乔赛亚来开门的动静也很熟悉。只不过以前我来找他的时候，他打开门就会立刻转身往自己的房间走去，因为他知道我会跟在后面。但是今天，乔赛亚打开门之后，还堵在门廊里，我甚至有点怀疑他是不是想叫我走开。不过，一秒钟后，他便把门打开，然后我们一起走进客厅，分别坐在两把相隔甚远的呆板的装饰椅上，而我从没见过哈鲁家的人在那上面坐过。

"他们都出去了，"乔赛亚说，朝屋子里的其他房间点了点头，"罗茜要打一场比赛。"

"罗茜近来怎么样？"我问。罗茜是乔赛亚的妹妹，我很喜欢她。

"她嘛，还好，嗯。"乔赛亚把刘海从眼前拨开，但是它们瞬间又掉回之前的位置。就在我能够看见他眼睛的那一瞬间，我发现他的眼神非常紧张。"所以它说了些什么？"

"你是说那台机器？"

"我猜你来这儿找我是为了这个。"

"也有可能是我想你了啊。"

我并没有打算说这句话。它几乎是脱口而出，而说出来以后，我才意识到自己真的想念乔赛亚了。同时，我也对他和我保持距离感到愤怒。我知道这样说很不公平，毕竟我也没有回复他的短信和电话，却还希望他能不停止联系我。可事实就是这样。事实就是，我原以为他会一直和我保持联系。

乔赛亚往前探过身。"真的吗？"他听上去是真的很好奇。

"才不是。"我撒谎。

他笑了笑，往后靠了过去。"哦。好吧。那就是关于那台该死的机器了。"

"机器说你有些事想告诉什么人。我想着，也许……"我耸耸肩，忽然感觉到一阵尴尬，"也许你可以告诉我。"

乔赛亚低下头，手指在嘴唇上摩挲。每次思考的时候，他都会做这个动作。

"那台机器认为，如果你告诉我，你会好过些，"我说，"更快乐一点。"

"我不知道我是不是想要感觉更快乐。"他呢喃道。

"为什么你不想变得更快乐?如果你可以的话?"说完,我忽然意识到,这和萨芙之前问我的问题是一个意思,虽然措辞有所不同。

乔赛亚抬起头,说:"我不知道我配不配更快乐,你懂我的意思吗?"

我当然懂。天哪,他居然问我懂不懂。

"这事和萨芙有关,是吗?"我说,"关于那天晚上。"

乔赛亚盯着我看了一秒,然后站起身,离开了房间。我还在想我是应该跟在他后面,还是直接起身离开。不过他很快就回来了,然后把什么东西扔到我腿上。那是一张字条。一开始,我还以为那可能是一小包"僵尸",但是作为一包药来说它又太大了,而且是不透明的。那就是一张普通的纸。上面写着:

快乐在等着你!

只要你遵从以下三条建议:

1.学习一门外语

2.照顾好你漂亮的脸蛋

3.使用弗兰杰斯牌柠檬美容香皂

只不过这些并不是准确的内容。上面的每条建议都被人用银色水笔修改过。

快乐在等着你！

只要你遵从以下三条建议：

1.学习背诵一门外语

2.照顾好你漂亮的脸蛋剃掉你左边的眉毛

3.使用吃下一块弗兰杰斯牌柠檬美容香皂

　　字条上面的字迹我并不熟悉，但也没有必要去熟悉，因为我已经知道这是谁的字迹。乔赛亚正透过他额前过于浓密的刘海看着我，等着我看完上面的内容并参透其中的奥义。而我也的确理解了。萨芙的难题被我解开了。

　　"她给自己下的药。"我说。

　　乔赛亚点点头。

　　"她给自己下了药，然后叫你在她神志不清的时候告诉她去做什么，"我继续说道，"她让你承诺保密。"

　　我甚至都不用问乔赛亚萨芙为什么选择他来帮助自己实施惩罚计划，因为如果她能让乔赛亚许下承诺，那么他就一定会信守承诺。乔赛亚是个好人。那也是我和他能成为朋友的原因。乔赛亚是个道德标兵，实打实的。只不过他现在看起来不是很有标兵相。他脸色苍白，而且气色非常糟糕。

"我并不知道她会给自己下那么猛的药，"他说，"她一直等我做出了保证才行动，然后把'僵尸'贴在锁骨上。贴在离脖子那么近的地方，人很快就会丧失意识。"

"她不记得那晚发生的任何事。"

"贴在她的锁骨上，"他重复道，"她能记起那一周发生的什么事情我都很惊讶了。我几乎坚持不下来，瑞特。但我们在玩那个愚蠢的游戏——"

"我知道，她当时是替罪羊。"

乔赛亚盯着双手，仿佛他刚刚才发现它们放在大腿上。"但是我答应她并不是因为她是替罪羊。恰恰相反，我那么做是因为她让我那么做。而我当时想的是，扮演替罪羊的那个人应当获得片刻的……尊重。她向我解释过，她为什么想要那样做。"

"是因为她之前虐待过阿斯特丽德吗？"

"她说她想知道那是一种什么感觉，她给阿斯特丽德制造了一种什么感觉。她说她很怕自己变成一个心硬如铁的人。"

"你就照她说的做了。"我说。

"是的，我照她说的做了。但她吐了之后，我就把那块肥皂拿走了。已经够了。我，还有埃莉，我们一起帮她清理干净，给她穿上衣服，把她送回了家。"

我又问了一个问题，虽然答案我也早就知道。"那你为什么不告诉她？我的意思是事情发生后，你和埃莉为什么没有告诉萨芙，这从头到尾都是她自己的点子？”

“因为她也让我做了保证：保证事后不会告诉她。她说那样就会把整件事毁了，会让人感觉这么做还有点崇高什么的。她还说，这么做的全部意义就在于去感受阿斯特丽德之前的感受，作为一个受害者的感受。”说完，他摇了摇头，“我不知道她会去找你——你想查清那天晚上发生了什么，是吗？”

“她找我帮她。”我说。但是这句话说出来并没有我之前在脑海中想象时那么有力量。

“你们一起出现在学校的时候，我就差不多猜到了，”乔赛亚摇了摇头说，“我早就应该猜到她会去找你的。”

“等等。这是为什么？”

“这个嘛，因为那台机器。因为在内心深处，她一定记得自己做过测试。”乔赛亚指了指我手里的字条。“而且她知道你妈妈是做这一行的。”

“好吧，似乎有点道理。”

“也因为她老是提起你。”

“有吗？”这真是个愚蠢的问题，但我还是问了，有吗？

“是啊，她经常莫名其妙就冒出来一句我真希望瑞特在这儿，或是不知道瑞特现在在干吗。她是我们当中唯一一个真的会说出来的……”乔赛亚又摇了摇头，“但是我们心里都是这么想的，老兄。希望你知道这一点。”

"是的，我知道。"我说，并且突然意识到这是真的：我真的知道。

过了一会儿，乔赛亚在送我出门的时候说："那我们还会再见面吗？"

"会啊。"我说。

"很快吗？"他说。

"是啊，"我答应道，"很快。"

＊

案情记录 3/30/35

解决方法

现在我可以相当确定地下结论：萨芙·琼斯完美地实施了计划。她制作了一个复仇机器，让它运行起来，设计了一系列不道德的任务，唆使乔赛亚·哈鲁帮助她给自己下了"僵尸"迷药。她这么做是为了缓和自己在替罪羊游戏中因为欺负阿斯特丽德·洛温斯坦而产生的负罪感。由于药效的原因，以及她让乔赛亚承诺对此保密，所以她事后不记得自己不仅仅是受害者，同时也是作案者这个情况。所以，要说惩罚的话，我们施加给自己的惩罚才是最残酷的。

＊

我又和萨芙碰面了。这次我准备告诉她我做到了，我已经解开了她的谜题，即便我还不知道要如何告诉她真相，即便我还不知道她知道真相后会有何反应。我们又把车开到金门公园，来到我们最初碰面的花卉温室后面的那条路上。那只是六天前的事，但现在感觉像是过了一千年。一路上，我都在想我应该怎么开口，怎样表述才最好。我在想，如果她哭了的话，我会直接上去拍拍她的手臂。甚至抱抱她？但我还没来得及开口，萨芙就已经熄灭引擎，转过头平静地看着我，说："你已经知道了，是吧？"

"是你，"我说，把之前想到的那些措辞通通抛到了脑后，"是你给自己下了药。"

我看着她的反应。我看着她脸上的最细微处在发生变化。萨芙没有哭，即使她的眼睛大睁，像是要哭了的样子。她颤抖着用鼻子深吸了一口气，然后又慢慢呼了出来。

"好吧，"终于，她用细若游丝的声音说，"好吧。我记起来了。我是说，记起来足够多的事情了。"

"你想让我告诉你余下的部分吗？"

"不想。"

她转过头，朝窗外看去。我对着她的侧影看了一会儿，但是因为我也讨厌别人盯着我看，所以我转过头，朝她目光所指的方向看去，也就是天空的方向。我还记得可以透过树梢看到温室的尖顶。于是我在一片绿色当中寻找着它们的踪迹。

有那么一分钟，我们都没有说话，只是那样安静地看着。然后萨芙说："我还以为是那台机器让你不吃东西的呢。"

"什么？"我说，"才不是呢。"

有那么多人问过我为什么拒绝进食：我的父母、我的医生、我的理疗师、照顾我的护士、乔赛亚等等——这还只是几个我熟悉的人。但是萨芙没有问过我。我的意思是，她也会问，但是她提问的方式是我能够理解的。

"作案动机？"她说。

我朝她瞄了一眼，发现她正直勾勾地看着我。

"快说啊，你的动机是什么？"她重复道。

于是我做了一件世界上所有的机器都预测不到的事，直接回答了她的问题。

"这让我感觉强大。拒绝某种身体需要的东西让我感觉强大。当我感觉饥饿的时候，不向饥饿低头让我感觉强大。"

"哦。"她点点头，"好吧，我懂了。"

但是不知为何，我仍然在向她解释。因为我突然就有了很多想说的话。"我觉得我想要成为某种不可或缺的东西。我想要变得纯净。"

"天哪，瑞特，"萨芙笑着说，一双大眼睛明亮而悲伤，"我和你一样。"

而此刻我想告诉她的是，她的笑容就是一种不可或缺的东西，她的笑容就是纯净的化身。但是我永远无法讲出那样的话来。

于是我做了一件我能做的事情。我舔了舔我的拇指，然后把手伸向了她的脸庞，用拇指擦掉了她画的那道眉毛。那里已经长出了一些细小的毛发，一道弯弯的眉毛正在成形。接着，我还做了一些别的事。我探过身去，吻了萨芙，就吻在她的眼睛上方，她的眉毛之前所在的地方。

　　作案手法：我很勇敢。

　　作案动机：我想要吻她。

　　作案时机：她把头伸了过来，接住了我的嘴唇。

兄弟之谊
Brotherly Love

第三章

　　卡特见到那个人之前就听说了他的故事：托马斯·伊格尼丝，冬日暖阳公司驻圣克拉拉办公室的新任技师经理。这是一个很高的职位，反正比卡特担任的旧金山办公室经理要高出一阶，因为圣克拉拉是冬日暖阳快乐贩卖机诞生的地方——就在那儿的硅谷，他可以和那些研发部的小伙子并肩工作。卡特之前甚至都不知道这个职位在招人，直到有人坐上了那个位子。而且托马斯还是个从外面请来的"空降兵"！斯克鲁尔的手下一定是私下去找的这个人，就像为一个秘密组织招兵买马那样。卡特想象着一抹雪茄的烟雾腾起，然后一根手指郑重地在他肩膀上敲了敲。嗒，嗒，意思是，是的，就你了。只不过，卡特自己的肩膀并没有被人这样敲过，他周围的空气也令人失望，并没有烟雾腾起。一个念头从卡特脑中一闪而过，他本该对伊格尼丝感到忌妒，但是鉴于这次升迁的机会在他开始觊觎以前就破灭了，所以他的忌妒也被弱化了：与其说是肚子上挨了一拳，不如说更像是耳垂上长了个疙瘩。

托马斯入职后不久，关于他的种种传闻就传开了。譬如，他并不像大多数的职业经理人那样从美国东海岸起家，而是在中西部经历了种种历练。譬如，托马斯家族的人（不是他的"家人"或"亲戚"，而是他们家族的人）往上数三代是饲养牲畜的，托马斯本人是靠课余搬运干草才念完了大学。（卡特还特意去查了一下，看看搬运干草是怎么一回事，然后发现一些俯身劳作的男人的图片，阳光直射在他们宽阔的肩膀上）即便出身贫寒，托马斯·伊格尼丝并不是个乡巴佬。他的喉结下面常年打着完美的四手结提花丝绸领带；他会说流利的意大利语，会说流利的韩语（到底是哪种语言，还是两种都会说？）；他办公室的会议桌是他自己用可再生木材亲手打造的；他在卡拉·帕克斯成名之前和她短暂约会过；现在他有一个名叫"青黛"的女朋友，是个舞娘兼自行车信使。

卡特身上就没有这样的故事。他父亲是一名电气工程师，母亲是一名幼儿园老师，从小长大的地方距离吉尔罗伊有一小时车程，而那里唯一能引起人们注意的就是一股大蒜味。他的童年是在每天晚上观看各种流行的情景喜剧中度过的，那些演员在剧中坐的沙发比他们家的更好。卡特的母亲一度喜欢收集奶牛形状的小摆件，还在家里的每张桌子和每个架子上都摆满了黑白花大乳牛和小母牛，当然个中缘由他母亲自己也说不上来。你摸过奶牛吗？卡特不久前这样问她，他母亲看起来十分困惑。我为什么要去摸一头奶牛？她说。那就是他母亲的全部，他父亲则整日沉迷于那几本破破烂烂的数独书籍。但是卡特和他们不一样。卡特凭借自己的努力考进一所顶尖的商学院——他那时还带着一点难以消除的婴儿肥——很快又拿下了安吉和冬日暖阳公司的工作。从那时候开始，卡特的人生轨迹便像开了外挂般一路走高。他在惊讶的同时又对自己深信不疑。卡特认为自己是一个靠自我奋斗出人头地的人，上帝给他提供的先天条件并不怎么好。

*

卡特和托马斯终于在纳帕谷开展的公司春季团队建设活动上见面了。大家都管这种活动叫"团建"。本来应该只有卡特的办公室在纳帕谷进行团建，但就在他们出发的前两天，圣克拉拉办公室安排的团建活动泡汤了（滑翔许可证的申请在等待过程中出了一点小岔子），于是公司干脆决定让这两个办公室一起开展团建。

"这是一次常规的团建活动大爆发。"卡特对珀尔说，他觉得珀尔终有一天会被他的某个笑话逗笑。

珀尔的回应是几声咳嗽。卡特无从分辨她是在延续这个关于团建的笑话，还是她的喉咙真的有些痒。当时他们正在纳帕谷的一间品酒室里站着。卡特想和她对视，却失败了。珀尔转过头去，卡特只能看到她的背影。她的头发剪得更短了，发根在耳垂边卷起。他想告诉她，留长一点会更好看，但他在等合适的时机说，不致冒犯她。珀尔饮了一小口她杯子里的红酒，然后吐到了酒桶里。

酒庄里唯一让卡特喜欢的地方就是这些吐酒桶，这是附庸风雅最蹩脚的尝试——那些侍酒师身上穿的亮闪闪的腈纶衬衣，门上用巨大的铸铜字标注的"品酒室"，以及无处不在的品牌标志。在最后一间酒庄，他们甚至还出售胸口绣有酒庄名字的马球衫。"某某和他的儿子们"。卡特不明白为何会有人把那件印有酒庄名字的衬衫穿在身上，除非你是那个"某某"本人，或者他的众多儿子之一。

卡特已经为这次酒庄之行后悔了。说起来，这到底是谁的主意？反正不是他的。是欧文吗，还是伊兹？也不是珀尔的主意。事实上，珀尔之前还想申请不来参加这次团建，并隐约提到了她想照顾自己青春期儿子的事。可是卡特跟她说不行，毕竟说起来，他不也把安吉和他们不到三个月大的女儿留在家里了吗？这次团建只有两天，他对珀尔说，每个人都必须参加。

到了下午的这个时候，这趟团建之旅让人感觉的确是在走形式了。他们已经参观到了第三家酒庄，而那些葡萄，不论是从字面意义上来说，还是从比喻意义上来说，都俨然在藤上枯萎了。那一年，旧金山有人发起活动，号召市民去支持这些酒庄，因为气候变得太过炎热，那些传统品种的葡萄歉收了，这些酒庄只能苦苦挣扎。因为没有黑皮诺①，这些酒庄开始用另一种类似的葡萄酿酒，并戏谑地称之为"黑厄尔尼

---

① Pinot Noir，一种用来酿制葡萄酒的传统葡萄品种。

诺"。卡特则叫它们"黑不诺"。（但是珀尔也没有被他这个笑话逗笑。）这种新品种的葡萄酒口感非常单薄，甜腻难喝，就像被人舔了一阵的葡萄味棒棒糖上的口水味。果然是"不诺"。

到了他们参观的第四家，也是最后一家酒庄，卡特已经不知道对于圣克拉拉办公室一行人还没出现应该感到失望还是释然。他找了个酒桶旁边的地方站着，看着他的下属们品酒又吐掉。不过他一直留意着珀尔，她是这些人当中唯一一个从头到尾只品尝白葡萄酒的人。卡特希望她能尝一下红葡萄酒，希望她的牙齿被染成紫色而浑然不觉。为何她对他连笑一笑都不肯呢？

就在这个时候，一只手臂绕过卡特的脖子，让他有点站不稳的同时又把他稳稳地按住了。随后，一个声音在他的耳边低声说："让我们来尝尝这款劣酒。"

卡特转过头，发现托马斯·伊格尼丝的笑脸此刻与他只有几英寸的距离，看起来和他在公司主页上的照片一模一样。怎么会有人和公司网站上的头部特写看起来一样精神？可以说没有。硬要说有的话，那也只有托马斯·伊格尼丝了。

"来干了这杯劣酒！"卡特附和说。这是安吉常说的一句打趣话，卡特一直觉得不太好笑，但或许它的确是有趣的，因为托马斯·伊格尼丝笑得更灿烂了，他还拍了拍卡特的背，把他往前推了推。

卡特走到柜台前。"你好，我想要两杯葡萄酒。希望能有机会吐在你的酒桶里。"

说完，卡特听见托马斯在他背后笑出声来。

那天余下的行程卡特都和托马斯待在一起。在那些拖拖拉拉的人事部女人强行安排他们参加的没什么用的信任和交流练习当中，他俩做起了搭档；在酒店的吧台区，他俩也是中心，其他员工都围在他们身边，为了赢得他们的好感而暗自较劲。那天晚上，他俩在卡特的房间里待到很晚，不断叫酒店的客房服务，花光了他们所有的补贴。他们变得十分亲密，相处融洽。

就在那里，经过几小时团建，卡特知悉了有关托马斯·伊格尼丝的真相。了解了这个男人真正的样子。经证实，托马斯的确会说意大利语和韩语，虽然他的韩语用他自己的话说只是一点"游客韩语"。另外，关于那张会议桌，托马斯也证实了是他自己打造的。卡特甚至还听托马斯透露了一些关于他那个舞娘兼自行车信使女朋友的下流细节，只是她的名字并不是"青黛"，而是马莎。而且不知为何，这个名字让她听起来更性感了。

作为回报，卡特也告诉托马斯，说他和珀尔曾经有那么一腿（这并不是真的，但是曾经有可能发生），但是在安吉告诉他自己怀孕了以后，他就结束了这段关系。他还向托马斯解释了他为何觉得这场外遇其实是一段好的经历——因为它让自己成了一个更好的父亲，一个比没经历过外遇的卡特更好的父亲。托马斯点了点头，他懂卡特的意思。

当然这两个男人也聊了工作，聊了管人是多么困难，要处理下属无穷无尽的需求和抱怨，以及一个人和他的下属为什么永远不能像朋友那般相处。

"但是话说回来，谁想要跟他们像朋友般相处呢，是吧？"卡特说。

托马斯点了点头。"我们能坐到我们现在的位置是有理由的。"

"没错！"

"这是一种勇气的表现，"托马斯接着说，"承认你的确比别人优秀。"

听到这几个字，卡特感觉后背不由得打了个激灵。就你了，它说。

周五晚上结束团建回到家以后，卡特把这话讲给安吉听，安吉却皱起鼻子说："一种勇气的表现？那是什么意思？"

卡特从妻子手里接过烦躁不安的女儿。安吉身上有股酸味，仿佛沾上了女儿身上的什么东西。但他对她还是充满了感谢，感谢她能够忍受怀孕带给她的种种委屈和不适。卡特把女儿高高举过头顶，女儿则朝天花板耀武扬威地挥舞着小拳头。

"说真的，卡特，那句话到底是什么意思？"

卡特懒得回答。他知道她是不会懂的。

*

托马斯下一个周四给卡特打了电话。电话里，他问卡特那天晚上是否可以到圣克拉拉的办公室去一趟。托马斯在电话里说的时间是几个小时以后，甚至比晚饭时间还晚。"一旦那些苦差事和责骂离开了你的领地，"他隐晦地补充说，"你就过来，带上一台机器。"

于是，卡特穿过黑漆漆的园区，来到托马斯之前指给他的一道门前，刷了一下指纹进去了。随后，他沿着一条空荡荡的长走廊走了很久，走廊里的安全灯就像一队传令官，随着他的脚步亮起又熄灭。他听见有声音从头顶传来，那是一群人爆发出的一阵明快的笑声。当卡特终于找到那个有人的房间时，他看到门牌上写着7A实验室。

托马斯在实验室里，和另外四个男人围坐在一张桌子跟前。那四个男人中，有两个是程序员，卡特可以通过他们的年纪（比其他人更年轻）和衣着（从床边的地上随便抓到什么就穿在身上）判断出来，但不知为何，这两个脸上打了洞戴着金属装饰物、自鸣得意地笑着的程序员看起来比卡特手下那些如隔夜咖啡般油腻的程序员更高级一点。第三个人一定是通信部的，并且职位不低，这一点可以从他橡胶般的僵硬笑容和鸡冠头两侧渐白的鬓角看出来。第四个人，有点不可思议，多半是个大楼管理员，从他穿的连体工作服和整体气质可以看出来。这家伙是被邀请到这儿来的吗，还是他只是来这里溜达一下，坐下来不肯走了？

"卡特！"奇怪的是，最先叫出他名字的竟然是那个大楼管理员。

其他人此刻都齐刷刷转了过来，而卡特知道自己现在是什么样子：双眼圆睁，在门廊里半蹲，仿佛随时准备逃跑。

"卡特！"托马斯·伊格尼丝也跟着叫道。"就是这个人！"他指着卡特说，其他人也纷纷点头，即便托马斯这句话并没有说完。就是这个人……什么？

托马斯招手示意卡特进来。桌子旁边有一个空座位，就在其中一个程序员旁边，大楼管理员对面。

"你把你办公室的机器带来了吗？"

卡特从包里把那台机器拿出来，放在桌上。托马斯朝坐在卡特旁边的程序员点了点头，那个人站了起来，打开房间角落里的一个橱柜，从里面又拿出一台机器，放到桌上。卡特看着这两台一模一样的机器。好吧，几乎一模一样，因为另外那台机器的外壳右上角有一处小小的凹痕。

"两台480。"卡特陈述着这个显而易见的事实。

托马斯和其他几个人彼此相视一笑。终于，那个程序员说话了："这一台只是外观看上去是480，它的内在做了一些改动。"

"你们做了改进了？"

"没有'改进'，"他说，"只是改动。"

"不不不，"托马斯竖起一根手指朝那个程序员晃了晃，"卡特说得对，我们的确把它改进了。"

"怎么改进了？"卡特问，"更准确了，还是处理速度更快了？"

托马斯指了指那台机器，说："你试试就知道了。先试你那台，然后再试我们的。"

"什么？我吗？"

大楼管理员指了指他，说："是的，就是你。"

其他人也都盯着卡特。

"来啊，"托马斯说，"这就是我请你过来的原因。"

卡特照做了。他只能照做。他用棉签在自己嘴巴里刮了一圈，然后把自己的细胞涂抹在计算机芯片上，于是那台机器给出了和以往相同的快乐方案：

站直身体。
别担心站直身体这回事。
领养一条狗。
对你的妻子微笑。

"给我们看看结果！"那个大楼管理员喊道。卡特不好意思地把这个讨厌的方案投影到桌子中央给其他人看。他一直对自己的快乐方案感到尴尬。冬日暖阳公司测试的是所谓的深层快乐，建议并不是针对饥饿或交通堵塞这种日常烦恼，而是涉及深层的自我和灵魂。所以，尽管你的快乐方案不会经常变化，随着时间的流逝，它会依你内在的变化而改变。卡特的方案却从未改变。也许是因为他从未想过要遵从这个方案。

"'站直身体'和'别担心站直身体这回事'？"那个两鬓斑白的家伙大声念出来，"我觉得有人会相信这个鬼东西才真是见鬼了。"

"你的工作就是把它推销给别人。"一个程序员不屑地说道。

"天哪，老兄，最后这一条？"另一个程序员说，"那听起来像是你老婆的快乐方案，不是你的。"

卡特耸了耸肩。"我也一直对此不能理解。"

"这就是我们叫你来这儿的原因。"托马斯说，"我们这一桌人都和你感同身受。"

"你的意思是……你们觉得机器说的是错的？"卡特这句话几乎是悄声说出来的。毕竟，这可以算是对机器的不敬，况且还是从一个公司经理嘴里说出来的！

"机器说的本身没有什么不对，"托马斯缓缓道，"只不过它考虑的方向不对。这里面的内容都是正确的。"他伸出手，手指滑过投影，投影在空中晃了晃。"如果你照它说的做，你很可能会变得更快乐。但是我来问问你：仅仅因为它是正确的，就意味着它是对的吗？我的意思是说，快乐是你想要的吗，卡特？"

"当然，我想要啊。不然呢？"

托马斯·伊格尼丝挑了挑眉毛，说："卢克。"然后那个大楼管理员就递给卡特一根新的棉签。

卡特用那根棉签在嘴里刮了一圈，突然想到了那次品酒，还有那些吐酒桶。一个程序员伸出手接过棉签，把它往一个芯片上抹了抹，再把芯片塞进机器，接下来便是和往常一样的程序。只不过，这一次感觉似乎有所不同。坐在桌子周围的这些男人纷纷往前探身，虽然动作幅度很小。卡特发现自己也往前探了探，口干舌燥，仿佛那根棉签不仅从他嘴里刮走了一些口水和脸颊内壁的细胞，还从他的身体深处吸取了某些东西。

机器的屏幕亮起来后，程序员没有投影，而是先把它递给托马斯，托马斯看着上面显示的内容，赞许地点了一下头，又把它递给了桌旁的另外一个人，让大家传阅，意味着卡特会是最后一个看到的人。另一个程序员看完之后笑出了声。鸡冠头喃喃地说："那应该会有效果。"大楼管理员则露出了慈祥的笑容。当电子屏终于传到卡特手上的时候，他看见上面只列出了一条建议：

把你办公室里的椅子全部挪走，只留下你自己坐的椅子。

"这是什么意思？"卡特说，"我的快乐方案一直是同样的内容，一直都是！站直身体，别担心站直身体这回事，朝安吉微笑，领养一条狗。"

"这不是一份快乐方案。"一位程序员说。

"是的，这不是快乐方案。"另一位也重复道。卡特这才注意到，这两个程序员原来是一对双胞胎；除了面部打的洞的组合有些不一样，其他地方简直一模一样。

托马斯开口了："它不是在告诉你做什么会让你快乐。"

"那它是在告诉我什么？"

"你是个聪明人，"鸡冠头说，"你觉得它是在告诉你什么？"

"我不知道。"

托马斯笑了，和他在公司网站上那张照片上的笑容不太一样，和他朝桌上其他人露出的笑容也不太一样。那是一种只对卡特展现的笑容。"还有什么东西比快乐更重要？"

卡特心里知道，这个问题有一个显而易见的答案，但他也知道，自己并不知道这个显而易见的答案是什么。卡特的脑海中突然闪出一个画面：他仍在襁褓中的女儿，握着两只小拳头在空中挥舞。

"权力，卡特。这台机器告诉你的是如何让你变得更有权力。"

*

卡特一丝不苟地按照这台机器给他的建议做了。他把办公桌对面的两把椅子撤走，只留下皮转椅。于是他的下属走进他的办公室以后都要缓缓地转个圈。

"椅子去哪儿了？"有些人会问。

卡特觉得回答尽量简短是最好的。他拍了拍自己的座椅，说："就在这儿。这不是椅子吗？"

还有些人会战战兢兢地站在那儿，不敢要求得到一个座位。有的时候，卡特会对他们心生怜悯，对那些人说，他们可以斜靠在桌沿上，这样会更好。想象一下穿着西装的成年男子，臀部像二十世纪五十年代的女秘书那样抬起的样子吧！当然了，珀尔是拒绝靠在他的办公桌上的，虽然卡特多次向她建议说可以。好吧，随便她。

最开始，这让卡特觉得很为难。毕竟他一直在努力让大家喜欢自己，但是他在这方面并没有取得很好的效果，不是吗？而每当他想到自己讲话的时候一些员工在下面挤眉弄眼的表情，他就能更加心安理得地看着他们站在自己办公室中间无所适从的样子。到了第二周，卡特注意到了他的下属们的变化。没有人在周一晨会上偷偷摸摸按手机了，也没有人在他刚刚巡视过工位后发出隐约的窃笑了；有的只是按时递交的工作报告和低垂的眼帘。可以说，这一条关于椅子的建议非常简单，但又非常优雅，就像管理学里的柔术。

下班回家以后，卡特一把转过安吉的身体，安吉的头发在空中飞舞。"卡特！"她大声抗议道。卡特把女儿从她手中接过来，抛向空中，再接住。女儿咯咯地笑了。"别抛那么高！"安吉大声说。然而另外两个人——卡特和他女儿，都笑得全身颤抖。

*

接下来的那个周四，托马斯再次邀请卡特来到7A实验室，那台外壳有凹痕的机器就是在那儿向卡特宣布了他应该使用的一项新策略。

告诉你的下属他们穿着的衣服是什么颜色。

"例如他们衬衣的颜色？"卡特问。

"嗯……"鸡冠头的嘴里冒出来这么一句。

托马斯·伊格尼丝也若有所思地点点头。

卡特朝桌子周围这一圈人挨个看去。他们有的面无表情，有的满脸戒备。

"好吧，那条关于椅子的建议非常棒，出乎意料地有效。"

"是吗？"托马斯听上去非常开心。

"大家的反应怎么样？"一个程序员问道，瞄了一眼他的双胞胎兄弟。

于是卡特向他们解释，员工并没有像他以为的那样变得不高兴，反而对他更加尊敬，更加谦卑，也更加顺从。"给人的感觉就像他们希望我这样做似的，"卡特说，"或者说是需要我这样对待他们，给他们一点鞭策。但是这条？"他指了指屏幕，"这条——抱歉——我理解不了。"

"冬日暖阳给出的建议一开始看起来会有些奇怪——"鸡冠头开始念叨起培训手册里那一段说辞，但是其他人都朝他发出了嘘声。

"我们告诉过你，"其中一位程序员说，"别跟我们背诵你自己写的那段话。"

鸡冠头滑稽地耸耸肩，仿佛在说，嘿，反正我试过了！这时卡特突然意识到，他并不知道这个人的名字，或者这里除了托马斯外其他任何人的名字，但是他们好像全都知道他的。

"嘿，"托马斯说，"冬日暖阳也让我做过不少奇奇怪怪的事情。"

"你也在做这个测试？"卡特说。

"卡特！当然了！"说完他顿了顿，然后往前探过身，压低声音说，"不然你以为我是怎么拿到圣克拉拉办公室经理这个职位的？"

"当真？"

托马斯朝他挤了挤眼。

"我能……我能看看吗？"

"看什么？"

"看你的机器，"卡特指了指那台有凹痕的机器，"看你做这个测试。"

"我可以直接把我的测试结果告诉你。"

"我知道，当然。但是我觉得，如果你可以让我看一下……"

"让他看呗！"大楼管理员大声说。

托马斯瞪了那个管理员一眼，然后朝两个双胞胎程序员中的一个挑了挑眉毛。那个程序员则朝他轻轻点头作为回应。

"好吧，卡特。没问题。你可以看我做一次。"

"但是我们得重启一下这台机器。"双胞胎中的另外一个说。

重启没有花太多时间。那对双胞胎先是用键盘进行了一分钟完全静默的讨论，然后把那台机器递给托马斯。大楼管理员找出一根棉签，托马斯拿着它在口腔里刮了刮。随后，那台机器的屏幕亮了起来，托马斯迅速读了一遍上面的内容，瞄了一眼那对双胞胎，却先把它递给了卡特。

长时间拥抱你遇见的每个人，长到让对方感觉不舒服。

"对，就是要长到让对方感觉不舒服，"托马斯笑着说，"你还觉得你那条关于衣服颜色的建议很诡异，那你看看我都得忍受些什么？"

卡特的第一反应是，在他进入这个房间时，托马斯并没有给他一个拥抱，甚至都没有跟他握手。有那么一会儿，他想象着托马斯的拥抱会是什么样子，那应该是一个兄弟般的拥抱吧：在经年累月的粗重劳作下变得无比强壮的手臂围裹着他的身体，既令人感觉受到了保护，又令人感受到鼓舞。卡特沉浸在这个想象中的拥抱里。

"说真的，卡特，这些该死的拥抱真让人受不了！我觉得我可能快要被人投诉性骚扰了。"

"那你为什么不稍微收敛一点呢？"

"收敛一点？我只知道如何更放肆一点。试试这条关于衣服颜色的建议吧，"他说，"谁知道呢？说不定会有惊喜。"

于是就这样，托马斯·伊格尼丝又一次说对了，这条关于指出人们衣服颜色的建议甚至比挪走椅子更管用。卡特完全遵照了冬日暖阳的指示。每当一名下属走进他的办公室，他都会告诉对方他们今天穿的衣服是什么颜色，语气平静，面无表情。

"你今天穿的紫色。"

"你今天穿的黑色。"

"你今天穿的宝石绿。"

下属们对此的反应则始终如一。他们会低头看身上的衣服，仿佛已经忘记了当天早上自己穿的是什么，然后再抬起头看着卡特，等着听那句惯常的赞美，譬如，"你很适合穿这个颜色"，或者"这个颜色很衬你的眼睛"。但是，当卡特的点评没有什么称赞紧随其后，之前的那句话仿佛也凝固在空气里面。卡特怎么也没想到，那些人接下来的反应都是一副吃惊状：嘴唇似笑非笑地颤抖着，怯懦地朝他眨巴着眼睛，就像个无助的孩子。要说其中最有趣的部分，那就是卡特注意到，一旦他评论过某个下属穿的某个颜色，那个下属就再也不会穿那个颜色。

这一次，即便是珀尔，在卡特指出她的衬衣是橘色的时候似乎也表现出了不舒服。

和其他人一样，珀尔低头看向自己的身体，不好意思地摸了摸衣领，然后低声说："我是在打折的时候买的。"

*

之后的那个周四，卡特告诉安吉，他要去玩一个每周一次的扑克游戏，还说他加入了一个扑克俱乐部。

"不是只有保龄球才有俱乐部吗？"安吉心不在焉地说。

"那随便你怎么说吧……就叫它阴谋集团好了。"

"阴谋集团？暗中想推翻政府的才叫阴谋集团吧？"

"那就叫小圈子好了。"卡特说着，突然感觉有些气恼。"就叫它小圈子吧。也别告诉我那是什么意思了。反正我去那里的目的就是玩一个游戏。"

"哦。一个小圈子。一个游戏。就像编玫瑰花环①那种游戏。"安吉一边说，一边低下头朝她怀里的婴儿笑了，然后便开始吟唱这首童谣。这时，一个念头从卡特脑中蹦了出来，之前也时不时会冒出来，在他的脑海中苦涩地盘旋：如果我们在我还是个胖子的时候遇见彼此，你就不会爱上我了。只不过这一次，他脑海中出现了对这句话的一句冷峻回复：但是你现在已经对我爱到无法自拔，是吧？

接下来，在"扑克俱乐部"，卡特对那一桌人讲述了他遵照那条关于衣服颜色的建议去做的结果。在其他人对他表示祝贺的时候，卡特谦虚地笑了。

---

① *Ring Around the Rosy*，一首著名的英国童谣。

"我们已经听说了。"鸡冠头说。

"是吗?"卡特的兴奋劲消失了,声音也有点发颤,"那那……我的意思是,你们都听说了些什么?"

"我们听说旧金山办公室经理是个让人吃不消的狠角色。"

"是啊,"一个程序员附和说,"一个狠角色。"

"好吧,"卡特耸耸肩,"严格来说,没有他们说得那么夸张。"

"是啊,没有那么夸张,"托马斯说,"但是你还是厉害。"

接下来,机器告诉卡特,他应该让下属的午餐休息时间随机化,还告诉托马斯,他应该穿着丝绒家居服来上班。啊,可怜的托马斯。

虽然卡特的手机里有一个随机化程序,但是他一直懒得用。事实上,他中意的做法是走过办公室,在某个下属的肩膀上客气地拍两下,宣布:"去吃饭吧!"没过多久,卡特就听到一些那个鸡冠头提过的关于他是"狠角色"的传言。他听到人们低声交谈,看到他们交换眼神,还注意到,他走进哪里,哪里就骤然沉默。卡特感觉浑身权力在涌动。他每天早上醒来都面带微笑。哦,不,事实上,他每天早上醒来的时候都发出一声咆哮。

"你这几天怎么这么……"安吉在脑海中搜寻着一个词来形容。

"阳刚?"卡特说。

"吵。"安吉最后决定道。

女儿此时也大声尖叫起来。

"你们两个都是,"安吉补充说,"两个都很吵。"

*

这个故事的结局到底是从什么时候开始的呢？是卡特让珀尔在他的办公室里站了一个多小时，向他汇报月度工作那一天吗？那次汇报临近结束的时候，珀尔的双手已经开始颤抖，声音也是。她手机掉在地上，捡了起来，眼里满是怨念。

"我是哪里得罪你了吗？"她说。

她的确得罪过卡特，不是吗？卡特感觉自己之前被她伤害了，虽然他也不能确切地记得她是如何伤害他的。

"到了这个阶段，我觉得你应该已经能够应付各种不同的管理风格了。"卡特在珀尔转身离开他办公室的时候，对着她的背影说。

第二天，斯克鲁尔的办公室给卡特来了一通电话。因为卡特的手机当时处于静音状态，所以他在收到留言的一小时后才看到。斯克鲁尔说，公司的副总莫莉·丹纳需要和他谈谈他的管理风格的一些问题。

卡特朝珀尔的工位走了过去，抓住她的肩膀，一把把她的椅子转了过来。他举起自己的手机，仿佛那是某个证物。"如果我说这是你搞的鬼，你应该不会抵赖吧？"

这一次，珀尔的声音没有颤抖。"我会说不止我一个人。"

卡特抬起头，从格子间的上方看了过去，发现办公室里的每个人都在盯着他。

*

当卡特来到圣克拉拉的时候，办公室里空无一人，尽管那是个周三的下午，时间尚早。他最后还是找到了其他人。原来他们都挤在一间休息室里，举着塑料酒杯在欢呼。卡特瞥见托马斯在房间中央被人群包围着；他挥了挥手，想引起托马斯的注意，但是没有成功。

"这是在庆祝什么？"他向站在自己旁边的那个人打听。

"伊格尼丝先生被任命为副总裁了！我们也是刚刚听说。"

"哦，"卡特结结巴巴地说，不知道自己此刻是否应该离开，他不想坏了托马斯的好兴致，"恭喜他啊。"

"话说回来，我们都知道早晚会有这么一天。"那个人得意扬扬地补充道。

"是吗？"卡特说。

"是啊。当初副总候选人只有托马斯和另外哪个分公司的总经理，但是拜托，他俩根本没得比，好吗！来，接着喝。"他说完，把什么东西塞进卡特手里。那是一杯葡萄酒。"喝吧，这可是好货。"

卡特把酒杯举到唇边。杯里浓烈的香味让他回过神来。是的，这是一杯好得令人心痛的酒。

他从休息室里退了出去，沿着走廊往前走，一直走到托马斯的办公室。事实上，托马斯和卡特的办公室都位于一个楼层的同一个位置。卡特决定进去，在里面等他的朋友。派对总不会一直开下去，结束后，托马斯就会回到这里，帮助卡特，告诉他到底哪里出了问题。卡特也是这个时候才看见，那台有凹痕的机器就放在距离托马斯办公桌不远的一个架子上。好吧，或许它也可以告诉卡特是哪里出了问题，不是吗？

卡特在托马斯的抽屉里找了半天，终于找到了一套取样工具。随后，他照老程序用棉签在嘴里刮了一圈，涂抹到芯片上，然后用颤抖的双手把芯片塞进那台机器。

一个声音打断了他。"你在这里干吗？"

卡特抬起头。说话的是双胞胎程序员中的一个。

"嘿……你好啊！"卡特尴尬地说。他怎么到现在还不知道这个人的名字？

"卡特，嘿。"程序员的脸上挤出一丝笑容，他飞快地瞄了一眼那台机器，"托马斯知道你在这儿吗？"

"他在庆祝升迁，"卡特说，"你听说了吗？他升迁的事？"

"我……嗯，听说了。"

"他们正在休息室里开派对。还有葡萄酒。上好的葡萄酒。"卡特这才意识到，他手里还拿着刚才那个人递给他的塑料酒杯。他把酒杯举了举，做出庆祝的样子。"我只在这里待一小会儿，托马斯不会介意的。"

程序员举起双手往外走。"我这就去叫他过来，老兄，你就在这里等着。"他又飞快地瞄了一眼那台机器。卡特看见它的屏幕已经亮了起来，测试报告已经出来了。

"你别走开，就在这里等着，"程序员说，"千万别……千万别……"他话没说完便转身，朝庆祝派对的方向一路小跑过去。

卡特看着屏幕。

穿着丝绒家居服来上班。

这是托马斯在他们上次聚会快结束时得到的建议。或许这台机器还没有接收到新的芯片。于是卡特又拆开了一片芯片，刮一圈，涂抹。屏幕上显示的仍然是那句话。他盯着这句话，突然间舌根上涌起一股葡萄的腐烂味。他可以感觉到一根想象中的手指在他肩上轻敲。是的。你。但它最终并没有选择他。那手指试图引起他的注意，叫他去看它。但卡特不想转身去看。他摸了摸机器角上的小凹痕，抚摸着，感觉那就是他自己。他是那个凹痕。

"卡特。"托马斯出现在门廊里。他的嘴唇上还沾着粉红色的葡萄酒。他脸上的笑容和之前的又不太一样了，是一种全新的笑容。只不过，这次看上去不太对劲。"你刚才有没有……"他边说边指了指那台机器。

"它让我做你之前做过的那件事。"卡特说。

"是吗？"托马斯捋了一把自己的头发。"好吧。是这样的，这台机器这两天有点问题。"

"我试了两次。两次出来的都是同一条建议。"

"我会让人来修一下。新技术可能会有这样那样的问题。"

卡特张了张嘴。他到这儿来本来是要告诉托马斯斯克鲁尔的办公室给他打来电话的事，还有珀尔的背叛，以及这一切该死的事情。背叛，这个词一直在卡特的意识里盘桓，就像一颗图钉钉在他的胸口。托马斯·伊格尼丝舔了舔自己沾着葡萄酒的嘴唇，看起来就像一个低成本电视剧里的吸血鬼。卡特这时注意到，托马斯身上穿的是他惯常穿的灰色定制西装，而不是丝绒家居服。背叛。

"恭喜你高升。"卡特有气无力地说。

"谢谢。"托马斯喘了口气。他又看了一眼那台机器，嘴巴噘到一边。"听我说，老弟，我很抱歉。"见卡特没有回答，托马斯又试了一次，伸出手来准备握手，或者拥抱一下。

卡特径直挤过他出门去了。

*

回到家，卡特发现安吉如往常一样在午休，睡得很沉，大声地打着呼噜；女儿此时却完全醒着，仰面躺在安吉旁边，抬眼看着卡特。卡特把她轻轻抱了起来，然后猛地伸直手臂，将她举过头顶。这个小婴儿的眼睛闪闪发亮，深邃又悠远，仿佛里面藏着一整个银河系。她的小拳头在空中挥舞着，就像她每次被举到空中时那样。卡特把她放了下来，让脸颊紧贴着她圆滚滚的肚皮，然后弯下腰来，在卧室地毯上蜷成一团，蜷在他女儿的身边。

"我现在该怎么办呢？"他喃喃地说，肩膀开始抖动。

女儿的小拳头打在他的脑袋两侧。她是在给他一点教训。

一个那么温和有礼貌的年轻人 | 第四章

Such a Nice and Polite Young Man

珀尔等到瑞特没在看她的时候才开始行动。她移开杯子，放出那只蜘蛛，然后长舒一口气。瑞特歪坐在椅子里，两脚放在桌上，眼睛一直盯着手机屏幕。那只倒置的杯子在珀尔手里倾斜，杯沿和桌面之间的空隙刚好够那只蜘蛛逃脱。珀尔想象着眼前这一切在这只蜘蛛眼中的模样：整个世界的黑暗边缘开始松动，天际线开始显露，然后有了光。珀尔又呼出一口气，这只蜘蛛便从杯子下面跳了出去，爬过厨房的餐桌，只不过它走反了方向，离瑞特越来越远，倒是离珀尔越来越近了。珀尔发出一声尖叫，有一部分是假装的。

瑞特的眼睛从屏幕上方瞄了过来。"这只倒是够大。"

的确是够大的。它之所以够大是因为珀尔之前一直在等一只足够大的蜘蛛出现；有好几周，珀尔都把那些小一点的样品挑出来，扔到厨房窗户外面的花盆里去了。和这一只比起来，其他蜘蛛都只能算是小喽啰和尘埃。事实上，这只蜘蛛体形巨大，几乎可以分辨出它腿部的关节，姿势非常优雅。

珀尔是那天早上洗澡的时候发现这只蜘蛛的。当她发现它的时候，她已经脱光了衣服，而这更加糟糕。即便珀尔看见它一动不动地待在浴缸底部，她仍感觉这东西仿佛已经爬满了她裸露的皮肤，甚至在她把杯子罩在它身上时也是如此。奇怪的是，那是珀尔对这只蜘蛛的触感最强烈的时候，即便她知道它不会碰到她。

"打死它！"珀尔催促道。

"打死它。它在你那边。"

这时候，那只蜘蛛已经爬到了桌子的边缘。珀尔往后退了几步，两手无助地举在空中。蜘蛛从桌子的边缘消失了，在桌面和地板之间向下拉出一根肉眼难以看清的蛛丝。

"它在那儿！"珀尔指着它说，"就在那儿！"

瑞特带着一丝好奇看着珀尔。

"瑞特，求你了！"

瑞特终于叹了口气，把椅子往后推开，迈开腿走了两步，第二步就落在了那只倒霉的蜘蛛身上。珀尔和瑞特都盯着他脚上的球鞋，仿佛那下面踩着事情的真相。瑞特抬起脚，一边挤眉弄眼一边查看鞋底。地砖上留下一小块深色的污渍。

瑞特扬了扬眉毛，说："现在开心了？"

珀尔觉得说"是的"不太对劲。

"我会帮你把鞋子弄干净的。"

瑞特含糊地应了一声，将鞋子从脚上脱下来，任由它掉落到那块污渍上，然后瘸着脚回到了书桌旁。"我还不知道你害怕蜘蛛呢。"他说。

珀尔呼了一口气，气没呼完又打了个战栗。"我就是受不了它们。"

*

自珀尔给儿子灌下安眠药，从他身上偷偷取走一份用来做测试的细胞采样，已经过去五周了。珀尔到底希望这台机器告诉她什么呢？给他买一只小狗？确保他吃到蔬菜并时不时去户外玩耍？为人母的各种刻板印象充斥着她的头脑：齐刘海，系在腰上的毛衣，慈祥的微笑。可惜大部分都没什么用。当珀尔拿到瑞特的快乐检测报告的时候，她一开始以为是空白的，也就是说，瑞特和他父亲一样，是机器测不出来的那一小拨人之一。不过随后，她就看到蜷缩在机器屏幕边缘的那个小小的黑色符号：一个星号。

这些星号是机器被严格控制的原因之一，测试由珀尔这种经过培训的技师提供，受试者是通过层层审查的高级客户，确保普通大众接触不到机器。冬日暖阳公司的首席执行官布拉德利·斯克鲁尔坚定地认为冬日暖阳快乐贩卖机是一项纯粹的技术，并且认为它会给这个世界带来欢乐而非邪恶，所以在对机器进行设计的时候，他就设置好了安保程序——公司内部管它叫"程序天使"——在给人们的快乐方案当中对所有暴力或非法行为进行删减。那些不好的想法都会被删除，然后在清单中用星号代替。在珀尔的日常工作中，十份快乐方案中大概会有一份包含一个星号。如果把间隔再拉长一点的话，珀尔还会遇到一个清单中包含好几个星号的人；珀尔这个时候就会从她的电脑屏幕上方抬起头，仿佛没事人似的朝那个受试者微笑。

一连好几天，珀尔盯着那个星号看，不断回忆瑞特的测试报告出现在她的电脑屏幕上的样子，以便确认的确有个星号，就像一团小小的墨迹。后来，珀尔开始在别的地方看到这个星号：在滴在桌上的一滴咖啡里，在她睫毛尖的一小团睫毛膏里，在她闭上眼睛朝着太阳仰起脸时眼前闪过的光斑里。在这之前，她有时候的确会在瑞特身上看到一丝刻薄的迹象，但是她告诉自己，那源自瑞特的悲伤，并非他天性残忍。如果他会伤害什么人，就是他自己。瑞特下一次量体重时，又会瘦掉一磅。珀尔低头看着体重秤上的黑色刻度，每一个刻度都意味着一磅。珀尔朝它们眨了眨眼，那些刻度也变成了星号。

"妈？"瑞特说，"我能从秤上下来了吗？"

就在这个时候，珀尔决定了：她要帮助瑞特。

瑞特的报告上被删掉的那条建议可以是从"在商场偷一双球鞋"到"朝一所学校的操场大肆开枪"的任何事。于是珀尔决定广撒网，还定了一个大致的指导方向：破坏。让瑞特去制造破坏和伤害。

那只被困在杯底的蜘蛛并非珀尔做的第一次尝试。一开始，她并没有让瑞特伤害动物。当然没有。她一开始故意让瑞特去伤害的都是一些没有生命的物体，例如，毁掉一件衬衫（故意撞到瑞特身上，好让他的蛋白奶昔洒到她的衣服上），撞坏一块挡泥板（在瑞特练车的时候坚持对他说后面还有倒车的空间），还有毁掉一个鼹鼠模型（将它颤巍巍地放在瑞特的手肘后面，这样他一动它就会落下来摔碎）。那个鼹鼠模型摔碎后，充当它眼珠的玻璃球滚落到地板上，"瞳孔"不停旋转，最终停了下来，盯着珀尔看。

那么结果如何？

毫无起色。没有任何效果。瑞特仍然闷闷不乐，尖酸，不快乐。他已经掉了一磅，接着又一磅。珀尔知道她很快就又该给辛格医生的办公室打电话了，事实上她已经打过一次，只是在接线员接起电话时，她又把电话挂断了。不知为何，在听到那个女人茫然的"你好"声之后挂断电话，会让珀尔感觉到一丝丝隐秘而刻薄的快乐。

珀尔咬了咬牙，决定跳过没有生命的物体了，因为她觉得，真正能被承受者感觉到的伤害才叫伤害。于是她在洒水壶里撒上漂白剂，瑞特毫不知情，照常给窗台上的盆栽植物浇水，之后它们变白、枯萎。她还会等到瑞特心情不好的时候把电话凑到他脸上，说："你爸有事和你说。"然后偷偷在客厅里听着瑞特不可避免地大发雷霆。事实上，她不只牺牲了植物、毛线衫以及她前夫的感情，还牺牲了她自己的身体，比如，她会在瑞特晃着身体走路的时候故意与他撞上，还会把脚趾伸到他的脚下面，或者把脸撞到他正要打开的一扇门上。

结果如何?

麻烦在于,瑞特似乎被他给珀尔造成的伤害惊到了,例如,踩到珀尔的脚趾和用门撞到珀尔的额头的时候。不,麻烦在于,这些伤害都是她的意图,珀尔的意图;因此她才是那个实施伤害的人,不是瑞特。不,麻烦在于,这么做开始奏效了。瑞特真的变得比以前快乐。

这并不取决于你如何看待它。瑞特的确变了。在下一次称重的时候,他重了三磅,这是他生病以来增重最多的一次。另外,他也重新开始和他的朋友乔赛亚一起玩了。昨天,珀尔还在他卧室的地毯上看到了一些碎屑。她跪在地上仔细检查了一番,还用一根手指沾起一些放在嘴里尝了尝,最终确认这些碎屑来自一块饼干。一块饼干。一年之前,她曾求着瑞特吃下一勺蔬菜羹,几乎要掉下眼泪。她怎么可能现在停手?

珀尔向自己保证说,到那只蜘蛛就收手,那已经是她做出的最大牺牲了。抑或再加一条金鱼。反正肯定不会再有比金鱼更大的动物被牺牲了。

*

珀尔多么希望她可以跟什么人聊聊瑞特的报告——她的父母肯定不行,他们五年前就突然搬到俄勒冈州一个可持续社区去安享退休生活了,年事已高的他们已经万事不忧,他们都觉得珀尔反应过激,只是拍了拍头说了几句安慰的话。艾略特也是如此。珀尔和几个姐姐的关系也都不亲近,因为她们都比她大上十几岁,因此,更像是和蔼的姑姑而非姐妹。朋友们在瑞特生病以后也都跟珀尔渐渐疏远，现在只能在一些奇怪的午餐会和他们碰面，或者收到一些过于热情洋溢的生日祝福。反正以前那些亲密无间、能够互相袒露心声的日子已经一去不复返了。珀尔感觉自己就像是一个星号，孤零零地印在一页白纸上。

此外，珀尔还想跟一个了解冬日暖阳和那个星号所代表的意义的人讨论，但即便是在公司，跟人讨论那个星号也是不被允许的。大众对这个星号的意义并不知情，而冬日暖阳公司也不想让他们知道，毕竟那和他们公司的口号不符。快乐就是冬日暖阳。第二天一早去上班的时候，珀尔从自己的格子间里看见对面空荡荡的办公室，突然意识到，实际上的确有一个人可以和她聊聊。于是珀尔在休息室里找到了她的前任上司。

不久前，卡特被"重新任命"，当然这是官方的说法，事实上他从分公司的技师经理被调去做操作技师，一个和珀尔相同的岗位。卡特像一个郁郁寡欢的青春期少年那样接受了这次降职，因为太骄傲而不愿意表现出任何受伤的样子，也因为太难受而掩饰不住。珀尔看着卡特坐在新工位上，只在送取东西的时候才起身离开那里，仿佛在给一个看不见的下属布置工作。而对于他之前的办公室，卡特连瞄都不会瞄一眼。那间办公室也一直没开灯，空在那里，等着有人来重新占据。

即便是现在，卡特还是斜靠在休息室的柜台上，把手机小心地平放在前臂上，仿佛他只是路过这里。珀尔这时突然产生那种她在卡特面前经常会有的感觉，那是各种情绪的融合——既被惹恼又被逗笑，对他既厌恶又可怜——仿佛所有情绪都扭结成一根脏辫。

珀尔在咖啡机边忙活着。"要来一杯吗？"

"哦！"卡特说，仿佛他刚刚才意识到珀尔在这里，虽然在这么小的一间屋子里他不可能感觉不到她的存在。"你是问我要不要来一杯咖啡吗？"

卡特对于珀尔的主动提议心存疑虑，不过也难怪。当他还是珀尔的经理的时候，他会把珀尔叫进办公室，办公桌上已经摆好两杯咖啡。他会指一指那两杯咖啡，然后说些我知道应该由你来端咖啡，但我就是一个这么善良的人之类的话。不过珀尔那时从来不会喝上一口，这事关她的原则。

"你要深度烘焙的，对吗？"珀尔拿起一颗胶囊咖啡。

"要比焦油还黑的黑咖啡。"卡特小心翼翼地看着她。对于卡特，人们需要知道的是：虽然卡特有时候会表现得像个蠢货，但事实上，他一点也不蠢。

珀尔朝他的电脑屏幕点了点头，说："你在做P&P吗？"

卡特眯起眼睛。他现在开始觉得珀尔有点不怀好意了。P&P的意思是"假释和缓刑"，这是冬日暖阳公司和政府签订的一项长期合作协议，也是技师们最不喜欢的工作。通常由全体技师按周轮换着做，但随着卡特被降职，他被要求连续做六个月的P&P。

珀尔把咖啡递给卡特时面带微笑，她希望这个微笑能表达她的同情。"你应该看看他们让我在加州都干了些什么。测的都是心理学专业的学生。"她做了个鬼脸，"那些教授就更不要提了。我敢打赌他们检测报告上的星号比你手上那些罪犯的还要多。"

说完，珀尔屏住呼吸，等着卡特做出反应。他会责备她提起星号这回事吗？他一定不会放过这个惩罚她的机会。但是卡特没有。

"我敢打赌他们的星号比天上的星星还要多。"卡特坚决地回答。他喝了一口咖啡，然后举杯做庆祝状。"真好喝。我现在算是知道你之前为何一直不肯喝我冲的咖啡了。"珀尔感到既内疚又气恼。看在老天的分上，这不过是胶囊咖啡罢了，喝起来味道全都一样。

"所以那台机器到底是怎么做到的？"她说着转过身面朝咖啡机，努力装作这是一个无心之问。

"做到什么？"

珀尔压低声音，同时朝门口看了一眼，说："知道要把报告上的哪些建议变成星号？"

"呵呵，这玩意儿知道什么？"卡特说，没有降低声调，"它怎么知道什么东西会让我们快乐？"

"可那是根据我们的基因得出的结果，而那些星号则是……一种判断，一种道德判断。"

卡特耸了耸肩："不过是编程的结果罢了。"

"编程天使。"珀尔说道，又重复了一遍这个词组。她走上前去，关上房间门，即便卡特似乎并不在意他们的谈话可能被人听到。

"天使？"卡特伸出舌头，发出轻蔑的嘘声，"别傻了，哪儿有什么天使，不过是人在操作罢了。是这样的：公司会给程序员提供一份词组清单，他们会为那张清单上的每个词组编写一则程序。每当机器得出的建议中有其中一个词组，这些程序就会让机器把那些词组替换成一个星号。"

"所以那些词组都是一些——"

"不好的内容。"

珀尔拿起杯子，靠在桌沿。"但是有人专门做这个吗？坐在一个房间里，思考着人们可能会做出的各种可怕的事情？"

"是啊。'踢一条狗''偷一辆车''掐死你老婆'，诸如此类。"

珀尔皱了皱眉。

"好在我的报告里从来没出现过星号。"卡特补充道，然后瞄了瞄珀尔，"你的呢？"

珀尔摇了摇头。

"你确定吗？"卡特举起双手，"我不会以此来评判你的！"

"我当然确定。"

"你永远不知道谁会拿到一个星号。你注意到了吗？有一次，我为一个小老太太做了测试，一个头发稀疏、穿着绣花裙子的小老太太，就像电影里的那些老婆婆一样。结果她的检测报告一出来，上面全是星号。全是！"

"那你怎么办？"

"我就告诉她是机器坏了。"卡特顿了一下，喝了咖啡，接着说，"他看起来一直是一个那么温和有礼貌的年轻人。"

　　珀尔紧张了起来："你在说谁？"

　　"没说谁。就像新闻里说的那样。隔壁的邻居会说：'他看起来一直是一个那么温和有礼貌的年轻人。'"卡特悲哀地摇了摇头，"然后警察就在那个年轻人家的地下室里发现了尸体。"

*

　　下班回家的路上，珀尔经过那家宠物店的时候停了下来。她本打算买一条金鱼，但那是在她还未走进那间亮着诡异的紫色灯光、充斥着潮湿电离空气的爬行动物房时做的决定。一个小时后，她带着一只十八英寸长的蜥蜴和所有的相关装备走了出来。养育箱、加热石、保温灯、遮阴的树枝、小浴盆，还有铺在养育箱底的护盖物——东西实在太多了，销售员不得不帮珀尔把它们拿到她的车上去。销售员留着奇长的胡子，每隔几英寸就用一根橡皮筋扎起来，就像马戏团小马驹的尾巴。珀尔选中这只巨蜥的时候，他的胡须吃惊得抖了一下。事实上，珀尔自己也挺吃惊的，但是她喜欢那只巨蜥，喜欢它鹅卵石般光滑的皮肤和眼睛上方那两道脊线。它让珀尔想起她做过的一个模型。那些已经灭绝的生物完全受古老而邪恶的本能驱动，而那便是它们所拥有的最接近智慧的东西。

　　"你知道吗，它们还会数数呢。"销售员告诉珀尔，朝那只蜥蜴点了点头。

"那我说不定可以教它算数。"

"是的，而且这是只母的。起码我们认为它是母的。"

"那些它吃的老鼠，是活的，对吗？"

"可以吃活的，有人说那样更自然一些。但是你不用担心这个，你也可以买冷冻的。就它的大小来说，你买些小粉红就够了。"

"小粉红？"珀尔举起手，伸出她的小拇指[①]。

"小粉红就是刚出生的小老鼠。因为，嗯，它们都是粉红色的。"

"哦。因为它们的毛还没长出来。"

销售员摸了摸自己的后颈，说："我知道，这很难抉择。"

"我要一盒小粉红，活的。"

*

珀尔把那只蜥蜴留在车里。

"等我一会儿啊，姑娘。"她说，感觉自己这样冲蜥蜴说话有一丝荒唐。

她在宠物店的时候给瑞特发过短信，称她待会儿回家会给他一个惊喜。瑞特没有回复，但家宅管理系统显示他在家里。不过在进屋之前，珀尔在他们家的邮箱里发现了另一个惊喜，是附近三所大学的暑期项目宣传册。早在几个月前她就跟瑞特提过申请大学的事，但在瑞特恶狠狠地看了她一眼之后，她就没有向这些大学索要资料了。这些宣传册有没

---

① 原文为"pinkies"，既有粉色的意思，也指人的小拇指。

有可能是瑞特自己后来要的呢？不。她想多了。这一定是那些学校主动派发给有适龄青少年的家庭的。珀尔把那封邮件夹在手臂下面，纸张又光又滑，上面的儿童笑脸紧贴着她手臂的肌肤。

瑞特站在门廊里，呼吸急促，仿佛是听到珀尔的钥匙响动后从房子的另一头跑过来在门口站定。

"哦，嘿！"珀尔说。

瑞特的脸颊绯红。珀尔脑中冒出一个奇怪的念头：如果我儿子是个吸血鬼，那我也会去找血给他喝。

"你在笑什么？"瑞特问她。

"我在笑吗？"

"你的嘴角在笑。"

珀尔摸了摸自己的嘴角。

她把邮件放在桌上，宣传册放在最上面。瑞特迈过去一步，停了下来。

"你有没有……去跟那些学校索要这些资料？"珀尔轻轻地说，非常非常轻。

瑞特皱了皱眉。"你别大惊小怪的。"

"加州大学圣克鲁兹分校的校园非常漂亮，如果你想去的话，我们哪天可以去参观一下。"

"妈。"

"好吧，好吧，我不说了。"

瑞特回头看了一眼自己的卧室，这是他经常会做的一个小动作，仿佛他是一头被人抓住的野生动物，正在四下搜寻逃跑路线。

"在你走之前，"珀尔迅速地补充道，"我需要你帮我把一件东西从车上搬过来。"

"是你的惊喜？"

"事实上是给你的惊喜。"

"那是什么？"瑞特跟在珀尔后面走向外面的走廊。

"你还记得你跟我说过你想养一只小狗吗？"

"那是我七岁的时候说的话，那时我还不知道狗会吃自己的大便。"

"好吧。只不过这次不是小狗。"

*

"就这样把它丢进去吗？"瑞特说。

"和上次一样。"珀尔告诉他。

瑞特把那只粉红色的小老鼠举到养育箱上方。小老鼠在他手里轻轻扭动着，就像一个活灵活现的粉色肉瘤。事实上，珀尔想说它看起来更像一只小龙虾，或者从土里挖出来的某种虫子。那只巨蜥或许也感觉到有一顿大餐即将来临，从树枝下面探出头来，随即又定住了。一动一息都是如此突然，像从一个姿势瞬间换到了另一个。

瑞特皱起了鼻子，说："我觉得我做不到。"

"你以前做过啊。"

"我觉得我现在做不到。"

"你不用做任何事，只需要把手指张开。"

"嗯，是的，我不用做任何事，只需要把手指张开，就会有一个怪兽来把它吃掉。"

在他们谈话的间歇，传来一阵轻柔的声音，那是皮肤与皮肤的摩擦声——是那个铺着稻草的盒子里其他"小粉红"发出的。喂啊，珀尔想说，别犹豫了，喂吧。但瑞特把手掌翻了过来，将那只老鼠稳稳地托在手里。

"嘿，看哪，"他把手伸向珀尔，"这就像是那个故事。"

"什么故事？"

"'老鼠和软体动物'的故事。"

珀尔摇了摇头。

"你没听过吗？我还以为这是个古老的神话。"

"不，我的意思是，我不知道。"

"是尤娜告诉我的。"

珀尔听到这个名字，一下子愣住了。尤娜，那个拥抱她儿子的人。她想象着她儿子依偎在那个女人的怀抱中，瘦得只剩皮包骨，拨着炉火。保险公司发来的账单上将这种治疗方法称为"安养服务"。珀尔一直不喜欢这么去想它，瑞特也一直没有提过这事。

"尤娜给你讲过故事？"珀尔深吸一口气说。

"有时候讲，"瑞特说，眼睛还盯着那只老鼠，"有时候是我做梦梦到的。不记得到底是哪个了。"

珀尔丝毫不感到意外。瑞特曾经饿得形销骨立，一时发烧，一时发冷，备受折磨。她现在忍不住想伸手去触碰他，这个完整的结结实实的青春期男孩。瑞特没有退缩或抽身离开，只是把他手掌里的那只老鼠抬到眼前，直直地盯着它。

"那个故事是这样的：从前有一个小孩，"瑞特说，珀尔过了好一会儿才意识到他在跟她讲述尤娜讲的那个故事，"他正在接受训练成为一名先知……就是那种给别人算命的先知，其中一项内容就是站在神庙里，一动不动，一只手举着一只老鼠，另一只手举着一只软体动物。人们会来问这个男孩一些问题，并做出选择：他们可以面向小男孩的右手，向那只软体动物询问一个他们想知道的真相，或者转向他的左手，问那只老鼠一个问题。"

说到这儿，瑞特停了下来，等着珀尔发问："那只老鼠告诉他们的又是什么？"

"一个他们并不希望知道的真相。"

瑞特瞟了珀尔一眼，说："你真的从未听过这个故事吗？"

"没有。"

"那我猜是尤娜随口编的。"

说完，瑞特把手掌翻了过来，那只小粉红掉进养育箱里，在铺着护盖物的箱底扭来扭去。不过，它在那儿才待了一小会儿，那只巨蜥的头便探了过来。珀尔和瑞特都不由自主地往前探过身去，就像在见证一个小魔术：前一秒那只小老鼠还在那儿，后一秒就消失不见了。巨蜥又退回它栖息的树枝底下。

"你买的宠物可真厉害。"瑞特站起身说，一边把手掌在裤腿上擦了擦，"它连嚼都没嚼。"

接下来的一整周里，瑞特都在逗弄珀尔，那已然成了他的习惯。他还给那只蜥蜴取了个名字，叫"巴托里夫人"，那本来指的是一位十六世纪的匈牙利伯爵夫人，传说她会杀掉婢女并用她们的血洗澡。此外，瑞特给那些即将作为食物被投放的老鼠也取了名字——每只老鼠都用一种粉色的东西来命名，比如，"玫瑰""康乃馨""火烈鸟"。不过，每天晚上珀尔把他叫到客厅里的时候，瑞特仍然会从盒子里选出一只老鼠，在珀尔的催促下把它扔到养蜥蜴的箱子里。盒子里剩下的老鼠则会迅速填满那只牺牲的同胞的位置，紧紧挤在盒子中央互相取暖，或寻求安抚。

接下来的那次称重显示，瑞特的体重增加了一点四磅。做作业的时候会听音乐，过去的一周里还跟朋友们出去玩了两次。有一天晚上吃晚饭的时候，他还把叉子伸到珀尔的餐盘里，戳起了一块土豆。珀尔的眼睛一直盯着桌面，但是她能听到对面传来的声音，瑞特静静地咀嚼和吞咽的声音。珀尔想象着那块土豆里的淀粉和糖分在瑞特的口中变软、融化，滋养着他的身体。

现在，瑞特的身上甚至有了一股轻快劲、一股活力、一种轻盈，甚至是一种（勉强可以称之为）快乐的东西。他会嘴上挂着坏笑在客厅里向后滑行，还会对珀尔说"我明天有一篇论文要交"，好让她不用主动问他晚上打算干吗。而作为回报，珀尔也没有向瑞特指出她从未见过他做作业时如此开心；后来，当她听到从他紧闭的房门背后传来的低沉的说话声时，她也忍住没有停下来去听他在说什么，而是静静地坐在沙发上，仔细观察蜥蜴养育箱里树叶的轻微晃动。

*

接下来的一周轮到艾略特照看瑞特了。珀尔出门上班之前吻了瑞特的额头；她下班回家以后，瑞特就会在他爸爸家里了。他已经起床坐在电脑跟前，身上还穿着睡衣。那些暑期计划宣传册也从客厅的方桌上被移到了他的书桌一角，但是珀尔绝口不提此事。瑞特头上隐约散发着洗衣粉味，那来自他的枕套，而那熟悉的气味在他头油的作用下有了轻微改变。珀尔没有把手拿开；瑞特暂时也没有把肩膀从她的手底下移开。

"我可以把车开出门去，是吧？"瑞特问。

"要出去？"

"和几个朋友一起，你知道的。"

"和一个朋友也许可以。"

"好吧，那就一个朋友。"

"是乔赛亚吗？"珀尔说。

"当然，是乔赛亚。"

珀尔捏了捏他的肩膀。"但你要先拿到驾照才行。"

"知道了。"

珀尔又想起那个星号，就像一个污点，一处胎记，她原本纯净的脑海里的一颗毒瘤。当然，它也可能什么都不是——那个小星号什么都不代表。也可能只是一种无伤大雅的逾矩。只是除了……那只蜘蛛，还有那些老鼠。

"市区里人来人往，"珀尔继续说道，"有很多行人。你得练习一下怎么避开他们。"

瑞特抻长脖子看着她说："你觉得我会撞到什么人吗？"语气中夹着一丝责备。

"交通事故——"

"时有发生？"瑞特打断她的话。

"事实的确如此。"

*

这一次，卡特不在休息室里。珀尔在二楼一间正在重新装修的小会议室里找到他。那些桌椅都被搬走了，地毯也被翻卷起来。卡特坐在一堆小地毯旁边的垫料上，电脑颤颤巍巍地放在他的膝盖上。

"她回来了，"卡特头也不抬地说，"还在仰望星空吗？"

珀尔走进会议室，靠在门廊旁边的墙上。"我在想，你可否帮我搞一份……"珀尔说到这儿，突然闭上了嘴巴，心里感到一阵不确定。

"搞一份什么？"

"那个清单。"

"什么清单？"

"就是他们想出来并发给程序员的那份清单。那些需要被删掉的词汇和短语。"

"哦。那个啊。与其说是清单，不如说它更像一本书。"

"那就帮我搞到那本书。"

卡特把电脑放到地板上。"事实上它是一份文档。"

"不管它是什么，你能帮我搞一份吗？"

"我吗？"

"我以为你可能有权限，因为……"珀尔下面的话有点说不出口，因为你曾经是我的上司。

卡特开始把那些小地毯堆成一个个小堆。"我可以搞到。"

珀尔闭上眼睛，努力克制自己的恼怒："那你会帮我把它搞来吗？"

"我不应该这么做。这些信息是保密的。只限于——"他的嘴唇噘了起来，"管理层知道。"

"哦。好吧，我理解——"

"但是我会帮你把它搞来。"卡特一边说，一边把他周围的小地毯堆成小堆，就像垒一圈小碉堡。"因为……才不管他们呢。"卡特的眼睛迅速扫向珀尔。

珀尔顿了顿，重复道："才不管他们呢。"

卡特满意地点了点头，又把一块小地毯放上去。

珀尔不知道卡特到底会不会帮她搞到那份资料。他看起来非常可怜，躲在这样一个充斥着地毯胶水味的房间，下巴抵住脖子上的脂肪，发型既昂贵又俗气。鉴于珀尔在他被降职一事当中扮演的角色，他肯定还在怨恨她。说不定他会把那份文档给她找来，然后向公司打小报告说她有一份，这样一来，珀尔就会被公司开除。

如果他真的这么做怎么办？珀尔发现自己完全不在乎，只要她能先拿到那份文档。她意识到她为了得到自己需要的东西愿意做任何事，这让她感觉既强大又痛苦，仿佛手上长出了邪恶的利爪，而当你握拳的时候，这些利爪也会刺进手掌。

"我可以帮你做那些P&P，"珀尔说，"作为回报。"

卡特慢慢抬起头，眼睛眯成了一条缝。"你想要给我回报吗？"

"呃。其实不想。"

"那你为什么还要提出来？"

"因为我觉得你会期望我给你回报。"

卡特突然笑了，然后抬起手掌，伸给珀尔看。

"嘿，"他说，"为什么我就不能做个好人呢？"

*

那只蜥蜴平时的行动非常迟缓，珀尔几乎很难在树枝下面看到它；而从珀尔和它为数不多的几次见面的情况来看，它的鳞片和眼睛都很灰暗。珀尔在电脑上查询了一下这些症状，发现她和瑞特给它投食了太多的老鼠。这只蜥蜴的饮食需要在老鼠和昆虫之间取得平衡，珀尔隐约想起来那个销售员也跟她说过此事。于是珀尔回到宠物店，又买了一包没有颜色的蟋蟀，往养育箱里抖了几只。这些蟋蟀在箱里轻快地飞来飞去，仿佛长着触角的纸屑。然而那只蜥蜴似乎对它们全然不感兴趣。

珀尔拿出机器，调出瑞特的报告，看着上面那个星号。她觉得自己的整个人生仿佛都被这个星号所注解，而那些建议也足够简单明了，直到你浏览到页面底部，看到那份长长的例外和补遗清单。

瑞特曾经是一个多么善良、多么可爱的小孩啊：他的眼睛永远是亮晶晶的，头上还顶着一撮调皮的头发。小时候他是那种即便是完全陌生的路人也会宠爱的小孩，并且不是出于礼貌。在瑞特出生后的头六年里，也就是瑞特去上小学而珀尔开始为冬日暖阳公司工作之前的那几年，他们朝夕相处，形影不离。珀尔和瑞特，母亲和儿子，信徒和小神。每次出门办事，珀尔每走几步都会被一个朝她咧嘴微笑的路人叫住。我可以和这个小朋友打个招呼吗？他们会说。这种情况一直持续到瑞特上小学，到了那里还有不止一个老师在开家长会的时候从桌子后面探过身来，凑到她耳边低声说，你儿子是我在这个班里最喜欢的学生。艾略特和珀尔也经常会讨论他们要如何平衡好这过量的宠爱，以防瑞特长大后成为一个以自我为中心的人。

"他并不是我们生养的，"艾略特有一次感叹道，"他更像是降临到我们身上的，就像诡异的天气。"

于是，瑞特真的就像天气那样说变就变了。他突然闷闷不乐，这或许可以解释为青春期少年的典型行为，但是他随后表现出的消极避世、逃学旷课和最终的绝食则完全不可理喻。可以确定这不是艾略特和珀尔的离婚造成的，因为他们离婚时并没有闹得很难堪，两人谦让礼貌，像穿着防弹背心一样，确保整个离婚过程非常平和友好。可难道真的是因为这次离婚吗，还是学校里发生的什么事，或者是他的大脑在起什么化学作用，又或许是社会原因，有人欺负他，有人猥亵他？

"孩子嘛。你生养他们，他们却要杀了你。"珀尔的父亲曾经这样笑着说，那时她在医院照顾了瑞特一整天，害怕又疲惫，她给家里人打了电话。

"爸爸！"她哭着说。

"怎么了？"

"我是你女儿，你知道的。"

这些年来，珀尔尝试过寻找瑞特不快乐的原因，但没有找到。她的大脑里总是有一小部分在审视和评估、衡量和否决一些可能的解释，就像一台永远停不下来的计算机，直到现在也仍然如此。只不过她现在可以了，不是吗？她可以停下来了。她终于可以停止试图去理解瑞特绝食的原因了，因为毒药属于哪种类型已经不再重要，因为她已经拿到了解药，她手里仿佛握着一只冷冰冰的小药瓶子。

珀尔从思绪中回过神来，她意识到房间里发生了什么变化。是那些蟋蟀的鸣叫——或者说，是那些蟋蟀的鸣叫消失了。整个客厅安静下来。珀尔朝养育箱看去，那些蟋蟀已经不见了。

*

到了周日晚上，家宅管理系统通知，瑞特和艾略特两人正从大堂上来。通常艾略特送瑞特回来时不会到楼上来，这倒不是因为他和珀尔在回避彼此，而是因为要在珀尔的小区里停车实在太困难了。这次他却到楼上来了，肩上挂着瑞特的粗呢外套，一边和瑞特热烈地谈论着——珀尔破译了他们那些行话——一场VR游戏，一边急冲冲地闯了进来。他和瑞特两人都玩了游戏。看来，他们周末一起去了游戏厅。

瑞特话没说完就停了下来，突然转向珀尔，说："夫人怎么样了？"

"夫人？"珀尔重复道。

"伊丽莎白·巴托里夫人。"瑞特不耐烦地说。

"你是说蜥蜴？我还以为我们给她取的名字是巴托里呢。"

"叫'夫人'更好听。"

"叫'夫人'也行，"珀尔说，"事实上，她该吃老鼠了。"

"爸，你过来，我带你去看。那玩意儿还挺恶心的。"

艾略特朝客厅走去，经过珀尔旁边的时候停了下来，在她脸颊上亲了一下，更确切地说，是她的嘴角。虽然艾略特已经和珀尔离婚，并且和他的情妇结婚了，他仍然时不时需要确认珀尔还是爱他的。珀尔不知道，假如她找了一个正儿八经的男朋友，艾略特会有何反应，或许也去亲一下她男友的嘴角吧。

珀尔站在门廊里看着瑞特端出那盒老鼠，催促艾略特从里面选一只出来。艾略特的手在敞开的盒子上方，一会儿在这里停留一下，一会儿又在那里停留一下。

"我感觉我像在挑选巧克力。"他说。

"夹心都是一样的。"瑞特说。

"呃。恶心。"

"有什么恶心的，你和瓦莱里娅还喜欢吃带血的牛排呢。"

"好吧，你说得有道理。"

珀尔看着眼前这一幕，在一旁陶醉不已。这就像一次角色置换，瑞特现在扮演了珀尔以前扮演的角色，催促别人展开杀戮。艾略特瞟了一眼珀尔，他脸上的勉强就像水池里的涟漪般明显。在他身后的玻璃箱里，巴托里夫人悄无声息地出现了。它的头偏向一边，但是它骗不了珀尔；这只蜥蜴正用一只眼睛观察着他们所有人。艾略特终于选中一只老鼠，把它举到养育箱上方，脸上带着扭曲的表情把它投了下去。巴托里夫人抬起头，在老鼠掉到箱底之前用嘴接住了它。艾略特不由得发出一声厌恶的哼唧声。

"我以前也是这种感觉，"瑞特说着把装老鼠的盒子的几个角折了起来，"但后来有人跟我说，这只蜥蜴必须得吃东西才能活下去。所以这不是残忍。这就是生活。"

这是珀尔对瑞特说的话吗？她不记得自己这么跟他说过。

"在那之后我就接受了。"瑞特站起来，背过身去，把那只盒子放回架子上的原位。"我不希望它饿肚子。"

瑞特说这句话的时候没有带着特别的情绪，但这句话还是扎到了珀尔的心。这句话也一定让艾略特震惊了，因为他看向珀尔，和她对视了一眼。

当然瑞特对这一切毫不知情，他已经快走出客厅了。"我要去看下我的课程。我们这个周末玩了太多VR游戏，我几乎什么作业都没做。"

"你这样说会让我在你妈这里惹上麻烦的，"艾略特僵硬地说，"你快告诉她说这事不怪我。"

瑞特消失在走廊里，头也不回地说："这全都是爸的错！"

听到瑞特的卧室门关闭那一刻，艾略特站起身来，飞快地穿过客厅，有那么荒唐的一刻，珀尔甚至以为他会把自己揽入怀中。但是艾略特还是在离她一英寸的地方站住了，低头俯视着她。艾略特身上有一种少见的特质，他能从人们头上俯视他们而不让对方感觉到压迫和威胁。冲着这一点，瓦莱里娅管艾略特叫"友好的灯柱"。

如果说艾略特真的是根灯柱，那么这根灯柱上的灯泡，也就是他的脸，现在亮了起来。

"怎么了？"珀尔压低声音说。

他和我们一起吃了一顿晚饭。

"你的意思是，他吃了食物吗？"

艾略特点点头。

"不是那可怕的奶昔？"

艾略特不停地点头。"一份地中海沙拉，米饭，还吃了几口羊排。"

"羊排？你在开玩笑吗？"

"没有。"

"那份沙拉里——"珀尔说，还没说完艾略特就已经知道她想听到什么。

"土豆、西葫芦、茄子、洋葱、橄榄、欧芹，还加了油醋汁。"

珀尔的胸口涌起一股让她不堪承受的情绪。她用手捂住脸颊，又把手移向艾略特的脸颊。他仍旧在点头，于是珀尔把手一直放在他的脸颊上，手臂随着他点头的动作抬高或放下，直到她意识到自己哭了起来。接着，珀尔把手收了回去，放回自己的脸上，擦了擦那里的泪滴。

艾略特朝瑞特的房间瞟了一眼，说："我们没有表现出大惊小怪。"

"当然。当然。那很好。"

"他这个周末其他时间又喝起了他那可怕的奶昔。"

"当然。"

"起码他吃了点东西。"

珀尔长舒一口气，气息中还夹杂着颤抖和抽泣。"我之前一直在尝试一个办法，或许——"

"瓦莱里娅说他恋爱了。"

"什么？"

艾略特用力点了点头。"她非常确定。"

"是瑞特告诉她的吗？"

"她说她知道一个人在恋爱的征兆。"

"哦，她当然知道了。"珀尔说，但是话一说出口她就马上后悔了，艾略特已经走上前来握住她的手，准备对她表露出的任何忌妒的信号加以利用。但是珀尔没有感觉到忌妒，她并不忌妒那个年轻、无礼、染着粉红色头发的瓦莱里娅，也不忌妒她和艾略特的婚姻，起码现在不忌妒了。

"哦，小鸽，"艾略特说，语气既迷人又带着些责备。

"问题是他并不经常出门，"珀尔说，"我不知道他怎么会有机会和别人谈恋爱。"

"也许他是在网恋呢。"

"每次他出去，都是跟乔赛亚。"

艾略特扬起眉毛，说："说不定他就是在和乔赛亚谈恋爱呢。"

珀尔将手从艾略特手里挣脱出来。"我不知道瓦莱里娅是怎么得出这个结论的。"

艾略特笑出了声。"是的，我也不知道。"

珀尔回头看了一眼养育箱，那只蜥蜴已经不知躲到哪里去了。

"但这是个很好的想法，不是吗？"艾略特在她身后说，"在我们尝试过那么多方法以后，最终治愈他的却是爱情。"

"你这想法倒是挺浪漫。"珀尔柔声说。

"情不自禁。"艾略特说完，又在珀尔脸上亲了一下，这次他亲的是珀尔下颌骨下面柔软的部位。珀尔努力克制住了想咬他一口的冲动。

珀尔都不用去找卡特；这一次，卡特来找她了。卡特抓住珀尔从洗手间出来的时机，侧身从她身边经过，试图神不知鬼不觉地把那个存储芯片塞进她手里。然而珀尔被卡特这一抓吓到了，猛地把手腕抽开；那个存储芯片像一枚硬币一样在地毯上弹开了。当珀尔意识到卡特是在干吗——就像间谍电影里演的那样——她不得不使劲压制住想笑的冲动。话说回来，或许这真的像部间谍电影。珀尔不知道卡特在获取这份文档的过程中所承担的风险，但是她知道，假如他们拿到这份文档的事情被人发现，将会有什么后果。

"你好像掉了什么东西。"卡特说，一边从地上捡起那个存储芯片递给了珀尔。

"谢谢你。"

"这是什么？"卡特说。

珀尔朝四周看了一眼，才发现走廊里只有他们两个人。

"只是一枚硬币。"她回答说，对于眼下这个游戏并不确定。

"是一枚古钱币吗？看起来很老旧。"卡特的眼神里没有流露出任何调皮和笑意。

"不是，"珀尔决定这样说，"就是一枚普通的硬币，和别的硬币完全一样。"

"那你最好在兜里把它揣好。"卡特说。

"嗯，我会的。"珀尔把存储芯片放进自己的口袋。"谢谢你提醒我它掉了。"

卡特似笑非笑地耸了耸肩。"不用谢我，任何有良知的人都会这么做。"

*

这份文档非常可怕。当然会很可怕，并且是在你能预料到的各个方面。首先是它的大小。珀尔一直等到回家之后才打开它——她不想在工作电脑上打开——然后发现这份文档足足有一千多页，密密麻麻写满了字。她跪在沙发上，特意不坐下，开始往下翻阅。这些词组本身也很可怕：它们涉及的范围之广、残忍程度令人害怕，每个词组都是某些人想出来的这个事实也令人害怕。还有什么让她感到害怕？那就是珀尔知道这里面有一条内容是针对瑞特的。虽然她不知道具体是哪一条。

这份文档以珀尔没有预料到的方式折磨着她。它的单调乏味，她对它的逐渐习惯以至无动于衷。是的，那个。好吧，既然这样。当然。为什么不呢？珀尔开始觉得自己的脑中有些异样，仿佛有人在说出她的想法，这个人不是她自己，而是身处遥远地方的某人。她从齿缝间微弱地呼吸，每次眨眼都能清晰地意识到。就在这时，家宅管理系统响了，宣布瑞特已经走进客厅。停下来，她说，这一次是她自己的声音。

珀尔强迫自己从沙发上站了起来，在房间里走了一圈，然后在蜥蜴养育箱前停了下来。只不过她没有弯下身透过玻璃往里看，而是伸手去拿柜子上的那个纸盒。她在手里拿了一会儿，然后打开盖子。养育箱下面有了动静："巴托里夫人"从树枝下面缓缓爬了出来，眼神敏锐。它一定已经知道盒子开盖的声音意味着一顿美餐即将来临。珀尔朝纸盒里看了一眼。那些老鼠令人作呕，就像一堆蠕动起伏的生肉。珀尔稳住心绪，从里面挑出一只，把它平放在手掌上，让它的肚皮紧贴着掌心，四脚撒开。随后，那只老鼠蜷起身来，开始哆哆嗦嗦地向前爬去。珀尔可以看见它头上会长出耳朵的地方有两个小点。在她手掌下方，"巴托里夫人"不耐烦地晃了一下头。

当珀尔站在那儿的时候，她知道了，她心里有一团黑色阴影在随着她的每个念头扩大：她对艾略特的愤怒，对瓦莱里娅的愤怒，对瑞特的愤怒，还有对她自己的愤怒——对她愚蠢而无助的愤怒，对她如深渊般的孤独的愤怒。能够做点什么，能够对别人造成些伤害的感觉可真好啊，在她遭受了那么多伤害以后。

随着大门打开，家宅管理系统又响了。珀尔抬起头，发现瑞特站在门廊里。他脸上的表情有点异样，珀尔一开始觉得那可能是尴尬，但随后她眨了眨眼，发现藏在那层尴尬之下的是欢快的骄傲，是快乐。

"妈。"瑞特说。

一个女孩走进门廊站到他身旁，身体微微往一侧靠着，两人的肩膀并排相碰。女孩的短头发梳成了小辫子，手臂上戴着各色的细小手镯，从手腕一直延伸到手肘。她恋爱了。珀尔可以从这个陌生女孩的脸上看出来，因为她也从瑞特的脸上看到了同一种表情，她太了解瑞特了。他们，这两个人，恋爱了。

"妈，"瑞特的声音传了过来，"妈，这是萨芙。"

"嘿！"女孩挥了挥手，然后想了想，又伸出一只手。她的每个动作都伴着一串如音阶般起伏的金属脆响，随着她的胳膊抬起或放下，音阶也跟着起起伏伏。

就这样，珀尔心里那个原本弥散开来的阴影又缩回成一个小点，成了她心房上的一个小斑块，大小是她可以容忍的。

"你好，萨芙。"珀尔说。

珀尔往前走去，想握住那个女孩的手，但是突然又停住了，她意识到自己的手里仍然握着那只小老鼠。珀尔能感觉到它在掌心里挣扎，那样小小的一只。

弥达斯
Midas

第
五
章

艾略特喝到第六碗蜂蜜时忍不住吐了。那些蜂蜜曾经以一滴一滴的完美形态往下流淌，夹杂着金色的气泡，亮晶晶的，在勺子边缘微微震颤。现在，它们却以一团一团的形态被吐了出来，飞溅到艾略特脚边的桶里，棕色，黏糊糊的，散发着不可描述的气味。当呕吐终于结束时，艾略特擦了擦嘴，直起身，这才发现整个美术馆里的参观者都在盯着他。当他试图和他们对视的时候，这些人便立刻把目光移开，仿佛刚才在这间美术馆的展台上呕吐的人是他们而不是他。一股羞愧感贯穿了艾略特的身体，他不得不提醒自己，他呕吐的时候丝毫不感到羞耻，这就是他这次行为艺术的意义，也是所有艺术作品的意义，那就是让人们驻足观看。他对着观众灿烂一笑，用手指抹掉嘴角残留的呕吐物。

两个和瑞特年纪相仿的孩子走上展台。他们胳膊下面都夹着写生簿，就像一个单边的翅膀。这是两个艺术生。艾略特还在艺术学校念书的时候，也背过一个一模一样的写生簿，在那段时日里，他还说服好几个和他约过会的女孩跟他在写生簿上面做爱。每个女孩听到这个提议之后都发出了小小的抗议——怀疑地扬起眉毛，嘲弄地叹一口气，又或是说一句"有没有搞错"——但是到最后，艾略特总能说服她们把浑圆的屁股放到那块冰凉的大理石纹板上。现在看来非常幼稚，但这种做法至今仍然让艾略特心动不已。事实上，这背后隐藏了一个词，虽然听上去太傻，让人羞于承认：嬗变。

那个走上展台的男孩戴着金属框眼镜，是小老头可能会从柜台里选的那种；那个女孩则把头发用一根亮色的丝巾扎了起来，头顶还有几根辫子，就像派对帽上俗丽的金属箔。这两个学生审视着展台上陈列的物品：一玻璃罐的蜂蜜，艾略特用来吃蜂蜜的碗和勺子。他们的目光在那个散发着呕吐物异味的桶上徘徊。

"你觉得他刚开始吃的时候那个罐子是满的吗？"女孩问道。

"反正那玩意儿是假的。"男孩说，指了指地上放的那只桶，透过镜片上的污渍冲艾略特眨了眨眼睛。"他安装过一根管子。"

"什么？呕吐吗？不是，那是真的，我看得出来。"

艾略特拿起那碗蜂蜜，又舀了一勺送入嘴里，暗自祈祷着他的胃已经平复，可以接受这一勺。他突然生出一股想给他们留下印象或者吓唬他们——那两个孩子——的冲动。

女孩咂了咂舌头。"先生，"她说，"从今往后，你再也吃不下蜂蜜了，你想到过这一点吗？"

不知为何这个女孩脸上的表情让艾略特忽然想到了瓦莱里娅。是她的眼睛——就像瓦莱里娅的眼睛。所有人的眼睛，艾略特突然意识到，这个美术馆里所有人的眼睛都像是瓦莱里娅的眼睛，深邃地忽闪着，让人看不透。艾略特将勺子放回碗里。他又一次想起瓦莱里娅的坦白，更确切地说，是她承认有事瞒着艾略特。

告诉我，你为什么不告诉我？

"弥达斯。"男孩读出了贴在展台上的标语，重新评价了艾略特和他的罐子，"这与贪婪有关，弥达斯是一个贪婪的国王的故事。"

"不，不是，"女孩说，"弥达斯讲的是一个人杀了他家人的故事。"

在那天的展览临近结束的时候，一个足以给艾略特做替身的男人——他也长着长尾鹦鹉般的迷人五官，留着貌似凌乱实则经过精心打理的发型，高个子，但微微驼背让人没有压迫感——走上前来，眯着眼睛看了一会儿张贴在展台上的海报。读完以后，他轻快地朝艾略特敬了一个礼，说："我触碰过的每个事物都会变成呕吐物。"

艾略特笑了。他的胃里一阵翻江倒海。

*

冬日暖阳给出的快乐建议：吃蜂蜜。

"吃蜂蜜。"

这就是冬日暖阳给我提的建议。也不知道它是不是真的。格温和我曾经在某个春天第一个不冷的日子里坐在公园；那个人提着他的银色箱子朝我们走来的时候，地上的湿气正透过我们铺的毯子冒上来。格温在那个人还没来得及开口向我们介绍箱子里装着什么时就认出了那是台机器。格温的一些富有的客户早就做过测试，不过她说，他们之后看起来也没有变得更加快乐，一点都没有。后来那个男人上前向我们解释，说他是一个艺术家，正在为自己的一个艺术项目邀请人们进行测试。只不过，他说的时候没有把它称为一个艺术项目，而是一个活儿。

于是我想，一个什么活儿？

他能给我们做一下测试吗？男人说。我摇头说"不要"的时候，格温已经在示意那个男人坐下来了。

那个男人在我们面前跪了下来，草地的湿气透过毯子侵入他裤子的膝部，他不由得皱了一下脸。随后他告诉我们，整个测试过程非常简单，只需要用一根棉签在口腔里刮一下，他不会对外透露我们的名字，而我们可以拿到测试结果。即便这样，要对他说出"同意"二字也并非易事。当时我们已经知道，机器给出的结果可能会令人尴尬，甚至捣毁你的生活。那些八卦小报也总会登一些名人或政客做测试后拿到的令人备感羞辱的结果。

126

格温看着我，我也看着她，我们此刻的表情曾出现在多种场合：我们一起偷走一辆停在路边的没有熄火的汽车，开着它满城转；某天一致决定抛弃各自无聊的办公室工作，让浑蛋老板滚蛋；还有用格温室友的廉价伏特加把自己灌醉后做爱——在那之后我们绝口不提此事，也再没有发生过。

我们同意了。我们让公园里的一个陌生人给我们做了测试。那台机器给我的一条建议就是"吃蜂蜜"。所以我现在每天晚上临睡之前都会吃一勺蜂蜜。

至于格温，她没有把她的测试结果给我看，我也不确定她的结果到底是什么，但是在公园那事过去几天之后，她就把室友赶了出去，让我搬去和她一起住。现在，在床上，她时不时会从她那一侧伸出手来，探进我衣服里，一边往上摸一边说："来啊，亲爱的，给我来一勺你的蜂蜜。"

*

瓦莱里娅之前已经向艾略特请求不去观看他的吃蜂蜜表演，因为她是一个看见别人呕吐自己也会犯恶心的人。在艾略特往餐巾里吐出一小块软骨的时候，在她的猫吐出一团毛球的时候，甚至在刷牙的时候，她都会犯恶心。这一次，她向艾略特保证，说她会在表演结束以后去美术馆看他，但这些计划都是在前一天下午瓦莱里娅"坦白"和他们两人吵架之前做出的——虽然瓦莱里娅的"坦白"事实上不算什么真正的坦白，而他们吵架也不算真正的吵架。在过去的三小时里，艾略特一边在台上呕吐，一边越来越相信瓦莱里娅最终不会来了。这种担忧艾略特并不熟悉，他之前总是认为，无论他要去见谁，那个人理所应当会比他早到，并且会在茫茫人海中迫切地搜寻他的面孔。所以，当他听到瓦莱里娅在隔壁房间驴叫般的笑声时——对这个样貌身材都非常精致的女人来说，这种笑声显得丑陋但又令人愉悦——那种如释重负的感觉让他吃了一惊。那种感觉来自他身体里一个非常深的地方——就像他的呕吐物一样，来自肠胃。

艾略特最后在美术馆的前台发现了正和妮塔闲聊的瓦莱里娅。她还没来得及转身看见他，艾略特就上前抓住了她的肩膀，然后在她略显粉色的童花头上狠狠地亲了一下。这也算是一个小小的表演，瓦莱里娅应该也知道这一点，虽然她允许艾略特弄乱她的头发。在这片刻中，妮塔一直面无表情地看着他们。

"你又在跟我太太说些什么有的没的？"艾略特从瓦莱里娅的头顶望过去，问妮塔。

妮塔笑了，说："不关你的事。"

瓦莱里娅和妮塔的友谊的基础是艾略特和妮塔读大学时他的那些尴尬故事。妮塔装作把这些故事的全貌都告诉了瓦莱里娅，但事实上她非常小心地把所有涉及珀尔的部分都抹去了。倒不是说瓦莱里娅对珀尔或是其他任何女人表现出过忌妒，而是因为艾略特对这一段关系非常引以为傲，毕竟珀尔曾是他年轻又自信的妻子。但是今天，似乎不安的感觉绕过瓦莱里娅，萦绕在了艾略特身边。

"这就是为什么八卦的女人会被比喻成母鸡，"艾略特说，"还有鹌鹑和鹅，反正都是被送上餐桌的鸟类。"

"被送上餐桌的鸟类？"妮塔重复道。

瓦莱里娅皱了皱眉。"你这话听上去就像是个连环杀手，宝贝①。"

"你可别再提那个词。"艾略特的脸皱了起来，手扶在胃上。

瓦莱里娅的脸也关切地皱了起来，摸了摸他的手臂，艾略特则注意到了她的指尖，以及上面小小的压痕。"很难受吗？"

他不知道这是否意味着原谅。他也不知道她现在是否会把一切都告诉他。艾略特低头想从瓦莱里娅的脸上寻找答案，却只看到她头上弯弯曲曲的粉红色部分，以及头骨上面苍白的小径。

妮塔不屑道："别替他难过，他是自找的。"

"那你还让我在你的美术馆里展出。"艾略特回敬道，只字不提妮塔仅仅是看在和他多年友谊的分上，才在她那小小的市中心美术馆给他订了一个展台让他展出这一事实（并且是在城里其他所有美术馆都拒绝了艾略特以后）。

自从艾略特停止创作"瓦莱里娅"系列之后，他就陷入了一阵——用瓦莱里娅的话来说——创作休耕期。在之后的两年多时间里，他在笔记本上填满了各种潦草的笔记和涂鸦，在艺术生的课堂上对着专心致志的年轻人夸夸其谈，还浪费了所有的津贴，好几个月的津贴。

---

① 英文为"honey"，意为"宝贝"，也有"蜂蜜"的意思。

和大部分同行不一样的是，艾略特从来没有把自己是个艺术家这件事当回事。还是个小孩子的时候，艾略特的手就停不下来，无论把什么东西放在他面前，他都能摆弄上半天。后来大学一年级的时候，他因为学校规定而选修了一门艺术课程，便随意选择了艺术作为自己的专业。他的父母对此并不介意，因为艾略特的姐姐马洛里已经做了她该做的事，成了一名律师。此外，他的父母也足够有钱，有一个学艺术的孩子对他们来说也是一种地位的象征，就像一处在异域的度假别墅："看哪，艾略特是个艺术家。"没有艰苦卓绝，也不是精神感召，艺术只是艾略特擅长的事情，也是他因此获得表扬并一直做下去的事情。另外，艾略特也很擅长经营艺术，了解艺术的运行机制。他不停地接受委托创作，参加群展，用活动结束后的派对、圈子里的八卦把生活填得满满的，就像用干豆子把玻璃罐填满一样，仿佛如果猜对里面有多少颗，就可以赢一个奖品。但是在创作出"瓦莱里娅"系列以后，艾略特开始觉得自己已经江郎才尽了，那一罐子东西已经倒空，那个幸运数字也变成了零。最严重的问题还在于，这种感觉并没有他担心的那么糟糕。事实上，他感觉和之前一肚子货的时候并没有什么不同。

直到有一天，他想到了一个主意。那天他去珀尔家接瑞特，看见那台机器和她的手套一起放在前桌上。冬日暖阳公司的宣传语从他的脑中蹦了出来，还是广告中那个演员的声音："快乐就是冬日暖阳。"于是便有了"弥达斯"，这是他三年来的第一场展出。

妮塔说："我当然会让你展出了，你觉得我会错过这个看你吐得翻江倒海的机会吗？"

*

回到家之后，瓦莱里娅坐在厨房的岛台上，直接从外卖盒里把面条往嘴巴里送；艾略特不准备吃晚餐，他胃里仍然翻滚着蜂蜜糖浆和胃酸的混合物。他在瓦莱里娅脚下的地毯上跪下，铺开一条条山羊绒和羊驼毛织的布条，准备排练明天的节目，就是用这些布条把自己裹起来。

过去几个月，艾略特一直在为"弥达斯"做准备。他从前妻那里借来了一台已经停用的机器——就为这个，他已经在十几份不同的文件上签了字，就差保证说，如果他把这东西弄丢或是损坏，他会把左臂砍下来谢罪了——还收集了几百个人的测试报告，这个过程与其说是艺术创作，不如说是游说拉票。好在艾略特喜欢和陌生人说话，在街上或是集市上和他们接触，让他们说出自己的诉求，挖掘他们内心的欲望。最终，艾略特从这几百份报告当中选出了七份，供他在一周的时间里表演出来，每天表演一个。今天他表演的就是吃蜂蜜，明天则是羊驼毛。

艾略特拿起一根羊驼毛布条，把它缠绕在手臂上，布条缠到他的肱二头肌的时候再把另一头塞进那些缠着的布条下面。第二根布条被缠在了肩膀和脖子上。艾略特发现，从下往上缠是最好的方法，先是脚和腿，接着是躯干，再接着是手臂，最后是头。

"嘿，看，这是最符合你现在行为的食物了。"瓦莱里娅用筷子戳起一团面条说，"看到了吗？它们就像是微型的绷带。"

"它们不是绷带。"艾略特说。

"好吧。"不过瓦莱里娅说这话的语气像是在说它们当然是。

瓦莱里娅一直都对形式很感兴趣。她有一双艺术家的眼睛。艾略特曾经这样告诉她，但是她对这个赞美似乎无动于衷。瓦莱里娅的职业是独立命名人，对她的工作内容，也的确可以顾名思义：一些公司会聘请她为即将成立的部门、正在筹划的会议，或者即将推出的产品命名。事实上，从事这项工作需要做出的努力比很多人想象的要多得多——做研究，从语言学的角度进行考察，开展焦点小组讨论。当然，这其中也少不了她在面对一些问题时从不出错的直觉，比如，一辆车应该被命名为"龙卷风"还是"风暴"，公司新成立的分部应该叫一个"集体"还是"部门"，或者一款抗抑郁类药物应该用柔音还是摩擦音来命名。所以，如果你觉得想出一两个名词就可以得到数千美元看起来很荒唐，这就看你怎么看了。事实上，艾略特现在这个行为艺术作品的名字也是瓦莱里娅取的。弥达斯。

弥达斯讲的是一个人杀了他家人的故事。

"能帮帮我吗？"艾略特问。他已经把布条从腋窝缠到了指尖，但是在把布条末端塞进去的时候遇到了点麻烦。

"我明天可没办法帮你。"瓦莱里娅警告他说。

"我现在只想把这事搞定。"

"你要把脸也裹起来吗？"

"当然。"

"哦。"

"否则这个表演就没什么意义了。"

"那你觉得是不是应该最后再缠手？"

"我现在正在想办法搞定。"艾略特重复道，只是口气不再那么平和。

瓦莱里娅叹了口气，从岛台上跳了下来。她捡起布条的另一端，停了下来，把那根布条放在自己脸上摩挲，看起来就像他们养的那只猫。

"这触感也太好了。这是什么材质来着？"

"羊驼毛。"

"是一种兔子吗？"

"一种骆驼。"

"真是一种柔软的骆驼。"

瓦莱里娅在愉悦中闭上了眼睛，睫毛就像脸颊上的一道流苏。为了制作"瓦莱里娅"系列，艾略特曾经用灰泥给瓦莱里娅的脸制了模，把它压进黏土里，再凿掉斑点，直到它浮现在那一整块大理石表面。另外，他也用植物模拟过她脸部的轮廓起伏，用一块块金属板和小小的螺栓敲出她脸部的形状，还用合成皮肤做出她的面部轮廓浸泡在盐水中。但现在，艾略特朝她看去，发现妻子的面部特征变得不再熟悉，五官依旧在那个框架里，彼此之间却不再有联系。艾略特把脸转向别处。我终究不了解她，这个念头对他来说实在是太痛苦了。

但显然，现在并不是问"你就是不打算告诉我是吗？"的好时机。

瓦莱里娅把眼睛闭了一会儿。细小的血管从眼皮中央往外面延伸开去，呈现出一种发光的粉红色，仿佛被她脑袋里的某个光源照射着。随后，她睁开了眼睛，静默地看着他。

"你不打算告诉我吗？"艾略特说。

瓦莱里娅把布条末端塞进艾略特手臂上缠着的层层布料下面，手指轻柔地从他的手上刮过，又跳回厨房岛台上坐下，吃起了面条。

"如果我说我不打算告诉你会怎样？"瓦莱里娅嘴里一边嚼着面条一边说。

"永远不会吗？"

"永远永远都不会。"

"那我就只能自己忍不住瞎想——"艾略特用自己裹得像木乃伊一样的手比画说，"再然后，我也不知道。"

"那我要是说我昨天晚上撒谎了呢？要是我告诉你，我那样说只是为了看看你会有什么反应呢？"

"是吗？"

瓦莱里娅耸了耸肩，低头朝她盛着面条的饭盒里看去。艾略特终究还是了解她的，或者说足够了解她，他能通过她的脖子和嘴巴周围紧张的肌肉辨认出她之前并没有撒谎。艾略特的心脏开始在布条下面狂跳，而那些布条给他的感觉也不再像绷带，而像蛛网的细丝。

昨天晚上的情形是这样的：

艾略特和瓦莱里娅喝酒喝到很晚。瓦莱里娅还很年轻，那些酒精对她来说仍然是消遣，而非麻醉，于是他们俩人共度的夜晚经常是在酒杯里的冰块不断变小中结束。艾略特心想，带着一点宿醉去表演吃蜂蜜是没问题的；事实上，宿醉还可能帮他催吐。

他们还讨论了艾略特的测试结果，一片空白的测试结果。艾略特多年前第一次做冬日暖阳测试的时候，他的结果就是一片空白，现在仍然是空白。所有人当中有不到2%的人测试结果是空白。艾略特的就是。完全空白，空无一字。珀尔曾经怀着抱歉的心情向他解释过，她仿佛担心这种测试结果会给他造成困扰。但它并没有。事实上，他反而觉得这个测试结果跟自己很配，他喜欢做一张白纸，空无一字。就像一个照镜子的吸血鬼。

"或许你现在已经处于你人生当中有可能实现的最快乐的状态了？"瓦莱里娅说，一边摇晃着她的酒杯，里面的冰块互相碰撞。

"你让我快乐。"他脱口而出。瓦莱里娅没有回答，艾略特抬起头，发现她眼里噙满了泪水。

"怎么了？瓦莱里娅？你怎么了？"

"我以前做过一些很不好的事。"瓦莱里娅说。

然后她就拒绝透露更多信息了。当艾略特尝试安抚她，说再坏也坏不到哪儿去的时候，她又哭了起来。当艾略特说她无论做过什么他都会爱她时，她哭得更厉害了，仍然不肯说以前到底做了什么。他当然会追问，问了一遍又一遍，但瓦莱里娅只是一遍又一遍地摇头。当追问不起任何作用的时候，艾略特又开始胡乱猜测，仿佛他毫不在乎，直到最后，他乞求瓦莱里娅告诉他。最开始由妻子的眼泪引发的担心变成了对她不愿意向自己祖露心声的难以置信，变成了一个让她祖露心声的游戏，也变成了一口充满苦涩的深井，深得出乎意料。如威士忌般苦涩。他为她离开了妻儿。他把她的脸雕刻成了金属、大理石和木头，向全世界展示。她到底有什么是不能告诉他的？他到底有哪里不值得她祖露全部的心声？最后，艾略特怒气冲冲地上床睡觉了。他第二天早上醒来的时候，瓦莱里娅已经离家去上班了。她那天的确安排了一个早会。

那天在台上表演的时候，艾略特决定不再追问瓦莱里娅，让她告诉自己她以前都做过些什么；假以时日，她终有一天会向他坦白的——这就跟他站在走廊里一动不动，以便把那只从厨房里冲出去的猫哄回来一样。但现在，艾略特又在追问她了，她再一次拒绝回答，吃着面条，看起来内心毫无波澜。

不知为何，艾略特觉得这情形有些熟悉，他随即痛苦地意识到，他经历过这个场景，只不过上一次，他是保持沉默的那一方，正如此刻的瓦莱里娅。他从自己的声音里听出了他过去那些女友，甚至还有珀尔，在感觉到他打算分手时的焦灼不安。每当那个时候，艾略特就会静静地看着她们慌乱地试图挽回些什么，而他心里很清楚那早已不复存在了。

"你真的打算永远不告诉我吗？"艾略特又问，这一次留心让语气平稳一些。

瓦莱里娅舔了舔筷子，说："如果我是这么打算的呢？"

"好吧。"艾略特想了想：假如他永远都不会知道是种什么感觉？"那我就只能往最坏的方向去想了。"

瓦莱里娅嘟起嘴。"你也可以往最好的方向去想啊。"

"你是不是出轨了？"话刚说出口，艾略特就觉得十分荒谬，但是突然他又觉得瓦莱里娅所说的坏事一定就是这个了，"就是这个，是吧？"

瓦莱里娅笑了，但不是真正的笑。她只说了声："哈！"

这声"哈！"意味着艾略特才是那个出轨的人，而瓦莱里娅也知道这一点。因为艾略特出轨的对象就是她，在他和珀尔离婚之前。所以，如果瓦莱里娅转身去和别人一起给他戴绿帽，这也算是报应。他的胃开始抽搐。这简直太令人难过了。

"我感觉，"瓦莱里娅小心翼翼地说，"如果我对你的诸多揣测中的任何一个说'不对，不是这样的'，那就是在鼓励你继续猜下去。你最终有可能会猜对，而我那时候就不能再说'不是这样'了。"

"那你就只回答这一次，我不会再问别的了。即便你真的出轨了，我也会原谅你。"这句话在他还没来得及细想是否属实时就脱口而出。

"你真大方，亲爱的，但是我没有出轨。事实上，我说的事跟你一点关系都没有。"

"那是在我们认识之前发生的事咯？"

"你瞧！"瓦莱里娅指着艾略特说，"你还是会继续猜！"

"如果你不打算告诉我，那你根本就不该说你有事瞒着我！"

艾略特站起身，把那些缠着的布条从四肢上解开，扔到地上；他多么希望它们会重重地砸到地上，而不是像实际上那样轻飘飘静悄悄地落下来。今天一整天，他都沉浸在好奇、焦虑、不安和悔恨的情绪中，但是那——所有那些情绪——都是不对的。愤怒。愤怒才是最恰当的反应。愤怒涌入他的身体，震耳欲聋，不容置疑，直到他抬起头，看见瓦莱里娅把膝盖蜷到了胸前，她的脸深深地埋进膝盖中间。他的愤怒渐渐消退了。

"我本来是不打算告诉你的。"瓦莱里娅说，她的声音有些模糊，"永远都不。我知道我不应该告诉你。但是，"瓦莱里娅抬起了头，额头上有膝盖骨压出的印子，"我想让你知道——"

"那就告诉我啊！你可以告诉我的。"

"一点点，"瓦莱里娅打断他说，"我想让你知道一点点。只知道一点点你会满意吗？"

后来，他们至少一起上了床。艾略特知道瓦莱里娅是刻意陪他待到很晚才睡的，因为她通常都会比他早些上床睡觉，而他通常会拿着手机玩到很晚，或是在沙发上睡了几个小时之后在半夜醒来，再跌跌撞撞地走进卧室。然而今晚，他们分别躺在自己那一侧，猫在他们脚边也没有察觉。街灯照进房间里，有一抹昏黄的光亮，发出低沉的嗡嗡声。有时候，为了帮助自己入睡，艾略特会闭上眼睛，想象自己正身处一个巨大的孵化器里，一个机械子宫正在将他组装成型，每天晚上都会给他多添加一层。

"或许你在黑暗中告诉我会容易点。"艾略特说。

有那么一刻，艾略特以为瓦莱里娅会回答他。转念一想，他又以为她已经睡着了。然后，瓦莱里娅忽然转过身来，蜷在他身边，用一条腿和一只手臂搂住他，把脸深深地埋进他的肩膀。瓦莱里娅如此用力地把自己的身体压向艾略特，让他感觉她鼻子和膝盖抵住的地方生疼。

"也许是你偷了别人的钱，"艾略特说，又补充道，"也许你偷钱甚至不是因为你缺钱，而是因为你就想这么做。"

瓦莱里娅既没有回答，也没有放松。

"也许是你开车撞了人。"

外面街灯的嗡嗡声似乎更大了。

"也许你在撞人之前喝了酒，也许那就是你没有停下来看他们伤得怎么样的原因，也可能你停下来看了，但是那个人已经死了。"

"那个人？"瓦莱里娅喃喃道。

"也许他当时还没死，但是你还是逃了。也许他后来死了，因为救护车来得太晚。也许你甚至都没有打电话叫救护车，因为你知道他们会通过电话追踪到你的手机号。也许你从讣告上看到了他长什么样子。也许他还很年轻，和瑞特差不多大。也许你找到了他的母亲，然后一路尾随着她去了杂货店，和她一直保持着一条通道的距离。"

瓦莱里娅对着艾略特的肩膀叫了一声他的名字，但是当他停下来，让她有机会接着说的时候，她又沉默了。

"也许你往地上扔了一张二十美元的钞票，好让那个人的母亲捡到。那反而让你更难过，因为你本来可以扔一张一百的。可是话说回来，一张一百美元的钞票又能起到什么作用？光是想象一笔钱对他都是一种侮辱。又有什么补偿是足够的呢？

艾略特停了下来。瓦莱里娅小声说："还有吗？"

"还有什么？"

"还有哪些可能？"

于是艾略特在黑暗中继续说下去，列举出种种暴力和背叛行为，直到他意识到瓦莱里娅的四肢不动了，呼吸也变得均匀。就在他念叨过程中的某个时刻，瓦莱里娅睡着了。艾略特看了一下她的脸庞，甜蜜而安静，把被子往她的下巴掖了掖。

第二天早上，他们各自依习惯去洗漱准备，完全没有提起头一天晚上发生的事，或前天晚上的事。午饭过后，瓦莱里娅陪着艾略特来到美术馆，还帮他把那些山羊绒和羊驼毛织的布条折起来放进一个老旧的皮箱，好让他在台上表演的时候可以按照正确的顺序把它们拉出来。

今天的表演比昨天的容易一些。缠绕按照艾略特之前练习过的那样进行着，唯一让他有些不适的就是他在缠绕的过程中出了一些汗。就要完成了，他一边缠着一边木然地想着。就要完成了。瓦莱里娅和妮塔偶尔会在他表演的房间里进出，或是站在某个不起眼的角落居高临下地看着整个房间。来美术馆参观的人看着艾略特的表演，各有各的兴趣点和迷惑，但是没有人再带着前一天那样的厌恶看他了。不过，反正他都已经把脸裹起来了，也看不见观众脸上的表情。

当艾略特把第一层布条裹到眼睛上时，他注意到一个男人，那个人站在人群边缘，但是看起来又不是其中一员。那个人正往手机里输什么。难道他是个艺术评论家？有可能。妮塔已经向当地好几家报纸和博主发去了邀请函。"瓦莱里娅"系列也是这样开始的：先是几个有影响力的博客对它做出了积极的评价，然后吸引了一些美术馆的展出邀约，再然后就是博物馆的装置展览，还有最终的一笔数额不小的拨款。人们一再向他保证，说他的下一个作品会比这个还好。又或者，是艾略特在向他们保证？他从来不是个穷得没饭吃的艺术家，一丁点饿都没有挨过。当然，他母亲每个月都会给他账户打一笔钱，在他二十五岁生日时还给了一笔丰厚的资金作为礼物。除此之外，他还有委托创作作品的收入、奖学金，很少有间断。当然，他又有一笔收入的时候，他的朋友们会说，艾略特当然能得到了。然而，艾略特过去几年的创作生涯里最艰难的部分甚至还不是被人拒绝，而是不知道应该怪谁。是艾略特自己的错吗，因为他没有创造出好的艺术作品？还是美术馆策展人的错，因为他们没有一双慧眼，发现他的作品归根结底是好的？还是（从某种程度上说）瓦莱里娅的错，因为她成了艾略特唯一能够创造出的作品？

透过那层布料，艾略特看到人们就像影子一样从他面前经过，有时驻足，有时窥探，而他们的身影在艾略特的视野里随之变大。"弥达斯，"他们念出卡片上的字，并补充道，"这就是那个国王，一个能点石成金的人。"有那么一会儿，一个人影走上前来，一动不动地站在艾略特面前，站了好几分钟。是瓦莱里娅吗？艾略特想要透过脸上裹着的绷带叫出她的名字，但是他克制住了。

*

冬日暖阳给出的快乐建议：将你自己用最柔软的布料包裹起来。

"这听起来就像幸运饼干字条上的话。"我对那个人说。他叫艾略特，也就是拿着机器的那个人。"'用最柔软的布料'听起来真假。这不是一台真正的快乐贩卖机，对吗？这句话就是随机生成的。你是在给我们下套，然后观察我们的反应。那才是你真正的艺术作品，不是吗？你糊弄不了我。我在别的地方看到过你们这些把戏。"

"不，不，不，这是真的，它会在一间美术馆里展出。"那个拿着机器的男人向我保证道，还给我看了印在那台机器上的公司名称，仿佛那玩意儿就不会是假的似的。

反正从一开始他看起来就有点可疑。那个拿着机器的人，个子太高，又弓着背，就像他是在屈尊和我说话似的。他应该是个有钱人。他当然是了，既然他可以混混日子，假装现在做的这个破事是一份真正的工作。好歹他也是个成年人了吧！

"假如你不相信我，那就在我表演的时候来看吧。"他说。他还把显示着我的"测试结果"的机器拿起来，说："你的测试结果很有趣，我说不定会用到它。"

"所以让我来确认一下，"我说，"你会用布料把你自己裹起来，然后说那是一件艺术作品？"

"嗯，差不多，但是我会把它做到极致。"

"极致？"

"做过头。"

"我知道'极致'是什么意思。"

"就拿你的这个来说吧，我会用柔软的布料把自己裹起来，裹得像个木乃伊，直到我几乎不能呼吸。主旨就是让我自己'腻烦快乐'。"

"然后管它叫艺术。"

"然后管它叫艺术，"他重复道，"我还会为这个表演定制专门的布料。譬如羊绒，或其他什么比羊绒更柔软的东西，如果有的话。反正要最贵的那种。"

"用最贵的布料。哈！我相信你会的。"

"我还可以在表演结束以后把那块布料送给你。你想要吗？"

"为什么我会想要？"

"因为机器说你想要。"

"那就让我们都按照这台机器说的做，看看它会给我们带来什么吧！"我告诉他，然后我就回到家，用一根图钉把我的每根手指都戳出血来，一根接一根，就是因为我该死的能这么做。

*

接下来的几天里，艾略特丢下瓦莱里娅，让她一个人待着，而她对此似乎也甘之如饴。如果说艾略特仍希望瓦莱里娅向他坦白，那她也不会那样做。她也没有对艾略特回以任何眼神，比如，愧疚、渴望或感激。她只是又回归以前的自己，而他心里也知道，他们关系中出现的任何紧张都来自他自己。在家里的时候，艾略特会时不时拿眼角去瞟瓦莱里娅，把目光锁定在她的脚上、她的一缕褪色的头发上，或是她耳洞周围那一小块肌肤上。通常瓦莱里娅都会静静地看着他观察自己，朝他优雅地一笑。可是，为什么在她变得越来越不可知、与他越来越疏远时，她也变得更美丽、更珍贵了呢？

艾略特在惶恐不安中请了一名私家侦探，主要目的不是去跟踪瓦莱里娅，而是去调查她的过去。他本以为这个侦探是一个头发花白的退休警官，就像电影里那样，结果是一个穿着毛衣、个头不高的年轻女孩。艾略特费了好大的劲才辨认出她毛衣上那些斑点状图案是兔子和胡萝卜。他问她是否"有过实战经验"（这也是他从那种有花白头发的退休警官的电影里学来的表达），女孩解释说根本就没有什么"实战"，因为整个调查都将在网上展开。当然如此，显然那个女孩想这样补充。

回答这个年轻女孩问题的时候，他觉得自己就像个蠢蛋。他和瓦莱里娅是怎么认识的？通过一个共同的朋友。是的，他那个朋友和瓦莱里娅认识也有好些年了。不，艾略特不认为瓦莱里娅跟人出轨了。不，她和他结婚不是为了他的钱。她签了婚前协议。不，他也不知道自己到底在寻找什么样的答案，不论是一个事件还是一个人，一个地方还是一个东西。

那个女孩一言不发地看着艾略特发送到她手机上的瓦莱里娅的照片，但是她什么都不用说；艾略特知道她心里在想些什么：一个中年男人，要调查他年轻貌美的老婆，再典型不过。艾略特希望能够跟她解释说事情不是她想的那样。

"所以我到底要去找什么？"女孩问。

"你看到了就会知道的。"艾略特说，现在他倒成了那部电影里的角色。

那天下午，艾略特登上了妮塔的美术馆的展台。他坐在椅子里，面朝前方，头上戴着一副耳机，把声音开到很大，在美术馆远处的角落里都能听见那小小的交响乐声，引得人们四处张望。一个年轻人站上了展台，抬起艾略特一侧的耳机以确认他们听到的音乐来自这里。

瓦莱里娅那天也没到美术馆。艾略特之前告诉她不用过来了，心里却仍然希望她会出现。到了那天快结束的时候，艾略特取下耳机，耳朵里还是充斥着幽幽的声音。他不知道自己的听力是否因此受到了永久的损害，但是他发现自己根本就不在乎。毕竟，另一位艺术家克里斯·伯顿曾经在一次著名的行为艺术表演当中对着自己的手臂开了一枪，如果艾略特因此聋了的话，他还可以管这叫作行为艺术。

*

珀尔去给艾略特开门的时候努力藏起自己的惊讶。话说回来，家宅管理系统早已宣布了他的到来。艾略特举起他向珀尔借的那台机器，说："看见没？我没把它弄坏。"

她把它从艾略特手上拿了过来。"瑞特和朋友们出去了，"珀尔说。

"可是你在啊。"艾略特对珀尔笑了。

珀尔愣了一下，让到一边，让他走了进来。她最近在拼装的一个生物模型正放在桌上，那是一只有艾略特的手掌那么长的蛾子。翅膀是由数以千计的小小的亮片组成的。珀尔是在她和艾略特离婚以后开始拼装这些模型的。艾略特刚知道她有了这个爱好的时候有些惊讶，据他所知，她并非一个喜欢制作东西的人；她喜欢的是管理东西（和人）。但或许，珀尔管理过的人只有他自己一个。又或许，他过去也并不那么了解她。

在"瓦莱里娅"那组作品里，艾略特用真正的蝴蝶翅膀做过一个瓦莱里娅的脸部模型，免不了要用镊子从昆虫的身体上把它们的翅膀拔下来，到最后他的一只手边是各色鲜艳的翅膀，另一只手边是一小堆黑色的躯干。艾略特伸出手去摸了一下珀尔的蛾子模型。

"小心点，"珀尔说，"还没干透。"

他立刻把两手举到空中，就像是被探照灯照到的罪犯。他慢慢地转过身来，对珀尔说："你做过的最坏的事是什么？"

珀尔叹了口气。她仍然站在大门口，那台机器在她手中就像一块银色的砖头。"你呢？"

"我？没什么！只是训练一下脑筋。"

珀尔离开门廊，然后聪明地站在了艾略特和她的蛾子模型中间，仿佛她认为他仍然可能会无视警告去碰它。"这是为你的哪个演出进行的脑筋训练吗？"

"不是的。是我想问。只是好奇。"

艾略特放下双手，插进口袋，然后把身体往下弯了弯，露出一种他自知很有魅力的微笑。这种微笑他从高中时代就开始练习，后来在大学更是凭借这微笑迷倒了众多女生，包括珀尔。

"告诉我吧，求你了，小鸽。"

"我做过的最糟糕的事情？"

"是的。"

她脸上的微笑加深，仿佛这个玩笑这时才真的有意思起来。"是嫁给你。"

"真的？"

她的微笑消失了。"不是。"

这个时候，艾略特便知道自己仍然爱着珀尔。这和他对瓦莱里娅的爱不同。他对珀尔的爱是一种安全的爱，被打磨光亮存放起来，就像一块用棉花包裹起来的石头。

他上前一步，伸出手去想要抚摸她的脸颊。"那就是你做过的最坏的事吗？"

珀尔把那根蛾子翅膀的纤维朝他弹了过去，它落在了他的袖子上。

"快离开这儿，亲爱的，别给自己惹上麻烦。"

*

回到家以后，艾略特发现瓦莱里娅正坐在沙发上看手机。他一言不发地走上前去，把手机从她手中拿开，脱掉她的裤子，然后把她的髋部移到沙发边缘。虽然瓦莱里娅不停地笑，还一边问他一些问题，但是他不为所动，仍然自顾自地行动，并且把她放在他后脑勺的两只手移开，放到她身体两侧，他的嘴成为他们两人身体唯一的连接点。艾略特想到那些蜂蜜，想到它们溢到木勺边缘的同时仍然保持水滴的形状。瓦莱里娅的味道当然和蜂蜜不大一样；有点像海水的味道，很亲近。艾略特温柔地在她身上动着，时不时停下来亲吻她。高潮过后，她坐起身来看着艾略特，只是此刻她的眼睛不再深邃，而是变得透明，像玻璃一样。

然后她从艾略特的脸上看到了什么东西，她一把把他推开，迅速坐回沙发上，她的眼神也变得像石头般冷漠。

"刚才那是个谎言，对吗？"她低声说，"刚才发生的事。"

的确。虽然刚才他们做爱了不假，但艾略特的温柔是假的。他甚至都不用回答。

"你不是我以前认识的那个人了。"瓦莱里娅哑着嗓子说。她摸索着裤子，腿部和屁股都很苍白，大腿内侧亮亮的。"我知道你现在怎么看我，但是你也要知道我也是这么看你。"

艾略特仍然跪在沙发前的地上，听着他的妻子在厕所洗澡、穿衣服，然后把东西收到一个袋子里。那些声音听起来像是从很远的地方传来，然后猛地涌过来。艾略特的听力这时仍然有点失真。大门的合页像是从几公里之外发出了一声尖叫，然后他的耳边又传来了门锁合上的声音。随后，艾略特意识到他的听力已经恢复正常，他耳朵里的那些嘘声都消失了。

*

冬日暖阳给出的快乐建议：听音乐。

现在我知道我该干吗了。

我喜欢音乐，真的！或许我会成为一个歌手。或许我会组建一个乐队，每当我跳起来的时候，他们都会敲一下铜钹。我家里的电脑上已经存了八张不同的专辑和二十六支单曲。我要听的话不用经过任何人的允许。

要让那个搞艺术的男人给我做测试，我的确得先征得同意，但倒霉的是，我妈忘记给我签那张同意书了，尽管那张纸已经在她那里放了一整周，在我和同学们拿到同意书的当天，我就把它从书包里拿出来，放在了门口的桌子上，还把那只小铜猪压在上面，意思是这个需要你签字。当我想起来还没有拿回同意书的时候，我都差点哭了。星科斯夫人本来想让我和小里莎、老马特一起待在图书馆里，他们俩倒不是把同意书忘了，而是他们父母出于宗教方面的原因不肯签字。每个人都可以有自己的宗教信仰，我们尊重这一点——或是没有任何宗教信仰，我们也尊重这一点。但是，尽管我尊重小里莎和老马特以及他们家的宗教信仰，也不意味着班里其他人都在进行测试的时候，我和他们俩要呆坐在图书馆里。正当我们三个人在图书馆门口排着队，就等某个图书管理员来把我们引进去的时候，我在走廊里看见了我妈妈的身影。她的脸颊因为一路跑来而涨得通红，手里还拿着一张白色的纸。我的同意书！我简直高兴极了。

*

那个穿着兔子图案毛衣的私家侦探当晚给艾略特打了电话。

"我找到那个东西了，"她对艾略特说，"或者说，起码我找到了一个在我看来很有可能是那个的东西。"

"情况有多糟？"艾略特问。

"我可说不准，我不知道你对糟糕程度的定义是怎样的。你想让我把那份链接发给你吗？"

"好。等等。你可以用信寄给我吗？"

"装在信封里的那种？"艾略特听见电话那头不耐烦地叹了口气，"我可没邮票。"

"我会另外付钱的。"艾略特说。

于是，两天之后，一个信封出现在他的信箱里，但瓦莱里娅并没有随着它一起回来。在她出走的当天晚上，艾略特抑制住冲动，没有立刻去联系她，但是在第二天早上给她打了几通电话，后来每隔几小时就打一次。然而瓦莱里娅一直没接，艾略特也没有留下任何语音信息。

如果他把这只信封对着灯光举起来，他可以看见一条线，是里面的纸张的折痕，纸张约一英寸大小。然而他没有打开信封。他没有拆开它，而是去检查了一遍瓦莱里娅的衣服，一件接着一件，还把手伸进那些夹克和裤子的兜里，去感受这些衣服没有穿在人身体上的时候给他的奇怪感觉。在一件冬装夹克的衣兜里，他还意外发现了一只瓦莱里娅以为弄丢了的耳环。他把那只小小的金色圆环放在掌心，又给她打了一个电话，但是除了我"找到了你的耳环"之外他想不出任何可以说的话。于是他挂掉了电话，什么也没说。

艾略特把酒柜里剩下的酒都喝光了，躺在沙发上，任由他和瓦莱里娅养的猫趴在胸口，一只脚踩在地上，让在他眼里晃动的房间稳住。他想象着瓦莱里娅拍打猫的脖子，阉割掉一个从前的爱人，喝下满满一酒杯的血。他到底是在乎她以前做过什么，还是只是在乎她拒绝告诉自己这件事？又或者，他在乎的是瓦莱里娅拒绝向他坦露最后一点心声？艾略特从沙发上站起身来，把猫吓跑了，及时冲进厕所吐了；不知为何，他的嘴里仍然像是有蜂蜜的味道。

他又晃晃悠悠地走到了美术馆，像个食尸鬼一样在妮塔的办公桌前晃荡。"弥达斯"的演出已经结束了，他收获了几个展出邀请，还有几个略有人气的博主写的反响尚可的评论。有一个博主认为"弥达斯"反映了一种对资本主义的控诉，还有一个博主认为这是对身体本身的拒绝。艾略特唯一喜欢的一则评论是大部分版面都被手绘的羊驼占据的那条。看起来，"弥达斯"这个项目终究还是没什么钱赚。真是讽刺。周二中午，美术馆几乎空无一人。妮塔目光犀利地看了艾略特一眼，并没有从办公桌后面的座位上站起身来迎接他。

"她现在借住在莉塞特那儿，"妮塔说，然后补充道，"如果你打算背着她出轨，至少你可以选择我。"

艾略特懒得去纠正她。

他在街对面的一家咖啡店里等着，一直等到看见妮塔把那块小小的标示牌翻过来，锁上门，然后出去吃午饭。艾略特用备用钥匙打开了美术馆的门（妮塔早就给了他一把），没有开灯，在黑暗里往前走，一直走到第二个展厅。妮塔还没有把他之前表演的展台拆掉，也就是那个小小的漆成了白色的胶合板舞台。他站了上去，面对着黑漆漆的美术馆。

　　从屁股后面的裤兜里，他掏出那个私家侦探寄给他的信封，把它撕成了两片，然后是四片、八片、十六片，直到那些纸张越来越细碎，纷纷从指间滑落，飘落到地上。他闭上双眼，想象着瓦莱里娅站在他面前，看着他把她的秘密一点一点撕成碎片。她的脸又变成了画布，变成了陶土、混凝纸、吹制玻璃、苔藓、大理石、金属。他朝面前的黑暗伸出手去，希望自己的指尖能够触碰到她的脸颊，希望她的脸颊能够在他的触碰之下变回血肉之躯。

词源的故事 | 第六章

Origin Story

我母亲怀我的时候从来没能好好睡个觉。她一闭上眼睛，就会感觉到我作为一团神经元突触、星物质和羊水的混合体在她肚子里面加速动作，转来转去，迫使她站起身来，从她当时所在的任何屋檐底下走出去，走到一抬头就可以看到天空的户外。当然，她可能会抓住一些机会小憩，比如坐在一把椅子上或是靠在门柱上打几分钟的盹，直到她肚子里的我注意到我周身的呼吸声变得深沉，又开始乱动起来。我在你出生之前就已经怕了你了，她曾经对我这样说，然后她会伸出手来，像按门铃那样按一下我的鼻尖。

而我的出生过程甚至比她怀我的孕期更可怕，可以说是一次惨烈的分娩。我母亲吐过、拉过、被刀割过，才终于把我挤了出来。在恢复室里昏暗的灯光下，我的皮肤看起来是蓝色的，而她的血液在我皮肤的衬托下则呈现出黑色。她俯身看我，那时的我还是一个婴儿，一个被她双手抱着的生物。不论她的目光多么热切，我始终不肯睁开眼睛回看她。作为婴儿的我紧闭着眼睛，也就是我那树结般的脸上那两条小小的裂缝。医生安抚她说我没死，只是在睡觉。由于我在她的身体里睡不着，所以出生之后我就睡着了。你睡着了。哦！你睡得多香啊！她感叹道。于是她给我取名叫瓦莱里娅，是缬草根的意思，因为人们曾经用它来治疗失眠。其他人希望她们的小宝宝手指脚趾齐全，希望孩子快乐。我妈则祈祷着我不会忽然惊醒。

*

今天检测中心有很多人。每周三是假释官提交报告的日子，所以临近最后才安排上的会面都堆积在周二的下午。我的假释官是乔治，乔治去度假或是出庭的时候就由特里西娅接替他。虽然等候室里人满为患，但是我左右两边的椅子都是空着的。今天我穿得比平常来这里做测试的时候都要正式，因为我在测试结束之后还要去见一个客户。走廊对面，一个十多岁的女孩盯着我的高档裤袜和连衣裙，眼里是赤裸裸的觊觎。这个女孩的左右脸颊上分别文着一个眼睛形状的文身，和她真正的眼睛形状大小相同，就文在她眼睛下面一英寸左右的地方，还往外淌着大颗的眼泪——当然那也是文上去的。

一个男人在我旁边的座位上坐下。他朝我友善地笑了笑，然后捏起我的一缕头发，放在鼻子下面深吸了一口气。"我想知道它们闻起来是否也是粉红色的。"他说。当我转过身看着他时，他把那一缕头发放了下来，起身离开了，带着一丝职业性的礼貌，仿佛他刚意识到我不是一位顾客，而是一位同事。

那个男人对什么人做过很不好的事。我不用看他的档案也知道。那个文着眼睛的女孩也是，并且那个被她伤害的人可能就是她自己。这个房间里的所有人都对某个人做过很不好的事情，而那也是我们都必须坐在这里等候的原因。窗口那个女人终于叫到我的名字了。

这些天，乔治让我用棉签在自己嘴里刮蹭取样。我们已经这样碰面九年多了，我和乔治。接近十年。现在他身上穿的这件格子衬衣是他八年前买的，衬衣上的倒数第二颗纽扣变过很多次大小和颜色，因为每次它掉落后，乔治或他丈夫塞缪尔就会急忙缝上新的。今年，也就是我们认识的第十年，将会是我们在这里碰面的最后一年。我走之后，乔治会想我的。或许我也会想他。

乔治把我的唾液样本塞进了机器，然后看着那台机器的屏幕皱起了眉头，仿佛这样就能让它惭愧地加快运算速度似的。机器：这个词发源于古希腊语，后来又通过拉丁语传入法语，再由法语传入英语。它的原型是"makhana"，也就是"设备"的意思，但是在"makhana"之前，那些更早的词源则完全没有"机械设备"的意思，而是指一个可以自主运作的单位，例如"人体这台机器"。这家检测中心里机器都是廉价买来的翻新机型，也就是说，它们快不了。乔治朝这台机器不耐烦地喷喷了几声。

"塞缪尔最近怎么样？"我问他。

"哈！他正忙着看最新一期的卡拉·帕克斯秀呢。昨天晚上他正在粉丝主页上面写什么的时候被我逮住了。'你是个五十多岁的基佬，'我说，'不是个十多岁的少女。'塞缪尔从眼镜上方这样看着我——就像这样——然后说：'那还不是一回事。'哈！艾略特最近怎么样？"

"还好。"

"还好？好吧。"

"在我把他大卸八块，然后把尸块放进冰箱之前还好。"

乔治不屑地哼了一声。"我不知道你为什么要开这种玩笑。"

"什么玩笑？我可是用蜡纸把他的尸块包起来的。"

"蜡纸。"他重复道。

"你知道的，"我耸了耸肩，"为了防止出现冻斑。"

乔治的眉头舒展开来，我的测试结果出来了，而他也看到了他想看到的结果——或者说没有看到他不想看到的结果。乔治在我的档案里厚厚的一沓文件上签了字，然后给我写了一张字条，让我出去的时候交给前台。

"下个月，我会给你带一块杯形蛋糕。"他说。

"我做了什么事值得你给我带几块杯形蛋糕？"

"是一块。我说我会给你带一块杯形蛋糕。"他把一根拇指插进我的档案中间，"你做了什么？你结束了你的假释。"

我盯着他那根拇指。"拇指"（thumb）真是一个有趣的词，严格说来，还是一个很难发音的词。它源于古荷兰语"duim"，意思是"膨胀"。

"你要不要再查看一下，"我指了指文件夹，"我很确定你在今年年底之前还是得和我碰面。"

"自你成年以后的十年时间：四月。下个月就是四月了。你的生日是在四月，对吗？"

"四月十一日。"

"那就对了，你结束了。"他在递给我那张字条的时候笨拙地拍了拍我的手，"别担心。"

"谁担心了？"

"瓦莱里娅。我知道你有副好心肠。"

"没错，冻在冰箱里，用蜡纸包着的。"

那个脸上有文身的少女仍然坐在等候室里。我从她身边经过时，她久久地闭了一下眼睛，所以我看到她脸上只有一对眼睛，那对文上去的正在哭泣的眼睛。

瓦莱里娅这个名字的意思是"健康"。还有个意思是"强壮"。

*

"魔法"（spell）和"叙事"（narration）这两个词是从同一个词根演化而来的。这也证明了古人相信语言是具有某种魔力的，而为某个事物命名这个简单的动作几乎等同于创造并控制这个事物。例如，你如果知道某个人的真实姓名，你就可以毁掉他／她——反正传说是这样。在一些古老的传说中，人们隐瞒名字，只把它们透露给自己最亲近和信任的人。据说上帝也隐瞒了自己的真实姓名，即便对他的信徒也是如此。大学时候，我遇到过一个教授，有一次上课时，他要悄声说出上帝的名字，但前提是整个教室里的人都把耳朵捂起来。我没有捂，在听到他念出的音节之后，对上帝的名字非常失望。

这次和客户会面持续了一个多小时。他们想让我为他们新推出的一款眼霜命名，小小的一瓶，含动物脂、香精，以及海牛黏液或独角兽阴茎粉末之类的东西，据说可以让眼角的皱纹消失。他们甚至还签下了卡拉·帕克斯作为代言人。我待会儿得把这个告诉乔治，好让他去告诉他丈夫。

我立刻就知道这款产品应该叫什么了：巫婆眼霜。我还知道，这家公司的高层还没有准备好接受我的想法。他们现在还沉浸在天鹅绒、花瓣以及雪花组成的美好的世界里。但是我能看见她，那个巫婆，从她小房子的窗户里朝我挥手。所以我得过些时候再告诉他们。如果我现在就说出"巫婆眼霜"这个名字，这些男人都只会朝我眨巴眨巴眼睛，其中一个人会回答说："果然真诚是现在新型的讽刺。"仿佛他们理解讽刺似的。然而他们不知道的是，讽刺的意思是上帝的嘲笑，耶和华的嘲笑。

和眼霜客户会面结束之后，我乘地铁到闹市区与艾略特和瑞特碰面。在地铁上，我一直观察着陌生人的眼睛，他们眼睛旁边的皱纹像手迹和利爪一般。一个人要眯多少次眼睛、大笑多少次才会有这样的皱纹？

巫婆眼霜。

我想沿着一条林间小道走到掩隐在松树林中的草皮房那里去。我想要站在它的窗户旁边向住在那里的巫婆问三个问题。哦，不，那不是我想要做的。我想成为那个巫婆，把所有问题的答案都藏在我皮肤的皱纹里。事实上，"巫婆"（crone）这个词的词源是"残骸"（carcass）。

*

法语里有一个词组叫"可怕的小孩"（enfant terrible），我们现在用它来指代有超自然才能的年轻人，一个天才。但是最开始，它指的是那些童言无忌的儿童，譬如一个儿童向你尊贵的晚宴来宾提问说："你为什么这么胖？""残忍"是我们用来描述儿童使用的词，例如"孩童的残忍"。"残忍"（cruel）这个词起源于"crudus"，意思是"生的"或"带血的"。而我们的意思是，一个儿童的野蛮行为中带有某种天然的东西，一种未被同理心或社会规范浸染的好奇心。想象一个儿童用放大镜聚焦阳光，让蚂蚁背上着火冒烟就知道了。这个儿童这么做并不是出于恶意。事实上，他的脑子里根本就还没有善恶的概念。

然而，对我的母亲来说，我就是一个传统意义上的"可怕的小孩"。我的行为表现总是让她带着偏头痛去睡觉，更让她一次又一次地陷入全面萎靡的状态，持续的时间一次比一次长。我父亲可能会用"有活力"来描述我，但是他对我的爱妨碍了他认清我的真面目。只有我母亲知道我是一个什么样的人。

在我六岁的时候，我发现我们家的猫苏蒂蜷缩在灌木丛下面，浑身冰凉。我母亲把我的下巴捧在手里，俯身对我说："你对这只猫做了什么？你现在告诉我，我就不会生气。"

我不太清楚她到底希望我坦白些什么。我不记得自己对这只猫咪做过任何事情。我一直很喜欢苏蒂。它的名字还是我取的。每当我穿着某件毛衣时，它就会用爪子在我身上踩来踩去，还会把衣服上的羊毛舔成湿漉漉的毛丛，仿佛它是在踩它妈妈的肚皮似的。

"你到底做了些什么？"她又问了一遍。

我在发现苏蒂之后戳了戳它的肚皮——我是那时才发现它死了，而不是睡着了——也许我母亲问的就是这个。然而我告诉她"我只是碰了碰它"之后，她的手从我的下巴上拿开，放在了她的太阳穴上。"我受够了！"她歇斯底里地说，一边往后退去，"别告诉我你接下来又做了什么！"

我接下来不过是又摸了摸苏蒂柔软的灰色额头。

"我感觉我的头痛病又要犯了。"

苏蒂死后我们养的另外一只猫——"斯塔芬先生"跑了以后，她说："我不想知道你对这只猫做过什么。"

在那之后，我们再也没有养过猫。

现在艾略特和我养了一只猫。名字叫斯利普。它身上有分布均匀的条纹，一直延伸到尾巴，它还会吃我们的早餐哈密瓜，一直吃到只剩瓜皮。每当我抚摸它的时候，它都会弓起背来迎接我的抚摸，而我则会说："你要小心哦。"只是我不确定我是在对它说，还是对我自己说。

*

帕鲁卡，艾略特给我发消息说这是进酒吧的通关密码。我要去一家那种时而流行、时而过时的假地下酒吧和他们碰面。这家酒吧得从一家中餐馆的后门进去，穿过那些复合板做的桌子，直接走进厨房，再穿过一排死鸭子，然后走到一个戴着软呢帽的大个子男人跟前，向他说出今天的通关密码。那些通关密码通常是一些从网上摘取的禁酒时期的俚语，例如"笑水"和"蜜蜂膝盖"①。大禁酒时期啊！每个人都喜欢"爵士名伶"②的衣服和仿造的汤普森冲锋枪③，但是谁会记得那数以千计的喝下不受管制的假酒把眼睛喝瞎了的人？

那个保镖看着就像一个身型巨大的乔治，气球乔治，就像有人把嘴放在乔治的小脚趾上给他吹足了气似的。我在考虑要不要向那个保镖提问，问他是否知道那些假酒以及喝瞎了的人，问他能否想象有人喝了一口酒就发现这个世界渐渐变得模糊，就像被一只鸟啄去了双眼。

这都是我会跟乔治说的话，我还会说："这倒提醒我了，我为你的下个生日准备了一瓶酒。我自己酿的。"

乔治会啧啧两声，说："瓦莱里娅，你可别吓我。"

我会说："你也别吓我，乔治。那我们就一起喝一杯吧。"

---

① 这两个都是美国禁酒令时期（1920—1933）人们经常使用的一些俚语，其中"笑水"的意思是"鸡尾酒和烈酒"，"蜜蜂膝盖"的意思是"最好的东西"。

② 20世纪20年代禁酒令时期的先锋女性，英文为"flapper girl"。

③ 美军在二战中最著名的冲锋枪，由约翰·汤普森设计。

他会说："好啊，没问题。那就一起喝吧。谁怕谁！"

他又会看一眼机器的屏幕上我的测试结果，眉头舒展开来，递给我那张小字条，告诉我测试结束了，我可以走了。

"帕鲁卡。"我对面前的保镖说，于是他便站到一边，让出身后的一道小门。保镖拉开门，让我走了进去。

这并不是真正的通关密码。真正的通关密码是乔治写的小字条。

*

我父亲聘请的律师要价很高，戴着颜色柔和的领结，那颜色就像为幼儿园墙壁选用的油漆样品。他请来的儿童精神病家要价也很高，穿着印有罗夏墨迹①般印花的丝质连衣裙。我坐在他俩中间，并没有挨着我父亲。我们之所以被安排这样坐，是因为我父亲看到我总是会忍不住脸部扭曲，而他那个费用不菲的律师提醒他说，这可不能让法官看见。当时我十一岁。

我母亲也来了，虽然不是真的来。实际上，她已经死了。但是没关系，我想象着她坐在桌边的一把转椅上，神情肃穆地朝我挥了挥手，头上顶着一团火焰。

我们当时并不是坐在一间法庭里，而是在一间专门用作家事法庭的会议室中，墙壁上贴着各种"疲惫的羔羊"海报，每当我移动一下椅

---

① 也称"罗夏墨迹测验"，是由瑞士精神科医生、精神病学家罗夏创立的一种著名的投射法人格测验。

子，地毯上就会传来馊牛奶味。整个过程就是走形式。我父亲聘来的专业人士（全都端庄得体，衣着光鲜）早就和本州的社工（劳累不堪，神形憔悴）达成了一致意见，并得出了一个判决方案。我将在一家私人精神病医院住七年，直到我年满十八岁，之后再完成五年的缓刑。我甚至都不用出庭。毕竟我已经交代过了。我们看着法官在我的判决方案上签字，一瞬间就完成了。

大人们都起身把椅子往后推去，看上去非常满意（除了我的父亲，因为我看不见他的脸），这时我问："法官大人？"

我用上一次去洗手间的间歇在厕所里练习的语气说出这句话。没有人听到我的声音，于是我又提高音量说了一遍。

"法官大人？"

他们都转过身看着我。除了我的父亲——他把头埋得更低了，仿佛有个什么东西正朝他飞过去。我的母亲也没有转身，因为她一直在盯着我。她头上那团火也变成蓝色，开始冒烟。

"法官大人？"我又说了一遍。总共说了三遍，就像一句咒语。

律师和精神病专家试图让我安静下来，律师的做法是用他的声音盖过我的，精神病专家的做法则是使劲捏了捏我的胳膊。法官让他们都闭嘴，并示意我继续。

"可以判久一点吗？"我问。

法官噘了噘嘴，说："审判已经结束了，瓦莱里娅。现在我们都要回家了。"说完，她嘴角往下耷了耷。她应该是记起了我不会回家，我父亲会自己一个人回家；我会被送进一家精神病院；而我母亲已经被埋在地下。

"不是审判，我是说我的刑期，您可以判久一点吗？"

法官瞪着我，又一次让我的律师闭嘴。

"求您了。"

不知为何，她竟然同意了。她延长了我的缓刑时间，从原本的十八岁之后的五年延长到十年。"你在刑期结束以后就二十八岁了。"她警告我说。

"反正我也活不了那么久。"当时的我对此非常确定。

在办公桌一端，我母亲头上的火焰已经把她身后的墙壁烤焦了。尽管之前做出过种种保证，我父亲还是低头把脸埋进双手哭了起来。

*

我在那家地下酒吧的一个卡座里发现了正在喝一种药剂色饮料的艾略特和瑞特。"遗言。"他们告诉我，那是这款饮料的名字。

"嘿，小伙子，你是怎么进来这儿的？"我说，瑞特还只有十八岁。

他抬起下巴，指了指他爸，但是我当然已经猜到了八成是艾略特跟什么人说了好话，人家才放瑞特进来的。

"我们是在庆祝。"艾略特说。

"庆祝什么？"

"庆祝瑞特考上大学！"

"你没开玩笑吧？哪一所？"

"加州大学戴维斯分校。"瑞特在他爸爸告诉我之前抢着说道。

"嘿，那要恭喜啊。"我说着滑进了卡座，然后从艾略特的杯子里啜了一口：金酒加柠檬，外加其他东西调配而成的。艾略特正在谈论他新完成的装置艺术作品"弥达斯"，下周就要送去妮塔的美术馆；他的声音里满是骄傲。我能从瑞特的嘴形看出，艾略特谈论这个话题已经有好一会儿了。我还知道艾略特会继续描述他的作品，直到瑞特主动提出想要看一看。如果瑞特不主动提出来，那么艾略特就会自己直接开口让他来看，但是为了我们大家，瑞特还是主动提出来比较好。瑞特是艾略特唯一真正爱的人。这是对我的惩罚的一部分，而我对此全然接受。如果艾略特不爱我，那也就意味着他是安全的。

我在桌子下面找到瑞特的腿，碰了碰他。他反应过来，朝我眨了眨眼睛。

"我可以自己去美术馆看。"瑞特说，我又用腿碰了碰他，"你的作品，弥达斯。听起来很酷。"

"你确定吗？"艾略特说，"那你的课怎么办？"

"我周五没课。"

"说不定你的哪个老师会让你写一篇捧场的文章？"

"捧场的文章？"

"关于我的展出。"

"我上的又不是艺术课。"

"艺术是全世界通行的科目。"

"也许吧。"

"还有，如果你的老师没有因此给你额外的学分，他们就没有尽到职责。"

说完，艾略特转过身去示意服务生再上一轮"遗言"，而就在他这样做的时候，瑞特和我对视了一眼，摇摇头：啊，老爸。

我和艾略特结婚时，瑞特才十四岁，我当时也才二十三岁。刚开始和瑞特接触的时候，我非常紧张，倒不是因为那些常见的当后妈的理由，也不是因为和他的父亲比起来，我和他年纪更加接近，更不是因为害怕他会不喜欢我。事实上，我倒是希望他不喜欢我。我不太会跟小孩子相处。刚开始和艾略特交往的时候，我曾经这样对他说。所以，好吧，反正我警告过他了。

"后妈"或"后爸"这两个词当中的"后"这个前缀是从一个古德语单词衍生而来的，意思是"寡丧"和"孤儿"，意味着一种巨大的损失。也难怪。看看那些童话故事里的后妈都是什么表现就知道了。不过，对此我想说的是：去爱别人的小孩为何应该是自然的，而如果不爱就不自然？不爱自己的小孩是不自然的，那倒没错。我可以把这个告诉我母亲，不过现在是告诉她的鬼魂了。

在瑞特和我们一起度过的第一个周末，我和他一大清早在走廊里打了个照面。当时我们两人都还穿着睡衣，站在走廊里一动不动，就像你在铁轨上看见一只野兽，野兽也看见了你，你们俩互相瞪着。我们就那样瞪着对方，直到他扬起一只手，冲我小心翼翼地打了个招呼，而我匆匆溜回自己的房间里。

但我没想到的是，瑞特后来居然喜欢我。他喜欢我的头发染的颜色，喜欢我常常硬起心肠说的话。后来他甚至开始向我讲述那些发生在他学校里的小故事，征求我的建议，并且他的讲述都经过精心的练习。我表现得越是淡然，他便越是坚持。

我告诉过艾略特我不大会和小孩相处，但是我没有告诉他其他事情：我可怕的出生过程，我母亲的偏头痛，那些不幸的猫咪，那些因为我玩游戏时太过暴躁而从我们家哭着跑出去的同学，那所我度过了整个青春期的精神病医院。还有所有那些被我伤害或吃掉的人。我也没有告诉他关于乔治和我要求延长缓刑期的事，关于皮肤烧焦的味道，虽然那味道将永远留在我的鼻子里。这我也没有告诉他。

当瑞特开始不吃东西的时候，我便知道那是我的错。一定是我做了什么，才让这个男孩枯萎了。我的所作所为是为了保护大家，我把自己移到了这个家里最边缘的位置。瑞特跟艾略特共度周末的时候，我都会去出差，或是用杂事和午餐把那一天填满。可后来瑞特还是被送进了医院，这家或那家康复机构，于是我周末出差也停了。当然了，每到家庭日的时候我按理也应该去探视瑞特，但我总是躲在艾略特身后，好让那个男孩看不见我。

我很熟悉情况，这种用奢华来包装绝望的私人医院。在我们去探视之前，我还检查了一遍艾略特准备的探视箱，把那些我知道会被护士拿走的东西从里面拣了出来——鞋带、圆珠笔、漱口水。终于，艾略特注意到了。

"你怎么知道他们连漱口水都不让带？"

我耸了耸肩，说："这是常识。"我的心脏一阵狂跳。

在那之后，我就把这事留给护士去做了。

在我和乔治某次会面的时候，我指着那台机器，说："真遗憾它不能给你一个指数。真遗憾你没有一台可以做这事的机器。"

"什么指数？"乔治问。

"就是一个指数，就像指示空气辐射水平或者水里的毒素水平的指数。如果这个指数过高，你就知道不安全了。喝水不再安全，呼吸不再安全。"

乔治干咳了两下，说："这台想象中的机器，也会给你设置一个危险指数？"

"我只是说它可能成为一个客观的计数方法。"

乔治用他眉毛下方威严的眼睛着我，说："你认为自己是一种毒素？"

我自孩童时起就没有哭过了。我小时候多半哭过，但是我已经不记得了。在乔治向我问出那个问题之后，我感觉到眼泪在眼眶里打转，就像一个人把手放在门把手上，却又不敢推开门走进去。

说话间，我的测试结果出来了。我能从乔治脸上的表情看出来，因为他的眉头舒展开来了。他开始把那台机器的屏幕转向我，这原本是不被允许的。倒不是说我有多在乎这些规矩，那才不是我阻止他的原因。

原因是我不想看到测试结果，不论那台机器对他说了我什么。我不配拥有快乐。我也不想知道应该去哪儿寻找快乐。我握住他的手的时候，他脸上露出痛苦的表情。当我把他的手推开的时候，我看见我的指甲已经在他皮肤上留下小小的掐痕。

乔治把屏幕转了回去，怒视着我。"这个指数还过得去。"

"但是它并不会给你一个指数。"我说。

"还过得去。"他重复说，自顾自点点头，"瓦莱里娅。你不是毒素。你是一个——要怎么说呢？你对公众来说是安全的。"

*

我们把瑞特送上回家的公交车以后，艾略特和我一起去品尝了各种蜂蜜。湾景区有一家卖蜂蜜的店，他们的蜂蜜都是从一个养蜂场进的货。店面的墙壁上装饰着垒成蜂窝状的玻璃杯，杯子下面则是一些水龙头，蜂蜜可以从那里流出来。店员帮助艾略特找出哪种蜂蜜最甜的时候，我闲逛到店铺后面的窗户旁边，从那里向外看去可以看到真正的蜜蜂。真正的蜂巢是一摞摞的屏幕。它们看起来就像老式梳妆台。一个戴着面纱的养蜂人在照看它们。蜜蜂是唯一一种蜇了人以后会死掉的蜂。随着蜂针扎进人体，蜜蜂的内脏也会被连着扯出来，而当它再次飞走的时候，内脏已经被掏空了。

一个勺子凑到了我的嘴唇跟前。

"尝尝这个。"艾略特说。

这勺蜂蜜甜得我打了个哆嗦。

"这就是最甜的那种蜂蜜吗？"我问。

"不是，"艾略特碰了碰我的鼻尖，"你才是。"

而当我吐了吐舌头作为回答的时候，他又往我的舌头上放了更多蜂蜜。

艾略特并不知道我是一个什么样的人。对我来说，他不知道这个事实既是一种无尽的救赎，又是一种无尽的折磨。

*

艾略特风趣幽默。艾略特魅力无边。艾略特无害无邪。

民间传说中应该有某种生物像艾略特，即便被人捅了一刀也不会流血的那种。白刀子进去仍然是白刀子出来，甚至更加光亮。

我是在妮塔举办的一个派对上和艾略特认识的。我和妮塔结识则是因为我所在的营销公司在为妮塔的美术馆做宣传工作。妮塔喜欢我当时穿的那件衬衣，于是便邀请我去参加她的派对。妮塔就是这样的一个人。

这份市场营销的工作是我大学毕业后的第一份工作。我离开精神病医院的时候，医生曾经警告我说，我要为适应外界生活的困难做好准备。但是上大学对我来说并不困难。我和那些寄宿学校毕业的小孩非常投缘，因为我过去被囚禁的经历和他们足够相似，而我的推荐信也完全没有遇到任何的怀疑。大学四年临近结束的时候，我拿到了一个语言学学位。语言和我很像，都变动不居。在我念书的时候，我父亲只来看过我一次，还是为了参加我的毕业典礼。当时他一直低着头，全程只看着他手上的一块奶油蛋糕。话说，你们知道"爸爸"这个词发源于哪儿吗？它和古希腊语及拉丁语里的"pater"这个词根有关，发源于"吧"，是婴儿最早能发出的几个音之一。

当天晚上在妮塔家举办的派对上，艾略特朝我走了过来，手上多拿了一杯饮料。我总是会招来这种男人，他们朝女士走过去的时候，不是去问她们想不想喝饮料，而是直接端给她们一杯饮料。为了展开话题，我猛烈地批评了妮塔挂在壁炉架上的大幅画。"鬼画符"，我想我是这么说的。

艾略特蹲在那幅画的一角，说："你能看见创作这幅画的艺术家签名吗？"

然而我不用去看。我从他脸上的笑容已经知道那人是谁了。

"该死。这是你画的，是不是？"

后来我们进了一间空卧室，在一堆人的外套上面做爱了。那时我知道他比我大。我那时已经知道他已婚并且有小孩了吗？我多半也感觉到了。只不过那天晚上，他的确在来参加派对之前把婚戒从手上取下来了。

当我说艾略特无害无邪的时候，我知道他的前妻不会同意这个说法。其实我的意思是，艾略特对我来说是无害的。这不意味着我不爱艾略特。我爱艾略特吗？爱。"爱"这个词是没有词源的。它是人类最早发明的一批词语之一，并且从来都只有一个意思，那就是它的本意。

*

艾略特和我买了一罐蜂蜜之后便从那家蜂蜜店离开了。那罐蜂蜜非常重，我们俩都搬不动，于是请了人帮忙第二天把它送到我们家去。

接下来我们都没有什么要去的地方，便开始闲逛。湾景区在很长一段时间里都是船厂，在二战期间，这里成了一个用来测试放射性物质在动物身上的作用的军用实验室，后来便成了一片废弃之地，再然后成了政府的廉租房。现在，那些有钱有闲的富二代又把这块地方圈起来变成了他们的地盘。我们经过一家卖皮质驾驶手套的店、一家只卖野味的餐厅，还有两家地下酒吧，其中一家伪装成一个花店，另一家则伪装成一个银行。随后，当我们经过一个游戏厅的时候，我做了一件从未做过的事：我提议进去看一下。然后我又做了一件我从未做过的事，我说："我们来玩一把。"

"玩一把？我们两个？"艾略特眨了眨眼。

我点点头。

艾略特装作一副犯了心脏病的样子。

艾略特喜欢打游戏。我们在公寓里专门装了一套VR系统，但我总是拒绝玩，所以艾略特有时候会自己一个人或是和瑞特一起去游戏厅玩。他从来没问过我为何不想去。他对自己解释说："女人只喜欢自己发明出来的游戏，这是人人皆知的秘密。"

这间游戏厅的服务生是个有着一头跟我一样的粉红色头发的中年妇女。她朝我笑了笑。"樱桃红？"她问，一边摸了摸自己的头顶。我知道她是指她的染发剂的颜色。

"品红。"我说，碰了碰我自己的头发作为回应。

她往前倾了倾，用几乎是耳语的声音说："你知道那个词出自哪儿吗？"

事实上，我还真知道。"出自一个意大利的小镇^①。他们是在那儿发现这种颜色的染料的。"

"但是你知道这个吗？那个小镇之前经历了一次战火，他们是用血污的颜色为那个染料取的名。"

我摇了摇头。这个我真不知道。

她把面罩和手套递给我。"你们好好玩。"然后如蛇一般，快速抓住了我的手腕，接着举起另外那只手，用一根手指在我们两个人——她和我——的脸之间晃了晃，"简直就像在照一块魔镜。"

这间游戏厅里的装备不错，我们的VR卡座非常干净，游戏菜单也非常齐全。我在那些名字里翻找着，心里期待着里面没有它。毕竟那是一款很老的游戏了。然而它真的被我找到了，夹在"鳄鱼谷"和"假扮宇航员"中间。

"趣乐园？"艾略特看到我选出来以后说，他的声音听起来的确像是被逗乐了，"看看那个时间，它几乎算是一个复古款了。"

"就像你。"我说。

"我可比复古款厉害，宝贝，我是经典款。"

屏幕显示出一个晚间游乐园，有鲜艳的游戏帐篷、响亮的音乐，还有边缘点缀着灯光的摩天轮。我戴上面罩，整个游乐园就在我周围变大

---

① 英文为"cerise"，既指"樱桃红"，也是意大利一个小镇的名称。

变深了，仿佛我置身其中，除了几个角落有点模糊以外，其他地方都足够逼真。正如艾略特所说，它是一款古老的游戏。可即便如此，我也感觉到了那种只有童年时才能体会到的开阔感，深吸一口气，脸颊和口腔都胀满了，每一次呼吸都感觉良好。这时，艾略特出现在我旁边。他的游戏化身出了点问题，所以在游戏场景里面他的两只手都是像素团，仿佛他拿着两束有绒毛的花。

他的游戏化身转向我，脸上带着生硬的微笑。艾略特的声音也从我面罩的耳机里轰鸣而来："你的脸！"

"怎么了？"我举起手去摸脸，只摸到那个塑料面罩的外壳。

"全是模糊的一片。像素团。"

"你的手也是。"我说。

"你确定你想玩这个吗？"

"来吧，我们要拿到一个苹果糖才能开始游戏。卖苹果糖的小摊在那边。"

我开始从慈爱的父母和嬉闹的小孩中穿过。这个游戏的场景设计很经济，同样一拨人一会儿出现在这个地方，一会儿出现在另一个地方，譬如，一个戴着小猫咪耳朵的女人，一个用手指着天空的男孩，一个腰上拴着个绿色气球的男人。

"你以前玩过这个游戏吧。"艾略特一边跟上来一边说。

"小时候玩过。"我承认道。

"我还以为你讨厌玩游戏呢。"

"哪有小孩讨厌玩游戏的？"

艾略特的游戏化身的脸上仍然带着那种生硬的微笑，但那的确是他所能做出的唯一表情。我看到那个卖苹果糖的小摊就在我们前面不远的地方了。我感觉自己背后仿佛藏了一把刀，也感觉自己正被领向屠宰场。假如我不打算把我的过去告诉艾略特，我为何要提议来玩这个游戏？所以就这样了是吗？我会告诉他吗？如果我把实情告诉他的话，他会转身离我而去吗？那样我就开心了吗？

我们来到了小摊跟前。那个卖苹果糖的摊主被游戏设计师赋予了比人群中其他人更多的细节，比如，她有着蓬松的花白头发，眼睛下面还有一颗突出的瘊子，令人不由得好奇她是否随时都能从眼角看见它，就像是地平线上的一块污渍。

"买一个。"我对艾略特说。

"苹果"也是一向只有基本意思的一个词。事实上，它曾经被用来指代任何水果、蔬菜，甚至是坚果。所有的水果都曾经被叫作苹果。土豆曾经被叫作"地里的苹果"（现在它在法语里仍然是这样叫的①），大枣则曾经被叫作"手指苹果"，香蕉在中古英语里也被叫作"天堂的苹果"。

那个卖苹果糖的老妇人递给艾略特的是一个普通的红苹果糖，虽然它比真正的苹果可能要更红一点，外面包裹的糖衣让它呈现出一种血液

---

① 土豆在法语里叫作"pomme de terre"。

的鲜红。艾略特把苹果糖拿起来，举到自己的脸跟前。他的游戏化身的嘴巴仍然处在那个微笑的状态并且紧闭着，但是耳机里传来一声脆响，仿佛他刚刚咬了一口。这声脆响在公园里回荡，传递到我们的耳朵里就变成别的声音。它变成了螺旋桨的轰鸣声，随之，一些男人开始从天而降。

可能他们不是男人，也可能是一些女人，怪兽也有可能。无法知道面罩后面是什么。在"趣乐园"这个游戏刚刚面市的时候，这个主题——蒙面杀手，非常受欢迎。他们出现在所有的电影、电视剧和游戏里。有时候他们是政府派来的，在"趣乐园"这个游戏中就是用直升机暗示的。还有些时候，他们是超自然的存在，从不同次元之间的裂缝中来到这里。研究流行文化的学者评论，这个形象代表人们对当权者的恐惧与自我的疏离等情感，直到所有的现代病都得到了恰当的抒发。事实上，"面具"（mask）这个词大部分的词源是"伪装"（disguise）这个词，但是也有一个凯尔特语词源，可以被翻译为"风暴之前聚集的乌云"。还有"masca"，意思是"女巫"。

在这款游戏里，那些戴着面罩的身影是吊着绳索从天上滑下来的，而那些绳索细如无物，看起来他们是抓着黑夜的边缘下来的。落地之后，这些人就把刀拔了出来，开始割公园里的人们的喉咙。那个腰上拴着绿色气球的男人喉咙被割了，那个留着两条长辫子的女孩的喉咙也被割了，他们甚至还割了那个卖苹果糖的小贩的喉咙。血浆喷射，红色的液体变成小小的一摊，化为空中的像素团。

"走这边！"我对艾略特说，然后逃离了这场大屠杀，逃离了这座公园，也逃离了这个游戏。

　　这个游戏的名字叫"趣乐园"，既是为了产生耸动的效果，也是因为游戏背景是在一个游乐场里。如果按照原先的设定去玩，你就可以走进不同的小店、帐篷和游乐设施，一边躲避那些蒙面杀手，一边收集武器和他们打斗。玩到最后，如果你"赢了"，你就会杀掉那个面罩军团的首领，拯救一个被困在摩天轮顶端的小孩，并偷走一架直升机，飞往……飞去哪儿呢？应该是个什么安全的地方吧，我想。我也不知道。因为我从来没有通过关。

　　在游戏中的郊区，游乐场外面有一圈狭窄的空地，是一片紧邻那些鲜艳的帐篷和彩灯的黑色区域。那里当然也有蒙面杀手，但是比其他地方要少一些。这个区域是为那些被游乐场里的大屠杀搞蒙了的玩家，还有那些需要一个地方续生命条或练习基本动作的业余玩家准备的。发现这片地方的人是我母亲，而发现那幢着火的房子的人则是我。

＊

　　我母亲的偏头痛随着我的年龄增长而加剧。每当我从学校放学回到家，她都会站在门口迎接我，同时向我描述她当天经受的头疼。"就像我的太阳穴被人用石头砸了。就像有一个巨人在捏我的颅骨。就像有一群蜜蜂在我的脑子里。"之后她会往后退几步让我进屋，最后拖着脚步走回她那幽暗的卧室。她从来都没有直接说过我是引起她头疼的原因，但是我心里知道。假如我给她端去一杯茶，我每走近一步，她脸上都会抽搐一下。虽然她会接过我手中的杯子，也会把它举到嘴边，但是她会一直透过杯沿盯着我，从来不会喝一口。她害怕我会给她下毒。她从来都没对我说过，但是我曾经听见她和我父亲关上门为此吵架。

"她只是个小女孩，"我父亲说，"她还是你女儿。"

我母亲则说："是的，所以我才知道。"

我现在知道母亲的脑子生了病而非头痛。医生已经向我解释了，我也知道那正是他们的专长。但是知道一件事情和感受到一件事情是两回事。对成年人来说，这是两件不同的事。对小孩来说，这是一件事。

这款游戏是我十一岁的生日礼物。从我母亲为我开门——她当天的头痛"就像有鸟儿在啄我的眼珠子"——到我父亲下班回家之间的那几个小时里，我会一直玩这个游戏，把声音调到最低，以便不打扰我母亲休息。后来，有一天，她趿拉着拖鞋来到客厅里，在我背后停下。我没有转过头去，因为我害怕我的脸会带给她痛苦。我只是一动不动地继续玩游戏。

接下来的一周里每天都是如此。每当我开始玩游戏，她就会走过来看我玩。到我退出游戏的时候，她已经回到她的房间了。突然有一天，我听到她拖鞋的趿拉声，沙发垫柔软的塌陷声，还有一种新的声音：她把另一个游戏面罩戴在头上时头发发出的沙沙声。随后，她出现在我旁边，一个有着我母亲的脸的游戏化身。她一定是在我去上学的时候设置出来的。我还是没有转头去看她，现实中和游戏中都没有。不过，我能看见她的游戏化身，带着一种愉悦的假笑。她的眼睛不痛的时候竟是这样，我感到十分惊异。

她往前跑了，跑出游乐场，进入那片幽暗的区域。我紧跟在她身后。好几天里，我们都做着这样的事：一起跨过这片区域，被那些蒙面杀手发现后就让他们杀掉我们。有一次，母亲挡在我前面，替我挡了一记某个杀手的砍刀。当时我心中涌起一种别样的感觉，此前和此后我都没有经历过。可最后我们俩还是都死了。

之后有一天，我看见远处有一簇跳跃着的火苗。我便挣脱母亲的带领，朝那团火苗跑去。随后，我们的屏幕并没有分成两半，我便知道母亲也跟着我来了。我们来到那栋着火的房子跟前。母亲冲了进去，而我留在原地。不一会儿，她便出现在窗口，被一团火苗包围。她站在那儿，朝我挥了挥手。我回过头看了一眼，取下面罩；透过我母亲的透明面罩，我看见她在笑——不只是她的游戏化身，她的真身也在笑。她都不用告诉我说她的头疼终于消失了，仿佛那些假想的火焰把她的头疼给一把火烧了。

*

"看哪！"我对艾略特说，我已经能从远处看到它了，那栋着了火的小房子。

"那里面有什么？"艾略特说，他的游戏化身紧跟在我后面从这片黑暗的区域穿过，"武器吗？还是个什么通道？"

我没有对他说，这栋房子只是一处漫不经心的设计，是为了让这个游戏世界感觉更真实的细节。我也没有告诉他，里面什么都没有，有的只是火焰。我们来到房子门前，和它距离很近，如果火是真的，应该能听到木头点燃发出的噼啪声。不过，它不是真的，只是默默地跳跃着，不停变换着颜色。

"你就待在这儿，"我对艾略特说，"绕到那边去，往窗户里面看。"

"你要进去吗？"

"是的。"

"那为什么要我待在这儿？"

"你等下就知道了。"

我走了进去。视野里充斥着橘色和黄色，但没有任何热量。那些火舌在我面罩的角落里闪烁起落。"火舌"，这是我们常说的一个词，仿佛火焰能够说话似的，仿佛它能调戏我们，仿佛它能像蛇那样嗅到空气。我绕到了窗户边，而艾略特在外面，站在我让他站着的地方。

"现在要干吗？"他说。

此时我脸上戴着面罩，这让我向艾略特坦白变得容易一些。

"以前我放学回家以后我们会一起玩这个游戏。"

"什么？和谁？"

"我和我母亲。"

"你不是从来不跟我谈论你的父母吗？"

"我现在想谈了。"

艾略特点了点头。那你继续。

"我们会玩这个游戏。我就是想说这个。我母亲会站在这个房子里，就是我现在站的地方，而我会站在你现在站的地方，看着她。"

我和艾略特在这个VR游戏厅里面是肩并肩站着的，但在游戏里，我们俩是面对面。我们都戴着面罩，但是在游戏里我俩都露着脸，只不过我的脸很模糊，变成像素团。艾略特站在外面漆黑阴冷的空地上，我在房子里面烧着了。他没有听见我在向他坦白什么，但是我也没有告诉他。他就在那儿等着我。在他等我的这段时间，有四十个来游乐场玩的人死了。我是根据他们的尖叫声计算的。

"你还想接着玩吗？"他说。

"只是我不明白她到底理解不理解。"

"谁？"

"我母亲。"

"不理解什么？怎么玩这个游戏？"

"不理解她当时并没有真的在燃烧。"

*

当时，他们在家事法庭里是这么说的：

说我已经到了知道自己正在做什么的年龄。

说我当时太小了，还不能理解什么是永久。

说我道歉体现了我的悔恨。

说我是从家里的露营用品中找到那罐无铅汽油的，火柴则是我从厨房里放火柴的那个抽屉里找到的。

说我母亲当时多半是躺在沙发上午睡，而她的头疼药效力太强，我泼汽油的声音以及汽油的湿润都没有让她从睡眠中醒过来。

一直到我划着了火柴她都没醒。

*

他们没说的是：

那件事发生的时候，我正在家里的后院里玩，独自一人，因为我们家已经没养猫了。皮肤和头发被烧着的气味最先从客厅里飘出来，早过烟雾，早过热浪，早过她的尖叫声。

当我赶到的时候，她全身都已经着火了。

她一边烧着一边站了起来，在房间里打转。

她看起来就像是游乐园里的轮转焰火。

我不记得自己是怎么拿到无铅汽油和火柴的，虽然我当时的确知道它们都放在哪儿。

我也不记得自己放了火。

但我一定是放了。

我一定是放了。

对吗？

我就站在那儿，看着她和她身上的那团火焰。

我想过去抱她，帮她把身上的火扑灭，到最后，我还是不愿意为她冒那么大的险。

当我告诉他们"我很抱歉，对不起"的时候，当我一遍又一遍地重复这句话的时候，我坦白的罪行就是这个。不是我往她身上点火，而是我让自己看着她在那里燃烧。

有那么一小会儿，她也看见了我站在那里，而她努力想要停止尖叫。

她还试图向我招手。

*

我本不应该知道乔治的地址，但我还是知道了。在我假释的第五年里，有一天他把外套留在椅背上，而我就在他上厕所的时候翻了他的钱夹，把他的地址记在脑子里。在艾略特和我离开那个游戏厅以后，我骗他说我忘了赴一个约会，然后我换乘了三趟地铁来到了乔治家。到那儿的时候，我发现是一栋小平房，几乎只有游戏里着火的那栋房子的大小，房子的边上还长着苔藓。我在他家门阶上坐了一个多小时，门帘才终于拉开，一个男人的脸从里面露了出来——不是乔治的脸，所以他应该是塞缪尔。过了一会儿，我身后的门打开了，乔治走了出来，弯下腰在我旁边的台阶上坐了下来。

"瓦莱里娅。"他敲了敲我手里的打火机，就像它一个什么廉价的塑料饰品，"你找不到烟了？"

"我刚刚放火烧了你的社区。"

"是吗？"说完，他故意朝四周那些仍然在沉睡当中的房子望了望。

"还有一所孤儿院。"

"是吗？"

"还有一座医院。白血病病房。烧死了所有头发掉光了的小孩。他们反正都是要死的，对吗？"

"瓦莱里娅。"

"我应该也能把我自己点燃，不是吗？"

"把你自己点燃？用这个打火机吗？"

"好吧，也许不是我的整个身体。只点燃我的手的一部分。我手臂上的某个点。"

"不是你的整个身体？"

"我应该可以。但是，算了。"

"好吧，这倒是叫人放心了。但是为什么又要烧一个点？"

"我告诉过你，我做不了这个。"我在门阶上换了个姿势，"连一个点都不行。"

乔治没有说话，我也沉默了。随后，他把手伸了过来，按了一下我手中的打火机，火苗从两手中间蹿了起来。我们看着它在跳跃。乔治松开了拇指，火苗熄灭了。

"你没有烧掉那些房子。"他说。

"我可能烧了。"

"你也没有烧死那些小孩。"

"你怎么知道？"

"你不会伤害别人。"

"是那台机器告诉你的吗？"

"我在告诉你：你不会伤害别人。"

当他伸出手臂抱住我的时候，他的衬衣闻起来有一股他刚才在煮的什么东西的味道，有点大蒜味。我努力想让自己在他怀里不要抖得太厉害。我努力不让自己的眼泪和鼻涕弄脏他的肩膀。因为我不想伤害任何人，甚至他的衬衫。但是乔治并不在意。他用手臂环住我的后脑勺，让我的脸牢牢地靠在他的肩膀上，在我尽情哭完以后才把我放开。

我吸了吸鼻子，用手轻轻摸着眼睛和鼻子。

"你知道吗，'火'这个词是没有词源的。"我对乔治说，"它一直以来只有本意，从来没有别的意思。"

"哦。"

"也就是说，火是世界上最早出现的事物之一。"

"我们也是最早出现的事物之一，是吗？"

"谁？"

"我们，我和你。人们。"乔治紧盯着我，他身后是一排排的房子，小小的，没有着火，"我们也曾是最早出现的事物之一？"

"是的。"

"是吗？"

"当然。"我抽了抽鼻子，擦掉眼泪，"毕竟这个词是我们发明的。"

乔治点点头，仿佛我刚刚证实了他的观点。"我们也是最早出现的事物之一，并且我们是好人。瓦莱里娅。我们是好人。"

尖叫者

Screamer

珀尔没有认出为她开门的那个女人是谁。好吧，管她叫女人或许有点夸张了。这个女孩应该比瑞特大不了多少，看上去也就二十出头；她靠在门上的时候，让人觉得她和那道门仿佛是一体的。或许她是珀尔要见的那个客户的女儿？又或许是他女朋友？珀尔签的保密协议上没有透露任何名字，除了那位匿名客户聘请的律师事务所的名字。不过，即便这么神秘，珀尔仍然认为她在和这位客户见面之后或许能够认出来。接珀尔的汽车开出城好几个小时以后，卡利斯托加山脉在他们面前徐徐展开，露出了隐藏其间的一栋由木头和玻璃建造的大房子。珀尔敲了敲门。她想象过不同的演员露出的凶狠狡黠的笑容，或是某位前州长标志性的微笑，甚至是冬日暖阳公司的老板布拉德利·斯克鲁尔本人那苍白的面容。珀尔万万没想到是这样，她的神秘客户是这个女孩，她全身上下都很娇小，除了眼睛和胸部——只有这两个部位像是被充气到了极限。这个女孩就像一个日本卡通人物。不，她就像日本卡通片中森林里的动物。当她开口的时候，珀尔以为她会发出一阵吱吱的叫声。

然而珀尔听到的声音却出奇地沙哑，几乎像一个男孩的声音。"冬日暖阳！对吗？"

"是的，我是冬日暖阳公司的操作技师，我叫珀尔。"说完，珀尔伸出一只手。

"我叫卡拉。"那个女孩回答，声音里还带着一丝羞涩，让珀尔以为她的意思是你肯定已经知道了。但是珀尔之前并不知道。所以她就是珀尔要见的顾客了，这个可爱性感的卡通角色。

这个女孩没有和珀尔握手，而是一把抓住珀尔，把她拉进房子里面。她发现自己被拉着穿过好几间经过专业装修的房间——那些房间的配色都相得益彰，抱枕到处都是，里面还有些太奇怪以至于不适合居家生活的小玩意儿，比如，用贝母铸成的交通标志、晃来晃去的折纸水母，还有塞满了玩具士兵的鸟巢。在她们一路往前走的时候，卡拉嘴里一直在愉快地说个不停，语速飞快，珀尔好不容易听懂了她说的某句话，不得不牢牢抓住那句话的尾巴。

"于是我后来就把大家都打发走了，好让我们可以单独见面，就我们俩。"

这时，就像是接到什么人的提示一般，一个声音突然从隔壁房间传来："是卡拉吗？"

"好吧，所有人都走了，除了玛丽里。"女孩拉着珀尔走进了隔壁一个装修成乡村风格的厨房，一个女巫的厨房，里面有砖头砌成的开放式炉子和一个带凹痕的铜壶，那个铜壶大到足够炖一个小孩。"话说回来，玛丽里也不是什么路人。"

可事实恰恰相反，玛丽里看起来非常像路人，或者说泯然众人，就像一个所有中年妇女的集合体，有着她们体重的均值，有点丰满但又不算特别胖，还留着她们通常会喜欢的楔形短发，锈红色，穿着普通得不能再普通的卡其裤和羊毛开衫。然而——珀尔眨了眨眼——她身上还缺了点什么。珀尔过了好一会儿才分辨出来：她的脸上没有笑纹。玛丽里的眼睛和嘴角周围是一片诡异的平滑。珀尔一开始以为这是打了肉毒杆菌的结果，但是她俩对视一次后，她便修正了看法，这个女人脸上没有笑纹显然是出于另外一种原因。

"我是卡拉的经纪人。"玛丽里说。

"她简直是我妈，"卡拉笑容明媚地说，"我的意思是，我第一次来月经怎么用卫生棉条都是她教我的。"

"别小题大做。你也看了包装上的说明。"

"好吧，是她帮我买的第一盒卫生棉条。"

"那或许倒是真的。"玛丽里承认道。

"你开始得很早的。"珀尔说。

"什么？来月经吗？"

"不，我是说你的工作。"珀尔在脑子里努力搜索着模糊的表达，"你入这一行很早。"

玛丽里目光锐利地扫了珀尔一眼，又移开了，但是就那么一眼，珀尔知道这个女人已经把自己看透了，并且没有看错：珀尔之前不知道这次的客户是谁。如果说这个女人有点恼了，那么她并没有表现出来，而是把冷冷的目光又转向了卡拉。

这实际上真的不重要，珀尔心想，起码对她手上的工作来说是这样。在操作这台机器的时候，珀尔面对陌生人，跟面对密友一样容易（或许更容易一点）。不过，这倒也是个礼貌的问题。珀尔接下来的两周都要待在这栋屋子里——合同上用的词是"办公场所"——所以也许，她应该找出这个女孩到底有什么奇特的本领，需要找这个女人做经纪人。

"我知道，我们每天都要对你进行一次测试。"珀尔说。

"这可真蠢，不是吗？"卡拉回答。

"嗯。是吗？"

"简直蠢到无以复加。我敢打赌，你从来没有遇到过要求每天做一次测试的人。这就像是要求每天做一次牙科检查！每天一次……灌肠！"

珀尔看向玛丽里，希望她能帮忙解围，但是这位经纪人的目光一直锁定在卡拉身上。"呃，这个嘛，我觉得这是一种相当有力的——"

"我的意思是，一个人的检测结果不会每天都变。"

"实际上，你的报告在你的生命过程当中会发生改变。随着你对快乐的看法的变化,你通往快乐的道路也会变化。"

对于珀尔背的这段词,卡拉甚至眼睛都没有眨一下。"但是每天都测吗?应该不至于每天吧。"

"的确是不常见的。"珀尔说。

"是吧?我们告诉过弗林这样做很蠢,但他说,要么答应这样做,要么就请一个心理医生,我才不相信那些家伙。他们才是些疯子!你不这么觉得吗?"

"心理医生?"

"是的,那些人全是:心理医生、心理学家、精神病学家等等。以前有个心理医生跟我说,我的人格类型显示我可能会……算了,不说了。反正我对弗林说'不要心理医生',于是他说'好吧,那换一个'。于是,就你了。你就是我们'换一个'的结果。你就是我们妥协的成果。"

"弗林?"

"一个制作人。好吧,事实上是唯一的制作人。他说要确保我的心理健康或是其他什么,但这完全没有必要,因为就像我不停地告诉他的那样,这根本没什么大不了的。我不知道他们觉得会发生什么。"

"卡拉——"玛丽里叫道,但是这个女孩没有理会她,继续往下说。

"说到底,我可是个专业演员。这又不是我第一次……那话怎么说的来着?又不是我第一次上马,出台?"

"出场，"珀尔说，"这又不是我第一次出场。"

"出场？真的吗？可我更喜欢'出台'。就像我刚才说的，这又不是我第一次出台。这甚至都不是我第十五次出台。可是他们表现得好像我会——"

"卡拉。"玛丽里又说，这次她的声音更大了一些。于是那个女孩止住了话头。

"我没打算告诉她——"

"每天做一次测试，"玛丽里又一次打断了她，"就照合同上说的做。"

"那你们想都约在某个固定的时段吗？"珀尔问，瞄了卡拉一眼。

"我们决定了会告诉你。"玛丽里说。

"可别太早。"卡拉插话说。

"测试结果里有什么需要我特别留意的吗？"

"我们决定了会告诉你。"玛丽里重复道。于是珀尔知道，自己现在可以离开了。

*

珀尔终于能一个人待在一间可以称之为"她的"房间里了，是一间装修成仿哥特风格的客房。她在房间里巡视了一圈，手指滑过椅背和家具，便确认了她从那些律师、送车司机以及这栋山间别墅得到的信息：这里的主人的确很有钱。

虽然珀尔出生于中产阶级家庭——她的父母分别是保险调查员和

眼科医生——但是在她成年以后的日子里，她已经学会了如何和富人相处。首先，和艾略特的家人相处就是第一次练习；接着在冬日暖阳公司工作的近十年里，一直在和富人阶层的客户打交道。毕竟只有这些人负担得起，也最迫切需要做这一测试，因为他们有钱，意味着导致他们不快乐的最显著的可疑因素已经被排除掉了——譬如，劳累、生病和欲求不满——所以让他们不快乐的罪魁祸首仍是个谜。

只不过这一次，珀尔面对的不是一个自信满满的公司老板或是某个光鲜靓丽的社会名流：所有这些慷慨之物的主人不过是一个二十出头的女孩。她给瑞特打了个电话，问他是否听说过一个名叫卡拉的明星。

"你是说卡拉·帕克斯吗？"瑞特在电话响过一声之后就接了。这些天来，珀尔打给他的所有电话他都会接，这就像他们用来向对方（或是自己）保证情况已经好转的一种不成文的约定。

"不知道。总之她很年轻。红头发，大胸。"

"我上次看见她的时候她染着蓝色的头发，不过那不重要，因为她的发色老是在变。"

"那她是一个演员吗？"

"妈！你没有查过，是吗？"

"我更喜欢参考你的意见。"珀尔说。这句话里有一部分是真的，但还有部分原因是珀尔想要找个理由给瑞特打电话。

瑞特现在已经去上大学了，上的是加州大学戴维斯分校，在念大一。那珀尔呢？珀尔则留在家里替他操心不已。她操心的是瑞特的女朋友，那个名叫萨芙的女孩去了西北大学，她和瑞特的恋爱关系在珀尔看来不再明朗，而瑞特对此的回应仅仅是："我们还聊着呢。"珀尔想象着萨芙在西北大学另觅了良人，而这让瑞特伤心不已。瑞特跟一个留学生被分到一间宿舍，这也让她很担心。她想象着瑞特和这个异国小伙子一起站在一个巨大的四人间当中大眼瞪小眼。她担心那些严厉的教授和排外的同学，还担心瑞特饭卡上是否有足够的余额。她坚定地告诉自己，她其实不应该担心。瑞特的身体状况也比之前好多了。珀尔对于他现在"身体状况比之前好多了"这一情况既迷信又敬畏，所以不得不和它保持接触，就像在触碰一个偶像的肚皮。珀尔也知道她得尽快克制自己，在圣餐盘的光辉开始消退、瑞特开始回避她的电话之前。

"好了，我们说话时你去网上搜索她的名字，"瑞特指示她说，"她姓帕克斯，'手帕'的帕，'克服'的克，'斯人'的斯。"

珀尔听从了瑞特的指示，把手机从耳边拿开，输入这几个字。瑞特没有说错，照片上的女孩和今天给她开门的女孩是同一个人，卡拉各式各样的照片。瑞特说的关于她头发的情况也是真的：蓝色、金色、黑色，还有粉色。但是最显眼的不是这些照片的区别，反倒是它们的相似性。

"她在害怕什么？"珀尔问道。

"你是什么意思？"

"每张照片上她都在尖叫。"的确，珀尔搜索出来的照片虽然头发颜色各异，但是它们有一个共同点，照片上的卡拉都张大着嘴巴在尖叫。

"呃，那就是她的工作。她是一个尖叫者。"

"那是一种什么音乐类型吗？"

"妈，拜托。她是个演员。"

"所以……是拍恐怖片的演员？"

"是的。《剥皮人魔》知道吗？《剥皮人魔2：温柔杀手》？"

"听上去很耳熟。"珀尔撒谎了。

"但是现在她演的东西也杂了：女儿被绑架，为被谋杀的女友复仇，怪兽毁灭城市，恐怖分子毁灭城市，流星毁灭城市，不一而足。她还会为VR游戏配音。对了，还有个她的来电铃声。"

"什么？"

"说不定你的手机上就有。叫什么来着？是一个默认选项。"

珀尔在手机屏幕上按下提醒和铃声键，接着就在列表里看到了它，夹在"贝多芬"和"键盘乐器"中间，一个名叫"卡拉"的铃声。

"我找到了。"她对瑞特说，声音中透着一丝震惊。

"放出来听听。"

"不要，他们会听到的。"

"谁会听到？"

"我在办公室呢，"珀尔又撒谎了，"另外，我觉得我也能猜到它是什么样的。"

"尖叫声，没错。"

"所以在那些电影、游戏和别的什么东西里，她都只是……尖叫吗？"

"倒不是，她也会表演。毕竟她有不同的角色要扮演。"

"都是身处危险当中的角色？"

"是的，当然。我的意思是，总得有个理由让她——你知道的。"

"尖叫者。那她出名也是因为这个？"

"正是。我都有点不信你竟然从来没有听说过她。"

"你知道我从来不看她演的那种电影。"

"妈，她什么电影都演。哦，对了，还有个事，她的粉丝分成了两派，一派叫'卡拉活'，一派叫'卡拉死'。"

"什么？"

"'卡拉活'和'卡拉死'。"瑞特的声音开始带着一丝享受，让母亲陷入震惊而获得无尽愉悦，"就像你刚才说的，她在电影里总是身处危险境地，于是有一些粉丝喜欢她最终从危险境地里活了下来的电影，还有一些则喜欢她最终嗝屁了的电影。"

"嗝屁了。"珀尔重复道。

"你去网上搜'卡拉·帕克斯饼状图'。"

"我会被吓到吗？"珀尔说。她还是照做了，屏幕上闪出一个色彩鲜艳的饼状图，图中的每一小块里都有一个动画版的卡拉，眼睛都是"×"状。其中一个卡通图像胸口插着一把屠刀，另一个则两手扯着她脖子上缠着的绳子，还有一个头掉了下来，滚到卡通图像的两脚之间。这个饼状图不仅仅记录了卡拉扮演的角色有多少死了又有多少活了下来，还记录了她们是什么时候死的，以及怎么死的。珀尔找到饼状图里卡拉站着一动不动的那部分，这里面的卡拉没有受到任何摧残，眼睛也呈现为两个圆点而非两个"×"。"所以她只在20%的电影中会活下来？"

"差不多吧。每当她有新片要上映，人们就会为此专门开一个赌局。赔率堪比拉斯维加斯的赌场。"

"人们会为她的角色最后是死是活而付钱下注？"

"是啊。这事可不简单。他们还会把电影剧情锁定，把剧本里的相关页都撕掉，另外还会让这部电影的每个工作人员都签署一份保密协议，如果有谁泄露出去就会吃官司。"

"保密协议。"

"什么？"

"保证不泄密的协议。"珀尔说。

这就对了，他们搞的所有那些神神秘秘的阵仗就是因为这个。那些制作人不想把这部不论是什么电影的相关话题掐灭，他们不想毁掉这场赌局。

珀尔继续从那张饼状图里读取信息。"所以她在36%的电影中是被刺死，18%是被吊死，7%是被枪杀。还有'因老鹰羽毛致死'？"那一部分显示的是一阵慌乱的动作，但是面积太小，看不清楚那个卡通卡拉到底发生了什么。

"哦，没错。那部电影还蛮好看的。电影演的是，她和她的朋友在一个类似悬崖的地方露营，但是有个古老的传说……等等，你为什么会问起卡拉·帕克斯？你不会是要给她做测试吧，是吗？"

"不，不，不。"珀尔忙说。

"可你刚才说你在工作。"

"我们正在考虑要不要请她代言。"珀尔一边在床沿上坐下，一边背出了保密协议里规定的那套用来掩饰的说辞。

"真的吗？为冬日暖阳的测试做代言？那可真够奇怪。我的意思是，你们公司的产品不是围绕着怎么让人快乐设计的吗？卡拉·帕克斯却总是让人联想到恐惧、死亡之类的东西。除非，也许是为了讽刺的效果？"

"是的。"珀尔说。她的手指在那个一按下去就会播放卡拉铃声的按钮上方徘徊。她想象着那个沙哑的声音发出一声尖叫会是什么动静。"我觉得他们应该是为了讽刺的效果。"这时，珀尔注意到这间客房的墙纸不是经典的维多利亚时期的花纹，而是布满了人类大张的嘴巴。

*

"我昨天晚上看了你的几部电影。"珀尔第二天一早（说实话，也没那么早）和卡拉会面的时候告诉她。

"真的吗？"女孩笑了，"哪几部？"

"嗯，名字……让我想想——"

"是动作电影吗？那几部名字听起来都差不多。《终极子弹》《单纯复仇》《死亡之泪》。"

"《死亡之泪》。我看的是《死亡之泪》。还有你在里面扮演一个外交官的女儿的那部，发生在日本。"

"《西旭东血》。"

"还有第一部《剥皮人魔》。"

卡拉扬起眉毛。"哇哦。三连看。别告诉我你昨天一晚上都没睡觉，光看电影了。"

事实上，珀尔看了七部卡拉·帕克斯的电影，不是三部。只不过，她每部都只看到卡拉的角色死去就不再看了，通常不会超过半个小时，并且常常出现在电影开场时。珀尔唯一一部从头到尾看完的电影是《西旭东血》，卡拉在里面被绑架、殴打、烙上烙印，甚至还差点被强奸，直到她的外交官父亲把她救走；这个男人为了拯救女儿的生命和清白（似乎这才是第一位的），不得不摒弃原来深信的和平主义，转而拥抱一种暴力的武术。在最后一场中，卡拉被她父亲紧紧抱在怀里，绑架者的尸体堆在脚边，一轮红日从他们身后冉冉升起。

"你演得真好，"珀尔说，"很有感染力。"

珀尔没有撒谎。虽然这些电影本身——尤其是当她连着看了七部以后——看起来就像枪林弹雨和乳沟、连环杀手和乳沟、空中飞车和乳沟等组成的荒诞蒙太奇，但是卡拉·帕克斯的确演得很动人。当她在林间（或是在一个异国城市蜿蜒的街道上，又或是在一个古老的人兽杂交种族的陵寝里）被人追踪的时候，你会为她屏住呼吸。当她终于被逼得无处可逃的时候，你会揪住毯子；当她死了，你会用手捂住嘴巴；而每当她尖叫，也就是发出那著名的卡拉·帕克斯的尖叫时，你会感到由衷的解脱。

"我尽量让这些角色在我身上活起来，这样你们看到的时候才是鲜活的。"卡拉谦虚地说。显然这是一个经过练习的回答。

"你在拍《剥皮人魔》的时候多大啊？"

卡拉的眼睛亮了起来。"珀尔！永远不要问一个女演员的年龄！"

"抱歉。我——"

卡拉咧嘴笑了。"开玩笑啦。我当时只有十三岁。基本上就是一颗受精卵。"

"可那是一部非常成人的电影。"

在《剥皮人魔》里，卡拉扮演的是一个胖胖的小女孩，而那个杀手慢慢地把她的皮肤整个剥了下来，然后挂在主角卧室窗外的树枝上。当然那部电影里也少不了大量的尖叫。不幸的是，这是珀尔头天晚上睡前看的最后一部电影。她隐约觉得当晚的睡眠里充斥着噩梦，醒来后又一个都记不起来。

"哦，那部电影其实拍起来很无聊，"卡拉不屑地说，"要花好几个小时坐在椅子上化妆。不过它还是要比《剥皮人魔2》好一点。在那部电影里，我从头到尾都是被剥了皮的样子。"说完，她指了指珀尔，笑了起来："你的脸！"

珀尔勉强挤出笑容，希望能把脸上引得卡拉发笑的不论是震惊还是厌恶的表情赶走。"我就是想知道……这些情节都是谁想出来的？"

卡拉往前探了探身子，说："戴着有色眼镜、身穿超级英雄图案T恤的中年男人。"

过了一会儿，当那个制作人走进来的时候，珀尔才意识到，这句话真是对他——也就是那个叫弗林的人再精准不过的描述了。

弗林靠在沙发的扶手上，拂了拂卡拉的头发。"嘿，我的女王。你今天起得很早啊！"

"嘿，弗林。"卡拉说。

珀尔正要开口做自我介绍，弗林却抢在了她的前面。"我叫弗林，你叫珀尔。"他说着，先后指了指他自己和珀尔。

珀尔还没来得及做出回应——如果说这样一个简洁的介绍还需要回应的话——玛丽里已大步走了进来，站在卡拉面前。"我们说好十一点开始的。"

"是吗？"卡拉不以为意地说，"我还以为是十点呢。"

珀尔从前一天下午来到这里以后就再也没见过这两个人，或其他任何人。给瑞特打过电话之后，珀尔就一直待在那间客房里，待了好几个小时，因为她不确定是否可以在这栋房子里走来走去。到了晚饭时间，她走下楼梯，才发现整个一楼空无一人，虽然所有的灯都亮着。在厨房的岛台上，她发现了一个标记着她名字的带盖餐盘，盖子下面是一份由蔬菜、芝士和水果组成的奇怪的沙拉，不过吃起来味道还不错，还有面包和红酒。吃完之后，珀尔在水槽里把餐盘洗了，然后把剩下的红酒拿回房间，打算继续她的卡拉·帕克斯电影马拉松之旅。《死亡之泪》这部电影播放片头字幕时，珀尔的手机亮了，玛丽里发来消息告诉她明天早上十一点碰头。随后，当电影播放到《剥皮人魔》里那段臭名昭著的剥皮镜头的时候，珀尔又收到一条卡拉发来的短信，称她们需要把开会时间提早到十点。第二天早上，珀尔九点半来到楼下，发现卡拉已经在客厅里等着她了，面前的桌子上还放着一杯咖啡和一篮子面包。

"我觉得你非常清楚我们约好的是几点。"玛丽里对卡拉说。

卡拉瞪了她一眼，佯装的无辜中隐藏着一股敌意。

珀尔移开视线，开始忙着为测试做准备，故意把每个步骤都拖得比实际需要的时间更长。她也注意到，弗林对这间屋子里另外两个人的争执毫不避讳，在一旁饶有兴致地观看。

"我们只是在聊天，"卡拉终于说，"在谈论我的电影。珀尔喜欢看我的电影。"说完，仿佛就某个观点做出让步似的，卡拉又说："别担心，我什么也没说。"

珀尔一直小心翼翼地埋头干活儿，拇指不小心滑了一下，把她手袋上的一个搭扣"啪"地弹了回去，在这间气氛紧张的屋子里发出一声巨响。此时此刻，珀尔觉得还不如干脆抬起头来说：你说的什么也没说是指什么？

珀尔直起身来，脸上带着尴尬而不失礼貌的微笑，手里拿着的机器就像一个银盘。"我们现在开始吗？"她说。

"我和你现在开始，"玛丽里回答说，"卡拉会在十一点的时候加入，按照我们之前安排的。"

卡拉怒视着玛丽里，从桌上的篮子里抓起一块面包，狠狠地咬了一口，仿佛这个举动代表某种反抗。

"来吧，亲爱的，"弗林朝卡拉伸出一只手，手掌一开一合，"有一段音乐我想听听你有什么看法。"

卡拉把面包上的一颗蓝莓弹到咖啡桌上，站起身来，一边长叹了一口气，一边拖着脚步跟着弗林往前走。然而，这通脾气甚至都没有持续到她走出这间屋子，她就欢快地对弗林说："你肯定需要我的帮助。你的品味太糟了。还记得上周，被我抓到你正在唱……"

"平时的话，能让她在中午前起床就已经要费九牛二虎之力了，今天她却自己跑到楼下做起了早餐。"玛丽里在卡拉之前坐过的位置上坐下，阴沉着脸对珀尔说，"她跟你说过把碰面的时间提前，是吗？"

"我们真的是在谈论她的电影。"珀尔说着，点了点头。"她似乎有点孤独。"

玛丽里眨了眨眼。"是的。的确。所有伟大的艺术家都是孤独的。"

伟大的艺术家？幸好珀尔在嘴角上扬之前及时把笑容收住了，因为玛丽里在说这几个字——伟大的艺术家——的时候语气里有什么东西让珀尔觉得她不是在开玩笑，而是真的认为卡拉是他们中的一员。伟大的艺术家中的一员。

"你们刚才在谈论她的电影。"玛丽里重复道。

"是的，没别的。"

"那她都说了些什么？"

"没说什么特别的，她说《剥皮人魔》的特效化妆非常耗时。"

"是的。她在那部电影的整个拍摄期间都在不停地抱怨。还有呢？"

"然后你和弗林就进来了。可是玛丽里，我希望你知道，我守口如瓶不仅仅局限于测试的结果。即便我们没有签署保密协议，我也不会透露任何……"珀尔做着没有特别意义的手势说，"任何这里发生的事。"

玛丽里又盯着珀尔看了好一会儿，看得珀尔心里直发毛。"卡拉现在参与的这个项目是绝对保密的。"

"我理解，我不会告诉任何人的。"

"没错，因为你不会知道它的内容。"

珀尔垂下眼睑。"我儿子昨天跟我说了大家为她打赌的事情。"

"打赌？"

"正儿八经的下注。卡拉活或卡拉死。"

玛丽里抬起一只手晃了晃，打消了珀尔对此事的顾虑。"那不要紧。那个……无关紧要。现在这个项目要保密是基于其他理由。事实上，这是一个特许授权问题，涉及一些专利和许可证。"

"就为了一部恐怖电影吗？"

玛丽里瞪着珀尔："这事关上亿的资金。上亿美元的资金。"

"哦。"

"我告诉你这些是为了让你能够明白事情的重要性，财务上的重要性，法律上的重要性。卡拉不明白，或者说她不愿意明白。她喜欢扮演那种任性而无知的角色，意味着她不会表现得像她应该做的那样谨慎。她自己也签过保密协议，你知道吗？你可以帮她避免去破坏这个协议，那样你也就帮她，也帮我省了一场官司的麻烦。"

"当然。可是……我应该怎么帮呢？"

"你不去问她问题，在我指定的时间和她碰面，专心完成你的工作而不去插手其他任何事，这样就是在帮她了。如果你去看一下你签署的保密协议，就会理解这么做也是为了你好。"

珀尔根本不用再看一遍那份保密协议，任何因信息泄露产生的后果都十分严重，她看过一遍就记下来了。

"我会完成她的测试报告，"她对玛丽里说，"除此之外再不做别的。"

"你还要把她的测试结果告诉我。"

"好的。还要告诉卡拉吗？"

"不。不要告诉卡拉。"

"万一她问起呢？"

"那你就……发挥一点想象力。"

"我可以直接跟她说你不让我告诉她吗？"

"你可以试试看。"玛丽里歪着头，等着珀尔得出那个显而易见的结论：但是那不会管用的。"你还要把她的测试结果过滤一遍，如果看到任何令人不安的信息，记得要告诉我。"

"那我是不是要向你汇报，假如——"

"每天都要。你每天都要向我汇报。"

"正如我跟卡拉说过的，她的测试报告在这么短的一段时间内不大可能会发生变化。"

"是的，是的，你告诉卡拉的，还有你们公司的人告诉我的，我都理解。我还是要你每天都给她做一份测试，并且每天都向我汇报，即便你每天告诉我的都是同样的内容。我保证我不会表现出厌烦。"说完，她瘪了瘪嘴，这代表一个微笑。

"那有没有什么特定的内容是你希望我重点留意的？"

"有，任何不安的迹象。"

"你的意思是任何心理问题？焦虑？压抑？"

玛丽里皱了皱眉。"我们不会这么说。只有八卦小报才会用这些词语。"

医生也用啊，珀尔想，她还是重复道："令人不安的信息。好的。没问题。"

"她总是认为我在欺负她，但是她不理解。"玛丽里伸出手把卡拉扔在咖啡桌上的那颗蓝莓捡了起来，扔进嘴里，"我是在保护她。"

*

接下来的三天都是同样的安排：珀尔早早醒来，端着早餐盘（这拜一项时髦的送餐服务所赐，她是在来之后的第二天发现的），来到屋子后面的花园里，然后坐在锦鲤池边的椅子上吃早饭，周围树木掩映，四下无人。玛丽里告诉过珀尔，她可以随意在一楼走动，但是在二楼就只能待在自己的客房里。另外，千万别去东楼！珀尔非常想拿这个和瑞特开玩笑，但是那份保密协议的覆盖范围也包括瑞特。在那天上午剩余的时间里，珀尔都在处理一些在她的电脑屏幕上盘桓了几个月的文书工作。要不然，她就是在等候十一点的到来，和卡拉碰面去完成当日的测试。

她们碰面时，卡拉还是和以前一样滔滔不绝，但玛丽里肯定也跟她聊过，因为这姑娘没有再试图跟珀尔说起她拍过的任何一部电影，当然更不会说到她现在拍的这部了。就算她想说，玛丽里也总是在离她们不远的地方，因为这样或那样的事情进进出出。卡拉甚至都没有问她测试结果是什么。如果她问起的话，答案也不过是"没什么特别的"，或者至少是"没什么值得特别留意的"。事实上，就测试结果来说，她的报告迷人而直接：吃冰激凌，多亲近大自然，养一条狗。没有任何"令人不安的迹象"。可以说，这几乎算得上珀尔在职业生涯中见过的最不会引发争议的测试结果之一。

每到中午，一辆林肯加长汽车就会来把卡拉和玛丽里接走，送到——根据珀尔的猜测——电影片场去。这样珀尔当天剩下的时间都无事可做——虽然自由，但是除了这栋房子和花园哪儿都不能去。在刚开始的几天，珀尔还尝试完成更多的工作，但是在用了两个小时对一份冬日暖阳公司的登记表进行毫无必要的重新排版后，她终于承认，她的时间还是用来坐在花园里重读《简·爱》比较好。她真希望自己把之前在组装的动物模型带过来了，那是一只全身褐色但翅膀和尾部末梢有彩虹光晕的长嘴须莺。

没有人回来吃晚饭，除非你把来给珀尔送餐的人也算在内。到了晚上，珀尔就待在房间里，继续她的卡拉·帕克斯作品观赏之旅。有的时候，珀尔能在午夜时分听见卡拉一行人回来的声音，还有玛丽里在楼梯上领着那个女孩去卧室的声音。在那之后的某个时候，珀尔便会陷入深沉如棉花的睡眠里。

到了第三天的深夜，珀尔在半梦半醒中听到一阵像卡拉尖叫的声音。她以为那是看过的哪部电影留在脑中的回忆，于是转头又睡着了。第二天一早，她想起这回事，感觉却不那么确定了。

"你注意到了吗？我们俩的名字都取自某个物体。"卡拉在她们例行会面时说，嘴巴里还插着冬日暖阳的取样棉签。珀尔当时心里想的是，这个女孩看上去真是疲惫，她的粉底下面有一层掩饰不住的暗黄色。

"是吗？"珀尔说。

"卡拉·帕克斯。你想想看。"说完，她把棉签递给珀尔。

"和平百合？"

"嗯，确切地说，是'百合和平[①]'。也就是把'和平百合'倒过来。不过这反正也不是我的真名。我的意思是，现在是了。是我和玛丽

[①] 卡拉·帕克斯（Calla Pax），其中"Calla"和"Pax"在拉丁语中词源分别是"百合"和"和平"的意思。

里一起想出来的。"

"那你的真名叫什么？"珀尔问。

"我都不记得了！"那个女孩忽闪着眼睛说。当然这不可能是真的，珀尔心想，这真是个可悲的玩笑。

"你知道吗，"卡拉说，"我甚至都不喜欢百合。和平倒还好，就它的本意来说。你呢？你喜欢珍珠①吗？"

珀尔笑了。"不喜欢。"

"你告诉我你的名字时，我的第一反应就是看看你身上有没有戴珍珠饰品。"她往前探过身，低声说，"看到你身上没有我真开心。你能想象自己戴着珍珠项链或珍珠耳环，又或者是那种可以在脖子上绕几圈的珍珠长项链吗？就像在自我介绍说：嘿，你好，我是珍珠。"

珀尔笑了起来。

卡拉坐回到座位上。"你不能太受它影响。"

"受什么影响？"

"你的名字。"

珀尔朝走廊里看了一眼，玛丽里刚刚从那里经过。

"卡拉，"她压低声音说，"你还好吗？"

"谁？我吗？"卡拉笑了，不知为何，她这一笑和她的尖叫声一样令人惊诧，"我当然好了！不然我还会怎样？"

---

① "珀尔"英文是"Pearl"，意为"珍珠"。

*

珀尔那天晚上又被一阵尖叫声吵醒了，这一次她完全清醒过来，知道这不是在看电影。于是她起身下床，飞快地跑到楼下，循着尖叫声一路找了过去，直到来到一扇房门前。尖叫声就是从那后面传来的，还在继续，穿插着换气声，尖叫声继续，甚至在珀尔敲门之后也没有停歇。珀尔自己打开了房门；有那么一瞬间，她想起玛丽里让她待在房间里的警告。

一开始，她以为卡拉是醒着的，因为那个女孩正坐在床上，眼睛和嘴巴都大张着，但是她没有转过头来看珀尔，或者说，她的眼睛没有看着任何东西。卡拉还在睡梦中。珀尔知道她不应该去叫醒一个梦游中的人，虽然她不确定这点知识是否有科学依据。然而，她也不能任凭这个女孩继续这样尖叫下去。于是珀尔爬到卡拉的床上——那是一张停放在整个屋子中央的大床——抓住她的肩膀，摇晃起来。

不过摇晃完全没有必要。珀尔的手一碰到卡拉的肩膀，她的嘴巴就闭了起来，尖叫声也突然中断，眼神开始有了焦点。她朝珀尔眨了眨眼，然后喃喃地说出了她的名字。珀尔心里突然被一股温柔又猛烈的保护欲充满。这个女孩的父母从头到尾都在哪儿？她连一个朋友都没有吗？难道她的世界里就只有她自己、玛丽里和弗林这样的制作人？

"你刚才在做噩梦。"珀尔说。

"哦。"卡拉吞口口水，像个小孩子一样用拳头揉了揉眼睛，"我刚才在尖叫吗？"

珀尔本来不打算提起这茬的，但是除此之外还有什么理由能够解释她出现在卡拉的卧室呢？于是她点了点头。

卡拉的嘴撇向一边。"玛丽里会管这个叫排练。"

"那真是可怕。"珀尔不由地说。

"我是开玩笑的。拜托你别告诉玛丽里，关于我做噩梦的事，否则她会到我房间来睡的。"

"这是……因为你现在拍的那部电影吗？"

卡拉皱了皱眉，又把眉头舒展开来，说："我不能告诉你。"

"哦，对，没错。"珀尔咬了咬嘴唇，突然意识到她正在做她向玛丽里保证过不会做的事，她在劝说——而非阻止卡拉向她吐露心声。

卡拉顿了一下，又说："你可以坐下来。"

珀尔仍然犹豫不决。卡拉往旁边挪了挪，于是珀尔在她的床沿上坐了下来。卡拉的床单非常温暖，闻起来有股淡淡的金属味。臭氧。珀尔的脑海中冒出这个词。这是一场雷雨来临前的味道。不过旧金山没有雷雨。事实上，珀尔突然意识到，她从童年以后就再也没有见到过雷雨了，但是她仍然记得那个味道。

"你害怕什么？"卡拉突然问道。

"你是指现在吗，还是泛指？"

"难道你现在在害怕什么吗？"

"没有。"

"我的意思是，你有哪些恐惧？所以是的，是泛指。我知道这个问题有点不礼貌。"卡拉低下头，"可你愿意告诉我吗？"

"好吧。我害怕窒息。害怕蛇。我小时候就害怕这些。"

"还有吗？"

"我的儿子。"珀尔本来没打算提这个，但是它自己冒了出来，"我的意思不是说我怕他，而是我替他担心。我担心他。"

"为什么？"

"因为他曾经病了很长一段时间。"珀尔深吸了一口气，挤出一丝笑容，"但他现在好多了。"

"你担心他还会生病？"卡拉朝珀尔瞄去。

"当然了。还有，"珀尔顿了顿，然后决定继续说下去，"我也害怕现在的情况。"

"他的情况？"

"还有我的。"

"就是你不用再照顾他了？"卡拉说。珀尔抬起头，惊讶于这个女孩的洞察力。

卡拉跪坐了起来，说："你想知道我害怕什么吗？"

珀尔点了点头。

"大海。我不是怕鲨鱼或者怕在海里淹死，就是怕大海本身。怕身处大海之中。这是一种陌生环境恐惧症。我还害怕做手术做到一半麻药失效，但又不是全部失效，以至于我没办法告诉医生我醒着。另外我还害怕蜘蛛、蟑螂和蜈蚣。还有被活埋。和蜘蛛、蟑螂、蜈蚣一起被活埋。有人说，一个人要么会害怕有很多脚的动物，要么会害怕没有脚的动物，我们两个人在这方面是相反的。这是进化中产生的恐惧，不过话说回来，大多数的恐惧都是。它们会激活杏仁核，也就是我们人类在长出大脑前的那个脑子。"

"你对恐惧还真是了如指掌，不过我猜也应该是这样。"

卡拉耸了耸肩，躺回到床上，把被子拉到下巴下面。"可那还是阻止不了我害怕。"她打了个哈欠，"我现在要试着睡觉了。"

珀尔站起身来，走到门口又停了下来。"做个好梦。"

卡拉不以为然道："女孩可以有梦想。"

*

第二天早上做测试时玛丽里全程陪着卡拉。卡拉和珀尔都没有提起前一天晚上发生的事情。不过，卡拉的测试报告上面倒是出现了一条新内容，那就是不容分说的：睡觉。卡拉还在楼上为出发做准备的时候，珀尔把这则结果拿给玛丽里看了，不过她没有提起卡拉头一天晚上做噩梦的事，因为她答应过卡拉。

"你说过让我提醒你——"

"这是她的工作安排造成的，仅此而已。"玛丽里生硬地说，"这不可避免，但所幸只是暂时的。"

"你不认为这是她正在拍的电影造成的吗？有可能是那部电影在妨碍她的睡眠？"

"卡拉从很小的时候就开始做这一行了。"

212

"正是如此，"珀尔说，但玛丽里投过来的眼神让她脱口而出，"我很抱歉。"虽然她并不感到抱歉。珀尔在来接玛丽里和卡拉的林肯加长汽车开走以后思索了好几分钟。她真的一点都不感到抱歉。

接下来，珀尔给瑞特打了这么多天以来的第三次电话。她记不起他们都聊了些什么。反正都是些无关紧要的事情。"妈，"瑞特在通话快结束时说，"你确定你还好吗？"

*

珀尔那天尽量晚睡，但是她没有听到尖叫，睡着以后也没有被尖叫声惊醒。或许卡拉也在强迫自己不睡觉——反正她们第二天早上碰面时看起来是这样。卡拉的眼眶凹陷，黑眼圈很明显，头发没洗也没梳。她还像以往那样一直说个不停，但似乎没有注意到有些话题说了两遍，甚至有几句话都说了两遍。

那天下午，珀尔拿出手机，又翻出那张饼状图，看着上面的卡通卡拉一遍遍地喘气、步履蹒跚，然后倒下。在卡拉这样的年纪，她才和艾略特结婚没多久，刚刚搬到这座城市。不过她当时已经怀上了瑞特。珀尔后来在一个做海外交易的股票经纪人那里找了一份夜班行政助理的工作，老板的工作日程要求她不得不午夜穿过那破旧社区的五个街区去上班。怀孕的肚子就那样挺在身前，像一份献祭。现在回想起来，这么做真是蠢极了。有天晚上，一个男人向珀尔走过来，堵在她前面。她心想：完蛋了。然而那个男人没有袭击她，而是把手放在她的肚皮上，喃喃地说："祝福你。"一边微笑一边说，"祝福你。"然后就走了。珀尔这才意识到，她刚才一点都不害怕，一刻都没有。那时的她是多么年轻，多么生猛啊！可那份生猛又是多么脆弱！

珀尔在午餐盘盖子下面给送餐员留了一张字条，于是那天晚上，在玛丽里离开之后，珀尔敲开了卡拉的卧室门，手里拿着送餐员带给她的一盒冰激凌和两把勺子。

"我怕把冰激凌滴到你的床单上。"珀尔说，但事实上她们当时已经吃掉了大半，"我刚刚才注意到这间屋子的装修是全白的。"

"这是照着《剥皮人魔》里的那间卧室装修的。"

"哦，卡拉。"

"恐怖电影里的卧室装修都是白色的，这样才可以突出血迹。"

"难怪你会做噩梦。"

卡拉皱了皱眉。"这和那没关系。"

"这一定是一部很吓人的电影，你现在拍的这部。否则他们不会聘我来这儿。"

卡拉耸了耸肩。"弗林和玛丽里只是过于紧张了。"她的声音变得警惕，或者至少是谨慎。她当然见识过对她有所图的人，她应该知道别有用心的声音是什么样的。

"我还以为你会对你的测试结果感兴趣呢！"珀尔试探地说。

卡拉放下勺子。"你不应该告诉我。"

"我知道，但我还是觉得应该告诉你。那上面说你应该睡觉，卡拉。睡觉。而且我觉得你现在应该告诉我，你到底在拍一部什么电影。

我觉得拍那部电影对你不好，而且——"

"我没事！"

"而且告诉别的什么人会对你有帮助。"

她们互相瞪着对方，卡拉咬紧牙关，双唇紧闭。

"我刚来这儿的时候，我感觉你想告诉我。"

"嘿，我也不是什么事都听玛丽里的，好吗？"

"好吧。"

"问题是，假如我告诉你，她会知道的，并且会炒你鱿鱼。那天我改变碰面时间后她就这样说过，可我不想让你走。最起码……最起码在我们拍完我的镜头前不希望你走，否则我才会真的睡不着呢。好吗，珀尔？好吗？"说完，她伸出手来握住了珀尔的手，她那硕大的眼睛也在黑暗之中忽闪忽闪的，仿佛这房间里所有的微光都被收集到了她的眼睛里。

"好吧。"珀尔的心软了下来。

"所以我们可以聊些别的事了吗？"

"好吧，可以。"

接下来，两人在沉默中吃起了冰激凌。

"我可以……"卡拉顿了顿，又说，"我可以告诉你我做了什么噩梦。玛丽里没说我不能谈论这个。"

"那告诉我吧。"

卡拉抬起头。"我梦到我正在做一个实验。"

"一项科学实验吗？"

"是的，在一个实验室里。还有那些我告诉过你让我害怕的东西——蜈蚣、海洋，所有那些玩意儿——有一个科学家拿它们在我身上做实验。"

"于是你就吓得尖叫了。"珀尔说。

"这就是他们这么做的目的，这就是实验的内容。为了让我尖叫。"卡拉看着珀尔一字一顿地说。

"卡拉？你梦里的那个科学家是弗林吗？"

卡拉噘了噘嘴。

"怎么了？"珀尔说。

"就，还挺明显的，你不觉得吗？"

*

把空冰激凌盒跟勺子放回厨房以后，珀尔在车库门边的一排钥匙旁边站住。她认识那些钥匙扣上的标志，因为她已经把它们和墙对面那一排车都一一对上号了。珀尔想了想这份工作一旦结束，也就是一周以后，等待她的将是什么情况。她将回到自己的公寓，她那空荡荡的公寓。瑞特已经去上大学了。艾略特也早就搬走了。她最近约会过的一个男人，戴维，也从珀尔的生活中草率而迅速地抽离，就像从墙上拔出一件电器的插头一样。然而珀尔也不怪他。在那之前，瑞特的情况非常糟糕，珀尔一度被恐惧笼罩，就像她在组装某个模型时一样悬着一颗心。然而恐惧过后就是确定：恐惧会帮你筛选你的选择，给你指出一条明路。于是珀尔知道自己需要做什么：她要救儿子。她可以每天晚上站在他床前，就像站在卡拉床前那般。

珀尔想了一下，便从那排钥匙架上取下一把车钥匙，装进她睡衣的口袋里。

*

接下来的整个下午都像是一部卡拉·帕克斯电影里的情节。珀尔从车库里借（偷）了一辆车出来，在她和卡拉的日常会面结束以后，开着它紧跟着那部林肯加长汽车穿过旧金山的街道，开过海湾大桥，来到奥克兰码头往内陆方向几个街区外的一栋办公楼前。珀尔把车停在街对面，然后看着卡拉和玛丽里走进那栋办公楼，随后那辆林肯加长汽车便又开走了。珀尔在她的手机上查看了一下这个地址，了解到这栋楼是一个空置的地产，通常会租给货运公司。她当时的第一反应：或许这是一个拍摄地，可是这里只停着为数不多的几辆车，也没有拍摄设备和剧组成员的影子。珀尔又等了一个小时，在穿过马路走进那栋楼之前，她没有看到任何人从里面出来或进去。

这栋办公楼的里面和停车场一样空，而这似乎也并不令人感到意外。大楼的前台无人值守，大堂里也空空荡荡。那些楼层商户名录上粘贴的字母全都杂乱地堆在玻璃箱底，不过珀尔倒也不需要它们的指引，因为正当她站在那儿想着应该往哪个方向走时，整栋大楼里突然响起了卡拉的尖叫声。

珀尔一边朝那个声音走去，一边被一种似曾相识的感觉击中。话说回来，当你沿着一条长长的并不熟悉的走廊往前跑去时，走廊里除了两旁的铁门和远处传来的尖叫声以外再没有其他的特征，可能换作任何人都会觉得似曾相识吧？我们每个人都应该做过类似的噩梦。

找到那扇门后，珀尔伸手去推，却发现门几乎没有关紧，更不用说锁上了。珀尔一下子把门冲开，挤了进去，又往房间里冲了两步。她这才发现，自己正身处一个办公空间里，只不过那些格子间都被推到了远处的那一面墙边，成了一片乱七八糟的迷宫。这些天里熟悉起来的所有面孔都在这里：制作人弗林站在一块大屏幕前，他旁边还站着两个陌生人；玛丽里则坐在几米开外的一把办公椅上，正用她最具杀伤力的表情盯着珀尔；卡拉的尖叫声仍然响彻周围，一阵紧似一阵。

卡拉。

卡拉正躺在整间屋子的正中央，仰面睡在一个玻璃缸里。一个玻璃棺材，珀尔的大脑自动修正道。此刻这个女孩不仅在发出尖叫声，还在做一系列动作：只见她两手一边狂乱地在自己的脸上和身体上方挥过，一边朝她周围的玻璃墙胡乱地抓着，还有一些黑色的小点从她的指尖飞出来。珀尔这才意识到，她的身上覆满了虫子。就在这时，卡拉转过身来。她的尖叫声在她透过玻璃看到珀尔的那一刻暂停了一秒。两人四目相对，尖叫声又响了起来，只是这一次，她叫的内容变成了珀尔的名字。

珀尔又扫视了一遍这间屋子里的所有人——玛丽里从椅子上站了起来，弗林朝门口走了一步，还有一个年轻人手持泡沫冷却器站在装着卡拉的玻璃缸旁边——发现仍然不理解眼前发生的这一切。

"摄像机在哪儿？"她说。

没有人回答。

珀尔往前走去。她躲过弗林，使劲推开玛丽里（这个女人想抓住她的手臂），终于走到玻璃缸前，然后一把掀开盖子。随后，卡拉的胳膊伸了出来，绕在珀尔的脖子上，带出了大量的甲虫和蜘蛛。珀尔还是把卡拉扶了出来，连眉头都没有皱一下。她扶卡拉站好，帮她拍掉身上的各色虫子。那些虫子往四处飞散开去，而那个拿着冷却器的男人还在犹豫不决，直到玛丽里大步上前，抬起脚朝一只蜈蚣踩了下去。脚下随即传来一声清晰的挤压声。

玛丽里叹了口气。"我们得去找个专业除虫的人了。"说完，她又看着珀尔说，"你觉得我们这是在做什么？"

"她快被吓死了！"

"正是如此。"

卡拉从衬衣里抖出了最后一批虫子，珀尔这才看见吸附在这个女孩胸口、手腕和脖子上的吸盘。

"你们不是在拍电影。"珀尔说，想起卡拉前一天晚上告诉她的事。她又审视了一遍这个房间，这次放慢了速度。"你们是在做实验。"

"我们得让你签更多的保密协议了。"制作人弗林站在珀尔的身后。"要不，干脆我们拉她入伙吧？"他问玛丽里，"我的意思是……"他朝他们做着手势。"反正她都看到了，而且我们还缺一个行政人员。"

"你们到底是在干吗？"珀尔说。

玛丽里又重重地叹了口气。"信息泄露就是这样发生的。"

"别担心，我会和你们签保密协议的。"

弗林里下巴朝那两个陌生人一抬，说："那让我们的两位科学家来解释吧！"

科学家？珀尔想着，他们看起来就像穿着牛仔裤的大学生。

"可以……让我来告诉她吗？"卡拉轻声说。她几乎已经平静下来了，但是她的手指仍然在身体两侧微微抽搐。

玛丽里点点头，请便。

卡拉转向珀尔，把头发别到了耳朵后面。珀尔看见她有一对大大的、可爱的招风耳。光线从后面透过来，它们呈现出粉红色。"这的确像在拍电影，"卡拉开始讲述，"很像。你知道，当你看一部电影时，你几乎可以感受到主角的感受？例如，看一部恐怖电影，主角们被杀手追杀时，你也会感觉到害怕？"

"是啊，当然。"

"这和那很像，只是更加——"卡拉突然睁大眼睛，往后退了一步。她把一只手伸进头发，拂了拂，一只蜘蛛掉了出来。"看来今天这是停不了了。"她转头对玛丽里说。

"如果我们没有被她打断——"

"先让我跟她说完。"卡拉又转向珀尔，"这是同一种感觉，但是更加直接。弗林和这些人——这些科学家——想办法让我感到恐惧，然后捕捉这些恐惧。随后他们就可以把这些恐惧投放出去让其他人也感觉到它。"她把两根手指放在自己的胸膛上，"我现在感觉到的恐惧。"

珀尔摸了摸卡拉的手臂。"怎么投放？"

"听觉是最有效的渠道，"一位科学家说，"听觉加视觉也是。我们在考虑把这个音轨叠加在《剥皮人魔》上面。"

"另外还可能有嗅觉投放。"另一位科学家插话。

"嗅觉？类似于一种让你感觉到恐惧的香水吗？"珀尔说。

"嘿，大家伙儿！"弗林举起手说，"别再说了，她现在需要把我们所有的保密协议都签一遍了。"

珀尔把一只手放到卡拉的另外一只胳膊上，这样一来她就把这个女孩挽到自己面前。"他们还对你做了些什么？"

"你的意思是除了虫子吗？"卡拉耸了耸肩，然后低头看着自己的脚说，"我之前告诉过你的那些。活埋。手术做到一半麻药失效。"

"他们没有真的——"

"没有，手术是假装的，但那也是它不奏效的原因，我知道是在装样子，就不害怕了。所以这周我们就试了虫子。海洋操作起来更困难一点——要用到传感器和潜水队。"

"他们这是在对你进行精神伤害。"

"我没事。"

"你们这是在对她进行精神伤害，"珀尔对其他人说，"你们自己心里清楚。否则你们就不会请我来了，因为你们清楚自己在做什么。"

"你可是签过合同的——"弗林开始说。

"拜托你别再提你那些合同了！"

"我没事，"卡拉重复道，"我同意他们这样做。是我自己想要这样做的。"

"为什么？！"

这时，这个女孩的眼神开始变得和玛丽里一样坚硬。"因为这是艺术。"

"卡拉。这不是——"

"这是。并且我很擅长，比其他任何人都擅长。"

"擅长做一个受害者吗？"

"是啊！没错！可我并不是一个真正意义上的受害者，不是吗？我不是，因为这是我主动选择的。我掌控着局面。"

"你在睡梦中还在尖叫。"

"我就是做这个的。"卡拉把一只手臂从珀尔手中抽了出来，在脸上拂了一下，一只小小的蓝色地窖虫沿着她的手臂爬了上去，"我是一个尖叫者。"

珀尔转过头，用祈求的眼光看着玛丽里，可是这位经纪人扬起下巴，脸上浮现出一丝骄傲的微笑，这种表情在她脸上倒是非常少见。

弗林自顾自地点了点头，说："我们可以在宣传片里用上这句话。"

珀尔来回瞪着那两位专业人士——两个成年人，等着他们中有一个站出来停止这一切。这时，珀尔突然感觉到有一只手抓住她的手，手指开始和她两两相扣。是卡拉。

"你会留下来帮我吗？"卡拉又变回那个女孩而非那个女演员，"求你了，珀尔，求你了。"

珀尔看着那只地窖虫沿着卡拉的胳膊一直往上爬，消失在她的衣袖里。过了一会儿，她牵着卡拉的手，帮她躺回到玻璃缸里。

一周之后，珀尔将回到自己家里，她这么久不在家，房子里的气息也将变得既陌生又熟悉。她会从一个房间走到另一个房间，最后来到瑞特的卧室。瑞特的格纹被子将被堆放在枕头上，而她会在儿子的床沿上坐下，上面的床单平整干净，没有任何人睡过的痕迹。她会把手机从手机套里拿出来，找到铃声那一栏，一直往下翻找，直到找到想要的那条。然后，她会用指尖轻轻一点：卡拉。于是，在这个女孩的尖叫声将她围绕，充满整个房间、整个公寓的时候，珀尔会抬起头，深吸一口气，然后把嘴巴大大地张开。她不会发出一点声响。

第八章 身体部位

Body Parts

那个女人说："你过来，亲爱的，你脸上掉了一根睫毛。"

于是卡拉身体往前探了过去。

"你为什么要那样做？"玛丽里后来问她。卡拉原本可以给出一大堆理由，比如，她可以说：

因为林利·哈特——《灰色一小时》的节目主持人，还有两届皮博迪奖得主——让我那么做。

因为她的白色平头短发是一种全国性的严肃新闻的象征。

因为她告诉我她当外婆了，所以你让我怎么办，难道你希望我是一个连做了外婆的人都不信任的人吗？

不论理由是什么，反正卡拉的确往前探过身，闭上了眼睛，任舞台的灯光打在她的脸上，等待林利·哈特那庄严的手指拂过她的脸颊，将那根睫毛弹掉。然而，那个女人的手指越过她的脸颊，捏住了一根仍然长在她眼皮上的睫毛，手腕一抖，那根睫毛就被拔了下来。卡拉不由得叫出声来，不过不是她那价值百万美元的恐怖电影式尖叫，更像一只被拔了毛的鸟会发出的哀号。事后回想起来，她觉得自己的确有点像那样一只鸟。

当卡拉泪水涟涟地睁开眼睛时，林利·哈特已经回到自己的椅子上坐着，看起来丝毫没有为她刚才做的事情而感到尴尬。随后，她从外套内侧的口袋里掏出一只小塑料袋，把卡拉的那根睫毛放了进去。接下来，她们两人都盯着那根卷曲的睫毛。

"你也信这个？"卡拉问。

她能够听到玛丽里在远处试图从摄像机和工作人员当中挤过来时发出的抱怨声，还有玛丽里呼唤她那位假男友兼秘密贴身保镖的声音。卡拉上一次见到那个人的时候，他正待在后勤处，一小块接着一小块地吃着大理石奶酪，就像吃豆人游戏里那个不停吃豆子的人。废物一个。话说回来，他对卡拉很可能也会做出同样的评价。毕竟，她才是那个闭上眼睛往前凑过去的人，而这正是她绝对不应该做的事。

你为什么要那样做？玛丽里事后问她。

而卡拉本来可以回答：因为她管我叫"亲爱的"。

当时，坐在那一圈摄像机和灯光中间的卡拉问林利："你不会信这个，对吗？我的意思是，你是一个理性的人，你很聪明。"

林利·哈特的笑容凝固在她实实在在的脸上。她的嘴唇几乎没有抽动一下，于是卡拉在那一刹那明白过来，这个女人打算装作什么都没有做过，假装刚才所发生的一切……都没有发生过。

"我们还在录像吗？"卡拉说，"起码这个你能告诉我吧？"

"我们在问刚才几个问题之前就停止录像了。"

好吧，他们当然会这么做了。林利·哈特才不会让一段记录了她从一个年轻女演员脸上拔下一根眼睫毛的视频留存于世的。她的目光从卡拉身上移开，转向卡拉身后那一圈人外围的某个人，一个制作人或者摄影师。卡拉好奇工作人员是否也参与了这件事；拍摄结束以后，他们会不会把眼睫毛剪成一毫米一毫米的几截，每个人拿走一截？林利点了点头，她身后一盏红色的灯亮了起来，就是卡拉没有注意到什么时候熄灭的那一盏。他们又开始录像了。

"谢谢你今天来接受我的采访，卡拉，"林利轻盈地说，"能邀请到一位年轻的艺术家来我们的节目总是很让人开心的。"

说完，林利把一只手伸到那两把椅子中间的空当，她要进行每次结束采访时那决定性的握手。玛丽里没有再说什么了，也可能他们已经堵住她的嘴，把不停挣扎的她拖出了演播室。卡拉这才意识到，自己的手掌仍然捂在眼睛上，于是她小心翼翼地把手放了下来，盯着林利已经伸出的那只手和她那精心修剪过的指甲尖。卡拉感觉自己此刻是在把手伸向一个陷阱，但是林利·哈特已经从卡拉身上得到了自己想要的东西，她现在不会再拿走什么了。于是卡拉把手伸进聚灯光下的那个光圈，和林利生硬地握了握手，节目便结束了。

*

在演员休息室，卡拉和她的假男友面对面坐着，看着玛丽里的手指从手机屏幕上滑过，在咆哮着一连串威胁的话。她想找个医生来看看卡拉的眼睛，但是弗莱明医生现在不在国内，而她又对那个替补医生信不过。卡拉也同意她的看法。毕竟，医生什么都能搞到手，甚至能从她身上抽走一管血。

"只不过是一根眼睫毛，"卡拉对玛丽里说，"我没事。"

"那你到底为什么会探过身去？"玛丽里问。

卡拉本来可以回答说：因为我扮演了无数次无知少女，而无知少女最大的一个特点就是——她们的心地总是单纯的。

"我猜是因为她让我探过身去。"

玛丽里的嘴巴抿成一条线，又张口喃喃地说："因为她让你探过身去。"

卡拉本来也可以指出，她一直都是遵玛丽里的意做事，但终究没有把这话说出口。毕竟，玛丽里本可以骂卡拉是一个小傻瓜，但是她也没有骂出口。一点点克制是维持这个世界正常运转的良药。

医生也请不了了，于是玛丽里坚持要自己查看卡拉的眼睛。她把卡拉的眼皮扒开，往里面看。这个时候她和卡拉离得如此近，她鼻子上的毛孔看起来就像一颗草莓上的籽，口气闻起来也是体面的薄荷味，下面还藏着咖啡的酸味。看完之后，她又把卡拉的假男友叫了过来，让他再给点意见。假男友顺从地靠了过来。卡拉看得出来，这让他非常紧张。他只有在摄像机面前或者有人试图攻击她的时候才能触碰她，这是合同里规定的。

"我能看见，"玛丽里说，"那根眼睫毛原来所在的地方。看到那颗小圆点了吗？就在那儿。"

"那个叫毛囊。"假男友热情地指出。

"什么？"玛丽里厉声说。

"就是它的学名。"假男友说完，便从卡拉的视线里消失了，"也就是你的皮肤上长出毛发来的那个小孔，毛囊。"

"我的眼睛干死了！"卡拉抱怨道，玛丽里终于把手拿开，即便她仍然非常不情愿。

"我希望那个女人不得好死。"玛丽里说。

"不过是一根眼睫毛而已，会长回来的。"

玛丽里皱了皱眉，并没有被说服。

"如果它长不回来，我就去种一根假睫毛，行了吧？"

卡拉的假男友扑哧一声笑了出来。

但是和往常一样，玛丽里没有心情去欣赏卡拉的笑话。"这都是弗林的错。"

"别怪弗林，"卡拉说，"他只是个孩子，一个四十六岁的孩子。"

"一个把玩具都打碎了的孩子，"玛丽里斩钉截铁地说，"我根本就不该让他说服你接下那个VR游戏的工作。你知道喜欢VR游戏和神话故事的都是什么人吗？怪人，都是些怪人。一小撮典型的强迫症患者和逃避主义者。"

"可那正是我们这么做的理由啊，"卡拉提醒她说，"怪人是经典邪典电影的决定性因素。"

如果你年轻的时候足够幸运，拍过一部经典的邪典电影，老了以后就可以吃老本；或是当你到了一个尴尬的年纪，扮演天真少女已经太老，扮演少女母亲又太嫩时，可以让你的事业焕发第二春。反正卡拉是这么计划的。玛丽里和卡拉也讨论过这个问题。那正是卡拉会做这些事情的原因：同意出演VR游戏《神话岭》中的神谕者；去摄影棚，任凭他们往自己身上涂满涂料，皮肤看起来像有裂缝的石头；把他们拴在她腰上的厚重裙子拉起来，然后爬上那个石膏柱；用洪亮的声音念出自己的台词：

行走在一条蜿蜒曲折的路上，你的旗帜高高飘扬，而你终将在那里与它会合。

将她的头放在油里浸一次，将她的脚放在海水里浸两次，然后将她的手指放入火中。

警惕那个在你身后不用脚行走的人。警惕他用手拍你的肩膀。

卡拉花了两天时间阅读台词，一天时间来设计表情，以便后期被安放到这个游戏的角色身上，然后又花了一天时间设想在可能会被玩家们激活的各种故事线中神谕者的姿势——比如，低下头来赐予奖赏、举起双臂召唤神灵、铠甲被扯走露出一侧的胸，以及从柱子上不雅地坠落。当然了，游戏里神谕者卡拉变成碎石那个部分是动画师们后来用特效加上去的。玩家可以从被击碎的神谕者身上拿走一块碎石，将它放入自己的装备库。这块碎石具备提高玩家准确度、力度和运气的神奇力量。

大概每个人都猜到了，流言就是这样传开的：卡拉身上的一块东西可以改变你的命运。也许它最开始只是作为一个笑话或恶作剧存在于互联网的某个阴暗角落里，但就在那个早上，从卡拉头上拔下的一根头发可以在暗网上卖出三千美元的价格，而从她的垃圾箱里偷出来的一根浸满了她经血的卫生棉条能卖到四千美元，还有从她穿过的一件衬衫上撕下来的一小块面料（卡拉穿着那件衬衫去参加的那个活动就是促使她聘请那位假男友兼秘密保镖的导火索）也能卖到七百五十美元。可以说，每个人都想从卡拉身体上得到点什么——而且是字面意义的"身体上"。

"够了！"玛丽里一边说，一边合上了她的手机屏幕，连同刚刚弹出的不论什么消息，"我要和那个女人的制作人谈一谈。"说完，她便从演员休息室里大步冲了出去，留下卡拉和她的假男友两人面面相觑。

卡拉耸了耸肩，假男友也冲她耸了耸。他只做了她的假男友两周；他们其实只能算是陌生人，即便他的双手在她身上已经没有了禁区。假男友捡起一根不知道什么人落下的染发棒，挑了一撮头发，开始染那撮头发的末梢。卡拉注意到，他甚至都没有先查看一下色卡，结果那根染发棒是奶黄色的。

"你可以把头发染成金色，如果你愿意的话。"卡拉说。的确，她这位假男友的长相是没的说，金色会很衬他。她直起身，一屁股坐在沙发椅背上，在房间里扫视了一圈，看看哪里有没有食物。

"他们把吃的都拿到声场去了。"假男友说。染的金色快要接近他的头皮了。他放下染发棒，从外套口袋里掏出一团东西——用餐巾纸包着的硬币大小的奶酪块，颜色和他新染的那一缕头发一样。他走到沙发前，献上了这点存货。

"谢谢，"卡拉说，拿起一块奶酪，"我得补充能量，你知道的，这样才能把那根睫毛长回来。"

假男友笑了，笑容使一侧的嘴角和鼻孔提了起来，英俊中带着一点玩世不恭。他是玛丽里让卡拉亲自挑选出来的。在那之前她们面试了五十个演员，一半男人，一半女人，都会点功夫，或者受过格斗训练，都以为是来参加卡拉下一部电影的某个特技角色试镜的。到现在，其他四十九个人仍然这么认为。卡拉选中眼前这位并不是因为他出色的肘击技巧或拳脚功夫，而是因为他身上带着点玩世不恭的味道。对于别人刻意练习过的表情，卡拉一眼就能辨认出来，当她看到这个男人的时候，立刻就知道他对着镜子练习过这个表情。于是她推断，如果你要通过练习才能带有一丝玩世不恭，那你本质上就不是一个天生的玩世不恭的人。

"你把这些奶酪都塞在你的衣兜里吗？"卡拉又伸手去拿了一块，"有点像只老鼠。"

卡拉笑了，继续张嘴嚼着那块奶酪，将它和口水混在一起，嚼成黏糊糊的一团。有时候，卡拉喜欢做出一些恶心的举动，以便看到人们脸上那因为"真正的卡拉和他们心目中的卡拉之间的差别"而引发的纠结的表情。然而这位假男友似乎完全没有因为她的咀嚼行为而感到一丝困扰。他又拿起一块奶酪，把它放在两排牙齿中间。

"这是我给自己定的一条规则，"他衔着那块奶酪说，"身上总是要带点食物。"

"以防遇到世界末日吗？"

他张开嘴，奶酪掉了进去。

"世界末日或者低蛋白。两者都防。"

"我拍过一部关于世界末日的电影，还拍过一部关于低蛋白的资讯型广告。"

"所以你知道那是怎么一回事。"

"事实上，我总共拍过五部关于世界末日的电影。"

"漫长的末日。"

卡拉做了一个鬼脸，说："是五个不同的世界末日。"

"就像罗伯特·弗罗斯特①那首诗里写的，有人说世界将毁于火，有人说毁于冰。"

---

① 罗伯特·弗罗斯特（1874—1963），20世纪最受欢迎的美国诗人之一，代表作有《未选择的路》《火与冰》等。

"有人说这世界会毁于海怪，有人说这世界会毁于十英尺高的吸血蝙蝠。"卡拉篡改道。

她拍那部吸血蝙蝠电影的时候只有十六岁，还不出名。那个时候，她会花钱去贿赂那些私人助理，让他们透露选角导演在她离开面试的房间后说了什么。要想知道不打折扣的真相，代价是两百美元——行情就是这样。那部蝙蝠电影，卡拉本来想要争取的是一个配角，也就是女主角的一个话痨朋友，电影情节进行到一半的时候，会在地下墓地被活体解剖。

"他们说你不够丰满。"那个私人助理如约在停车场的角落见面时告诉卡拉。

"丰满？"卡拉问，她并不知道这个词，因为她当时才十六岁。

"你知道的，大胸。"那个私人助理挑起一侧眉毛，朝她那被运动胸罩压扁的胸部示意了一下，"他们说你没胸。"

卡拉低头看着自己的胸部。

"胸不够大，我的意思是。他们说，如果你要被活体解剖的话就得有一对大胸。他们还说观众想看的就是那个，看到胸部从女孩身上被割下来。"说到这儿，私人助理咬了一下自己的脸颊内侧，"还有被掐死，他们说，得让观众看到上下抖动的胸部。"说这话的时候，她的一只手已经在旁边不耐烦地晃动，准备好要收钱了，"嘿，不过他们喜欢你的台词功底。'起码这个女孩会演戏'，他们是这么说的。"

"谢谢你，"卡拉把钞票递给她，"这对我很有帮助。"

事实上，最后的确很有帮助，不过有帮助的不是那些信息，而是卡拉那"谦逊的"胸部，因为后来他们没有让卡拉演那个被活体解剖的女二号，而是直接让她演了主角。等到两年之后卡拉的胸部发育起来（发育得那叫一个好），她已经足够出名了，在电影里想怎么被人杀死就怎么被杀死。

"我看过那部吸血蝙蝠的电影，"卡拉的假男友说，然后降低声调，念出了那部电影的宣传语，"邪恶的回声。"

"那是导演想出来的，他真是个傻瓜。每次开机的时候喊的不是'开机'，而是'开吸'！你懂他的意思吗？'开始吸血！'"

"那不傻，很了不起，"假男友又拿起染发棒，转过头说，"对了，你在里面演得也很好。"

卡拉对别人当面说奉承话的套路非常了解：把程度调低一档去理解。如果有人说你在某部电影里演得棒极了，那么他们真正的意思是你演得还不错。如果有人说你演得还不错，那么他们真正的想法是你演得也就那样。卡拉本以为她现在已经对所有的评价都免疫了，却发现自己被这模棱两可的小小的表扬惹恼了。这个无足轻重的假男友、微不足道的小人物有什么资格评价她演得还行？

那也是卡拉为什么会说："你想当一名演员，是吗？"

这个问题并不友好，因为你尽可以把自己想象成一个演员，但你其实并不是，除非选角导演、制作人或者导演说你可以，你才是一个真正的演员。

然而对于卡拉的这个问题，假男友表现出的是折服，而非受到了羞辱；或者委婉一点说，他对于自己遭到羞辱这回事表现出了相当的折服。后来他张了张嘴，想要说些什么，但不论他想说的是什么，都被卡拉的手机铃声打断了。卡拉摸索了一分钟才从玛丽里的手袋里找到自己的手机，而当她把手机翻开，出现在屏幕上的是一张熟悉的面孔。是珀尔！

　　卡拉站起身想要接电话，随后的一个念头却让她的手不动了：万一珀尔也想从她身上分一杯羹呢？来套个近乎，同时削尖了指甲，手里藏着一把剪刀，然后——

　　不，不会的。珀尔是她的朋友。仿佛为了强调这一点，卡拉用手猛地戳了戳屏幕上珀尔的额头，接起了电话。

　　卡拉的脸出现在手机屏幕上，珀尔的眼神也移了过来："卡拉！"

　　她那一向整洁的短发看上去乱蓬蓬的，衣领也歪了，仿佛她刚才一直拉扯着衣领。她看上去惊惶失措，因为担心而惊惶失措。

　　"嘿，别这副样子！"卡拉说，"我没事，看见了吗？"说完，她把手机屏幕往下一晃，扫了一遍她完好无损的身体，又拿上来，看着珀尔那震惊的表情。

　　"卡拉，什么——"

　　"你打电话来是想说那件事，是吗？说我被人们当作象牙或猴爪一类的东西？"

"兔子脚①。"卡拉的假男友从她身后的某个地方说道。

"像一只兔子脚，"卡拉重复道，"你知道的，就是某种幸运吉祥物？"

"好吧。事实上，"珀尔一边理了理自己的衣领一边说，"的确有点。"

"你现在看到了，我完全没事。你知道玛丽里这个人的，她已经给我请了保镖。虽然这个保镖有时候会心不在焉地吃奶酪。"卡拉朝她的假男友瞄了一眼，"但是之前有一天，我在街上走着，一个男的突然冒出来想扯我的头发，他把那个人拦了个正着。"

"扯你的头发？"珀尔捏了捏自己的鼻梁，"天哪，卡拉。"

"你没听见我刚才说的吗？就在光天化日下，人行道上！"

"我很抱歉。"

"你为什么抱歉？我知道，我知道，这是一种表示同情的普遍说法，但是不一定表示承担责任——"

"我抱歉是因为这都是我们的错！"珀尔脱口而出。

"不，不是的。"卡拉随即说道，努力不去在意自己胸膛里那个突然冒出来的巨大空洞，就像吸血蝙蝠的地下墓穴般在回响。这不是珀尔的错。珀尔是值得信任的。"这都是互联网搞的鬼。"

---

① "兔子脚""象牙"和"猴爪"都是英国传说中会给人带来好运的东西，类似于幸运符。

但是珀尔没有听卡拉说话，她正和手机屏幕外的一个人说着什么。"不，我不这么认为——好吧。别说了。我说了'好吧'。"说完，她又转向卡拉，"我有个同事想和你聊聊，可以吗？"

"也许我该把玛丽里找来。"卡拉的假男友说。卡拉不理会他的意见。她早就应该料到他接受过这样的指示。

"当然，"卡拉大声对珀尔说，"我会和他聊聊。"

卡拉听见身后的门打开又关上的声音，假男友跑去向玛丽里告状了。在她的手机屏幕上，珀尔消失了，一个驼着背的男人代替珀尔出现。他的下巴往前伸着，肩膀耸得几乎和耳朵一样高。不过他其实没有驼背，只是蹲着，就像被人包围后蜷缩起来准备反扑一样。

"帕克斯小姐，"那个男人说，蜷缩得更紧了一些，"真是幸会啊！"

"客气了。"

"我第一次看《剥皮人魔》的时候，你知道我做了什么吗？"

"嗯，什么？"

"我指着屏幕"——现在他的手指着手机的屏幕——"说，'是她，是她！'"

卡拉往身后看了看，发现自己突然很希望她的假男友能带着玛丽里回到这里来。

"特别项目总监。"那个蹲着的男人在卡拉转回头的时候说，他碰了碰自己的胸口，仿佛这个头衔就是他的名字，"但是你可以叫我卡特。我和你的珀尔——我们的珀尔——是冬日暖阳公司的同事。"

"很高兴认识你。"

"我也是，帕克斯小姐，我也是。"

"嗯，珀尔刚才说——"

"帕克斯小姐，帕克斯小姐，帕克斯小姐！你能不能允许我……我有一件事想告诉你——事实上，是有一个提议想告诉你。如果你能让我……把话说完？"

"当然，"卡拉说，"请讲。"

卡特把手从胸口拿开，做出一个开枪的手势，朝屏幕"开了一枪"。（卡拉努力克制住了表演假装被打死的冲动。）

"我能向你提供的，"卡特说到这里停顿了一下，"是一份工作。"

"什么？冬日暖阳公司的工作吗？"

卡特的脸上缓缓露出笑容："是邀请你成为公司的机器。"

"成为机器？"

"是的。"

在他能继续往下说之前，玛丽里已经冲进了房间，把手机从卡拉手上夺走了，卡特和他那令人不解的提议太过复杂，超出了她的理解范围。

*

没收了卡拉的手机之后，玛丽里告诉卡拉，珀尔和那个卡特会通过合适的渠道联系他们。对于珀尔背地里和卡拉联系这件事，玛丽里非常生气，她反复提到"背地里"这个词。玛丽里已经和冬日暖阳公司约好了第二天见面，参加的人有卡拉本人和她的经纪人，但是作为对珀尔自作主张直接联系卡拉的惩罚，卡拉本人不得参加这次会面。

"你也不准和珀尔闲聊。"玛丽里警告说。

他们走进《灰色一小时》节目组停车场的升降电梯，卡拉的假男友站在楼层按钮跟前，装作没有在听她们说话的样子。

"你别怪珀尔。"卡拉对玛丽里说。她还没有把珀尔对她说的话告诉玛丽里，也就是关于他们应该对人们想从卡拉身上得到点什么负责的那些话。

"别去怪弗林，别去怪珀尔，说真的，卡拉，你到底希望我把眼前这种情况的账算到谁的头上？怪你吗，还是怪我？我想你觉得应该怪我。"

卡拉摇了摇头："不怪你，不怪任何人。怪命运。"

玛丽里不耐烦地说："你才不相信命运。"

这话没错。卡拉并不相信命运。她知道有些名人信这个，仿佛他们出生之时有某个神弯下腰来，在他们尚是婴儿的额头上做了一个未来会让他们享受盛名的粉笔记号。然而卡拉并不抱这样的幻想。她相信的是近乎顽愚的决心：躺在一汪假血里面，直到血迹干了粘在皮肤上；对着镜子练习表演死人脸，直到数日都不敢看自己镜子中的脸；贿赂选角导演的私人助理，让他／她透露那些永远不会有人当面讲的羞辱性的评价。卡拉倒是相信运气，但是运气的作用有限。运气不用像老虎机吐币那样倾泻而下，它像一个眨眼、一记抬手，或者天空中的一道微光那样偶然。就像胸部发育晚反而让卡拉可以演电影女主角，没去演那个被肢解的闺蜜角色——这也算是运气。

电梯停了下来，门打开了。

"狗仔队。"假男友扬起下巴，冲着停车场远处的角落说。那些狗仔队的车就停在那边。

玛丽里骂了一句脏话，是一句污秽的莎士比亚式的咒骂。

"不，等一下，"她查看了一下手机，又说，"这些记者是我找来的。你们俩——"她指着卡拉和假男友说，"做好准备。"

"到什么程度？"假男友问。

"这个嘛……现在是半夜，"玛丽里沉吟道，"那就到第四级吧。甜蜜，但是不要乱摸。"

"你现在的口气是怎样的？"卡拉问假男友。

"奶酪味的。"假男友回答。

他们走出电梯，假男友迅速贴到卡拉身旁，和她手牵着手。那些记者都瞄见了他们，闪光灯像夏天的闪电一样此起彼伏地亮了起来，伴随着"看这里！这里！卡拉！看这里"的叫喊。但是卡拉没有看任何人，因为她的假男友距离她只有几英寸，他还一边抬起她的下巴，一边摸着她的脸颊，而她甚至都不用告诉他要在准备吻她时摆出他那玩世不恭的表情，那个表情被拍下来后会有强烈的效果，因为他脸上已经带着一丝轻蔑了。而在那轻蔑的表情背后，正如他所说的，他的口气带着一股奶酪的味道，潮湿又黏腻，不太好闻，当然也不性感，但是卡拉不知为何还有点喜欢。他们的嘴张开了一小会儿，假男友把手伸进她的头发，然后两人就分开了。点到为止。这是第四级亲密程度。

就在她从那些狗仔旁边走过的时候，恐惧如同一张被抖落的白纸那样消散了。她努力挤出一丝笑容，然后用余光扫视着周围，警惕着可能会冷不丁出现一只手想来抓住她，或是一把闪着寒光的匕首。卡拉能够感觉出假男友环抱着她的手臂的肌肉紧张起来，随时准备好反击。而当他们走到汽车那贴有反光膜的窗户后面时，假男友便把手臂从她肩膀上抽走，挪开了身体。她跌坐在座位上，抱紧了自己。安全了。她过了好一会儿才意识到，刚才陷入恐惧，她竟然忘了把笑容从脸上拿掉。

*

和冬日暖阳公司的会议安排在第二天早上，而这也让卡拉有一整晚的时间可以在家里的各个房间里来回游走。她当晚坐立不安，还想着她可能会扮演的角色。她在脑海中勾勒出自己的身体，但是眼神无光，嘴巴微张，想象着她自己像穿上一件外套一样走进那具躯体，让它有了生气，移动起来。成为机器，珀尔的同事这样对她说。也许他的意思是让她做他们的代言人。卡拉已经是好几种产品的代言人了，比如，香水、手机、晾衣绳，她还代言了一个儿童慈善机构。

成为机器，卡拉一边从趴在沙发上打盹的假男友身边走过，一边暗自思忖。

成为机器，卡拉一边想，一边沿着楼梯朝浴室走去，在她那一堆化妆用品中翻找，最后找到了锉刀和指甲钳。她坐在浴缸沿上，用锉刀磨去了指甲上的甲油，又用指甲钳剪短了指甲，任由那些指甲屑像碎片一样掉落到地上。剪到大拇指的时候，剪得太深了，她疼得皱了一下眉，而那个指甲盖下面的皮肤则呈现出一种新生儿般的粉红。卡拉把这些指甲屑扫进手里，心里想着：一点小幸运，然后把它们撒进了洗手台下面的垃圾桶里。

随后，卡拉走下楼梯，戳了戳假男友那晃荡在沙发外侧的手臂。他立刻睁开了一只眼睛，就像一只猫头鹰或一只猫。原来他刚才只是在装睡。他站起身，跟着卡拉来到了卧室，虽然她没有说什么"跟我来"之类的话，也没朝他笑。他们在房间中央停了下来，面对面站着，尴尬地看着对方。

"要来第六级？"假男友挑了挑眉毛，"还是第七级？"

卡拉的脸抽搐了一下。"你的合约没有这部分内容。"

"嘿，我只不过是开个玩笑。"

假男友往前走了一步，顿了一下，然后摸了摸卡拉抽搐的脸颊。

他们的做爱过程很奇怪。卡拉忍不住想，他在按某种顺序抚摸她身体的各个部位，从头到脚，仿佛他脑子里有一个清单。而她喜欢的那种玩世不恭的表情呢？她现在也希望它赶紧消失。不过，就在假男友高潮前的那几秒，这一脸的玩世不恭终于消失了，但是没有了这个表情后，卡拉觉得假男友的脸变成了某种自己没有权利去看的东西，于是她闭上眼睛，假装自己也高潮了。

结束之后，假男友赤身裸体地站在床尾，皮肤上泛着愉悦或是尴尬，她没办法去想到底是哪个。他把自己的内裤揉成一团，捏在手里。

"刚才感觉还不错。"卡拉说，默默地也采用了"降一档评价"。可令人惊讶的是，假男友似乎接受了这个微妙的表扬，因为他害羞地微笑了一下，然后便套上牛仔裤，回到沙发上。

卡拉确信那天晚上会做噩梦，也许会梦到粗糙的蝙蝠翅膀，又或者梦到她身体的各个部分被存储在一排玻璃瓶子里放在一个架子上。然而她终究还是睡着了，似乎没过多久，她醒来已是第二天早上了。

*

冬日暖阳公司的办公室位于商业区中心地带，那里高楼林立，上午十点左右影子像钉子一样又尖又长。卡拉看到那些影子仿佛从车里蔓延出来，边缘变得越来越锋利。她看着人群从人行道上走过，就像某种经过精密编程的机器。她在座位上侧了侧身，把脚蹬在车门上，让鞋跟搭在扶手上。她可以开车来参加会议——玛丽里终于还是禁不住她顽强的恳求勉强同意——条件是她必须一直待在车里。到目前为止，卡拉和假男友已经在路边等了一个多小时了。

假男友在不停地换电台，以此来消磨时间，电台里的歌手总是一句歌词没唱完就又被他手一拧换掉了。现在他和卡拉独处一隅，她好奇他会不会提起前一天晚上的事。她原本希望他会悄悄做出点什么，比如，一个吻，一次抚摸，或只是相视一笑。但他和往常一样待在周围，在公众面前尽职尽责地把手臂搭在她的肩膀上，等车门一关上就立刻把手收回来。她并不确定自己对于他这种疏忽是感到宽慰还是失望。

大部分时候，她只是觉得懊恼。玛丽里和珀尔以及其他每个人都在楼上那间办公室里做着和她有关的决定，仿佛她是——她思索了一下用哪个词来形容更加贴切——某种商品。她轻轻地用脚踢了踢车门，小小地发了一下脾气，随后便意识到，其实不用踢门，可以直接把车门打开——如果她愿意的话。于是她坐了起来，打开了门。

假男友转过身来说："你在干吗？"

"去开会。"

她把车门完全推开，无视假男友的抗议，从车里跨了出去。她落脚在人行道上，差点和一个骑自行车路过的送信员撞到一起。

"该死！"那个送信员把自行车停了下来。她浑身伤疤，又文满文身，多得分不清哪个是哪个。"你走路不长眼睛吗——"这时，她看见了卡拉的脸，"你是卡拉·帕克斯。"

卡拉心想，应该告诉她的假男友这就是人出名后的感觉，人们会不断告诉你，你就是你自己。

就在这个时候，在这个送信员身后，珀尔从冬日暖阳公司的大楼里走了出来，快步朝人行道走去。

"珀尔！"卡拉冲她喊道。没有回应。"珀尔！"

与此同时，那个送信员忙不迭地在找手机。卡拉迅速扫视了一下四周，朝珀尔离开的方向小跑着追了过去。现在她能看见珀尔在她前面走着，身上的绿色外套在不停摇摆。卡拉粗鲁地从一个戴着墨镜的男人身边闯了过去——那个人还说了句"嘿！"——又跳过一只小狗，然后抓住珀尔的手臂，把她掰了个转身。

珀尔盯着她，然后往她身后望去。她也往回看，只见假男友和那个送信员都跟在她俩后面，那个送信员还把手机高举在前面在拍卡拉。

"我们能聊聊吗？"卡拉说。

珀尔一如既往干练地点了一下头，然后环顾四周。"我们去那儿——"她指了指街区尽头的一个小亭子。

于是她们朝那个方向走了过去，不过中午出来吃饭的人群让她们不得不放慢脚步，卡拉的假男友和那个送信员仍然跟在后面。当她们来到那个小亭子旁边时，珀尔从口袋里掏出手机，在上面点了几下，亭子的门便开了。

"他们俩怎么办？"珀尔说。

另外两个人也追了上来。

"他可以进来，她不行。"卡拉说着抓住假男友的袖子，把他拉了进来。

他们三个人挤在这间小亭子里，那个送信员没有试图跟进来，只是在亭子的透明门关上的时候继续拍着，脸上还带着和蔼而惊讶的神情。幸运的是，这间小亭子里没有垃圾，也没有尿骚味。开锁的价格并不便宜，因此这些小亭子通常比较干净，虽然有时候，一些商务人士吃喝玩乐后觉得付钱到这里面来撒个尿也是值得的。

"日本花园，江户时代风格。"卡拉说。

亭子的外壁仍然是透明的，一些路人已经在好奇地看着那个仍在拍摄的送信员。

"这间亭子是老款的，"珀尔在手机上查看了一下说，"只有一些基本选择。"

"夜晚。沙滩。冬天。"假男友说。

亭子的外壁变暗了，将送信员和街道都屏蔽在外面。在他们身后，一片黑色的海水在不断翻滚，拍打在他们脚下如骨头般雪白的沙滩上。他们头上则是一片点缀着星星的夜空。星星通常的分布被策略性地抹去了，形成两只眼睛和一张嘴的形状：一张笑脸。卡拉也朝天空中的那张脸笑了。

"刚才那个女人是在追你吗？"珀尔说。

"是吧。也许。好吧，是的。"珀尔把手臂抱在胸前，两手在手臂上摩擦着，似乎真的感觉到了冬季海滩上的寒冷，虽然这间亭子里事实上非常温暖，甚至可以说温暖得过分了。"我们要不要给玛丽里打个电话？"

"不要，"卡拉说，"你们开会时都说了些什么？告诉我。"

卡拉的假男友想要说些什么，但卡拉摸了摸他的手腕，示意他保持安静，只是假男友多半误会了她的意图，因为他把她的手抓了过来，抓在手里。让她吃惊的是，她竟然容许他这么做了。

"成为机器，"卡拉说出了这个一直萦绕在她脑海里的句子，"那个叫卡特的人说他们想聘请我'成为机器'。他这话是什么意思？"

珀尔叹了口气，说："他想要的是你的声音。他觉得那台机器如果能直接跟客户说话，客户会更加喜欢。"

"用我的声音？"

"他们会让你录制一系列音节、字母和常用词的发音，然后用软件把它们合成在一起，这样听起来就像是你在说话一样。换句话说，就是那台机器在以你的声音说话。所以——"珀尔摊开手掌说，"那就是他们邀请你做的工作。"

卡拉试着想象了一下那些小小的银色盒子用她的声音"说话"的情形。她张了张嘴，又闭上了，突然有点害怕发出声音。

"还有个事情，"卡拉终究还是强迫自己说，"昨天你说这些人的出现——"卡拉指了指小亭子的门，现在显示为一片星空。

"是我的错。"珀尔打断她，她咬了咬嘴唇，点了点头，"是的。是我们的错。冬日暖阳公司的错。"

"为什么这么说？"

"卡特最开始想到要用你的声音这个主意的时候，他需要大家会喜欢的证据。于是我就建议他——"珀尔把大拇指压在胸膛上，重复道，"我建议他把这个点子先放到网上的某些论坛试一下水。他不能直接询问意见，然后——好吧，意思被曲解了，从'卡拉·帕克斯将会告诉人们如何获得快乐'变成了'卡拉·帕克斯可以让人们获得快乐'。然后不知怎的——不知怎的——事情就变成了现在这样。"

"可是你也不能确定就是这样吧——"卡拉说。

"我能确定。我回去查看了卡特在网上发的帖子，发去了哪儿。就是我们造成的。我造成的。我真的非常非常抱歉。"

"你不用道歉。"

"我当然要道歉。我不希望你受到伤害。当我发现你躺在那口大缸——那口棺材里，身上爬满虫子的时候，我十分生玛丽里的气，而现在我对你做了同样的事。"珀尔说着，把手往空中一甩，"现在我们都被困在这个该死的透明棺材里。"

珀尔提高了说话的音量，而就在她说出"透明"这个词的时候，小亭子以为这是一句命令，于是星星消失了，海洋又翻滚了一次，涌向地平线，四面的墙壁又变成了透明的，露出外面的城市街道。只不过现在看不到街道、人行道或者城市里的任何东西了。能看到的只有把这间小亭子围起来的人群。

那个送信员仍然站在亭子门口，仍然在录像。她一定是将这段录像同步上传到社交网络上了，或者给其他自行车送信员发了信息；又或者，即便她什么也没有做，但这消息就是传开了。不论什么原因，现在亭子外面已经站了几十个人，说不定有上百个。整个小亭子都被人包围了。而当墙壁变回透明的时候，那些人也可以看见卡拉了。

他们没有尖叫，也没有蜂拥而入。他们没有试图把这座亭子掀翻，只是纷纷挪了挪步，脚步细碎而有力。他们凑得更近，直到手掌压在小亭的外壁上，直到卡拉可以看见他们弯弯曲曲如同命运之路般的掌纹。

"我们现在怎么办？"假男友说。

珀尔则一遍一遍地对着手机说玛丽里的名字。对卡拉来说，他们那恐慌的声音听上去既遥远又细小，就像她在一通电话中途放下了手机，然后越走越远。

珀尔已经拨通了玛丽里的电话。她正试图解释眼下的情形，卡拉的假男友则在一旁补充一些额外的信息。所以当卡拉把手从假男友手里抽出来，推开亭子的大门时，另外两人都没怎么注意。

门外的人正在等着卡拉。当她把大门打开以后，人群中发出一阵轻声惊叹，仿佛亭子大门自行打开时发出的一声奇怪的回音。靠大门最近的那些人往后退了几步，为她让出一点空间，好让她站到人行道上。卡拉能感觉到珀尔和假男友在她身后，想要抓住她，把她拉回去，但是人群在他们身后聚拢，挡住了他们伸出去抓她的手。卡拉往前走了一步，再一次，人群给她让出一条路。她又迈了一步，仿佛她下过命令一样，那些人的手开始在她身上轻轻地拍打；拍得如此之轻，标记出她的身体和空地之间的边界。

第九章 | 家具看上去很熟悉
The Furniture Is Familiar

　　我回来了。一百零一年以后。我的房间现在闻起来像是属于另一栋房子，用着另一个家庭的油和肥皂。难道我以前闻起来就是这个味道吗？只有"夫人"散发的蜥蜴特有的臭味闻起来还算熟悉。我敲了敲玻璃养育箱，跟它打了个招呼。"夫人"现在正躲在树枝后面，而在我敲击玻璃的时候，它摆了一下头，让我待在它的外围视野。

　　我的卧室墙上现在布满了海岸线上的藻花图案，海岸上荧光闪闪又满是浮渣。我几个月前回家过寒假时把墙纸换成这样的。那时我刚刚完成一个海洋学的课程，人类的洗澡水也被污染了，大家都对此佯装不知，我正因为这个愤慨不已。这些藻花墙纸很丑，但很诚实。我敢打赌我妈自寒假以来就无时无刻不想帮我换掉墙纸。当然了，她原本也可以把我的卧室门关上，图个眼不见心不烦，但是她狠不下那个心。当妈的就是这样。她必须得让我的卧室门至少开着一条缝。

那些藻花在水面上起起伏伏，周围浮着小小的泡沫。从学校回到家里过夏天就好像要在一个你下午才初次拜访的朋友家里过夜。这些家具看上去很熟悉，但灯光就是感觉不对劲。

我妈敲了敲门框。我不知道她站在那里看了我多久，但是她又能看到什么呢？她站在那儿，看着我站在这儿望着墙壁？

"你晚饭想吃什么？"她勇敢地笑着说，"你宿舍餐厅的那些厨娘把她们最好的食谱都传授给我了——金枪鱼砂锅面、鸡肉卷、神秘肉。"

这个笑话很不好笑。关于食物的话题仍然很尴尬，虽然我们俩都希望不是如此，那也正是我们会尴尬的原因——所有那些希望。

"星期二是墨西哥卷饼之夜。"我说。

"卷饼星期二？"

"头韵①让它更美味。"

她笑了，这次是真的。那好吧，我对此感到欣慰。

"但生菜得是软的，"我接着说，"她们有没有教你怎么把生菜弄软？"

我妈没有丝毫的停顿："她们把所有的技巧都教给我了。"

---

① 英文中"星期二"（Tuesday）和"墨西哥卷饼"（Taco）的首字母都是T。

这时，我的手机响了。我不想在我妈面前看手机，但是我等不了。于是我把手机从口袋里掏出来，打开，看了一眼。是的，没错，是萨芙发来的信息。一张我辨识不出的照片。是一卷布料，还是一块木头？

在我查看手机的时候，我妈有意看向我身后，因为手机也算是某种隐私，我猜？"真糟糕。"她叹气道。

我过了几秒钟才反应过来，她说的是那些藻花。她伸手去摸了摸墙壁，墙纸在她手指的触碰下闪闪发光，使那些藻花看起来就像在水里浮浮沉沉。

这样摸墙纸对墙壁不太好，但是我懒得告诉她。她知道。

"科学家们设计了一种鳗鱼来吃掉过剩的藻类。"我说。这是我从那门海洋学课上学到的知识。

"那管用吗？"

"可能管点用吧？这种鳗鱼会吃藻类，也吃几种鱼类。"

"可怜的鱼。"

"嘿，那就是信任鳗鱼的代价……"

她挑起眉毛，露出疑问的神情。

"每个人都知道它们很滑头。"我说。

我妈又笑了。而我又一次为此感到欣慰。但我主要还是希望她离开我的房间，好让我安安静静地看一会儿手机。

*

她终于出门去商店了，去买墨西哥卷饼的原材料。家宅管理系统宣布她已经出门后，我又把手机拿了出来，研究起萨芙发给我的那张照片。我还把它投影到了天花板上放大来看，以便认出到底是什么。

现在我很确定这是一张她肘内侧的照片。你知道的，就是手臂内侧弯折处那一小块起皱的地方。不过我也很难确定——这张照片拍摄的距离很近，光线又很暗，萨芙的皮肤本来就黑——但我认为这就是那个部位。萨芙的手肘内侧。

好吧，我猜我应该补充说明的是，我只是认为发送这些照片给我的人是萨芙。它们来自一个未知的电话号码。我第一次收到这个号码发来的照片是在一月中旬，在此一周前我和萨芙决定：鉴于我们会去不同的城市，在不同的大学里过不同的生活，也许我们不应该继续交往。不应该再说话或写信……然后我就收到了一张照片。

第一张照片拍的是某个嘈杂的地方，角度很低，接近地面，只拍到模糊一团的各种腿和鞋子，每个人都在快速行走。我想，那也许是个火车站。几天之后，我又收到一张照片，再过几天又一张，然后就一直持续到今天。一段时间之后，我也开始向那个号码发送一些我拍的照片。

因为我和萨芙之间有"不说话，不写信"的协定，我也不能去问萨芙这些照片是不是她发的。另外，这个夏天她会和她的新男友一起住在埃文斯顿。或者这是她告诉埃莉，埃莉告诉乔赛亚，乔赛亚又告诉我的。也许那张手肘的照片就是新男友帮她拍的。

我拍了一张墙上的藻花的照片，给那个未知号码发了过去。

我还没来得及把手机放下，它又响了。（我的铃声有："报死虫"

和"灭绝2029"。）这一次，发来信息的人不是萨芙，而是我的舍友梓豪。好吧，严格来说应该算是前舍友，因为上个学年已经结束了，而我们现在住在不同的宿舍里。梓豪此刻在机场。他想让我知道他现在很累，而排队买咖啡的人很多。信息是他用表情符号发过来的，因为那是他最爱的语言。他声称表情符号是一种比文字更高级的交流形式，但我怀疑梓豪喜欢表情符号的真正原因是他喜欢看那些扭动跳跃的图案。毕竟他自己就总是在动来动去。

如果我在排队买咖啡的时候睡着了，排在我前面的人会不会把我抬起来放到最前面去？梓豪发来短信说。事实上这个想法倒是需要一些文字说明，所以这条短信只有一半是表情符号。

我对他说，不会，排在前面的人只会把一大把吸管接成一根长吸管，然后把这根长吸管的一端放在柜台后面的咖啡壶里，再把另一端放进他嘴里。

美式聪明！他回复。这是我教他的，在这里遇到他不理解的做法时就这样说。

我笑了笑，把手机扔到了床上。就在它落下的时候，短信提醒又响了一次，仿佛在抗议。

还是梓豪发来的：我的老天爷啊！我真希望我这趟旅行顺利。

梓豪在拐弯抹角地引我说出来。他喜欢说，如果我教他如何做美国人，他就教我如何做人。

我翻了个白眼，回复他说：我也希望你旅途顺利，梓豪。

*

事实上，我妈已经找到了一种把生菜弄软的方法。我觉得她可能是把它们放在炉子里烤软的。当她把那一碗绿油油的生菜放到我面前时，我惊讶地扬起了眉毛。通常我妈不会把玩笑话太当回事，但我爸就会极尽滑稽之能事，有时还会非常离谱。当我大声说出来的时候，我妈看上去十分恼怒。

"我和你爸都三天没说过话了。"她生硬地说。

"我又没说是他告诉你要把生菜弄软的，我说的是这像他会做的事情。"

我妈正忙着把一个墨西哥卷饼卷起来。"对了，他今天晚上会来这里吃晚饭。"

"这顿晚餐吗？你是说今晚？"

"是啊，有什么不对吗？"

"呃，可我们现在已经开吃了啊。"

我妈耸了耸肩，说："我跟他说的是七点。"

"家宅管理系统，"我叫了起来，"现在几点了？"

"晚上七点三分。"家宅管理系统报告说。

我看了我妈一眼，但是她没有看我，因为她的注意力全在那个卷饼上。她在仔细摆放每一片生菜和奶酪，就跟她摆弄她那些模型一样。我妈就和我的卧室一样，看上去熟悉但又有点可笑。

"你爸最近比往常更不靠谱。不过，"她又喃喃地补充说，"他倒一直会过来。"说完，她朝我偷偷瞄了一眼。发现我也在看着她时，她说："对不起，我又自言自语了。"

这话的意思是她忘记我也在这儿。好吧。可以理解。毕竟我之前不在家。

"你爸可以随时过来探望。"她说。

"是的，我知道。"

"我们仍然是朋友。"

"嗯，嗯。"

我咬了一口卷饼，看见我妈的肩膀因为我在吃东西而松弛了一英寸，仿佛她的肩膀和我的下巴连在一个铰链上似的。我觉得她甚至都没有意识到自己做了这么个动作。对此我当然感到内疚，但我心里也有一个小小的声音在怒吼：别管我了！

"他给你打过电话吗？"我妈问道，"你知道的，我是说你还在学校的时候？"

"有时候会打。"

"我可没叫他打。"她咬了一口她那完美的卷饼，卷饼裂开来，掉在盘子上，"我的意思是，我没有提醒他给你打电话。如果他打过电话，那就是因为他自己想打。"

"我也是这么想的。"

我妈忙不迭地摆弄着她那块已经散架的卷饼，两手一会儿这样弄，一会儿那样弄，试图找出一种最好的拯救方案。"嗯，那瓦莱里娅给你打过电话吗？"

"瓦莱里娅给我打电话？没有。"

"我还以为她可能会打呢。"

"呃，为什么？"

"看看你大学第一学年过得怎么样，"说完，她意味深长地看着我，"毕竟她是你的继母。"

"也许吧。"我说。但是我从未把瓦莱里娅当成我的继母。甚至在我跟别人说什么事情提到瓦莱里娅的时候，我也不会说她是我的继母，而只是称她为"瓦莱里娅"。我当然会想念她了，但是坦白说，当我爸告诉我她要离开的时候，这个消息像一阵很快消失的悸动，造成的情绪波动就像用榔头敲到拇指上的感觉。我猜那是因为我从来都没指望过她会一直留在我们身边。

"她曾经是你的继母，"我妈重复道，"她甚至都没有跟你告别。"

我去上大学后，我妈每隔三天就会给我打一次电话。这个频率是你能承受的最高限度，也是她能承受的最低限度。萨芙这样总结道（当然是在她和我停止说话之前）。我妈的来电倒是会让梓豪很高兴。如果她打来电话时我在厕所或者楼下大厅，梓豪就会帮我接电话。有一次，我回到宿舍，发现我的手机被斜放在梓豪的桌上，这样他就能向我妈展示他的脚上功夫。梓豪的脚在斑驳的地砖上弄出吱吱声，足球则在他的两脚之间跳动，像一颗疯狂运转的行星。我妈呈现在手机屏幕上的脸上挂着一副喜悦之色。我觉得她说不定还在鼓掌。

学校里的大多数同学都以为梓豪不过又是一个家里有钱的留学生，被父母逼着来美国拿一个商科学位，但事实上，他是靠足球奖学金来到这儿的。梓豪管那个奖学金叫"球钱"。他球踢得真好。反正还有球队签他什么的。梓豪把头发留长，足够在脑后扎一个粗短的马尾，这样他比赛的时候头发就不会进入眼睛里。他的腿就像被人用木头雕刻出的一般，像一把弓或大提琴，自有一种运动中的形态美。

"我妈觉得你是一个不错的小伙子。"有一次我对梓豪说。

"我也觉得她是一个很好的妈妈。"梓豪回答。当时我们在熄了灯的双人宿舍里。过了一会儿，梓豪又问："她真的那样说我？"

"我为什么要撒谎？"

"好吧。所以她是真的喜欢我这个人喽？"

"当然。为何你会在意这个？"

"为何我会在意你妈妈是否喜欢我？"梓豪重复了一遍我的问题，仿佛这个问题本身就是答案。

我妈这时终于把她那支离破碎的卷饼凑到一起，又咬了一口。

"梓豪的行李收拾得怎么样？"她说，仿佛会读心术。

"他现在人在机场，正在排队买咖啡。"

只不过他并没有。起码现在已经不在了。现在，梓豪应该在飞机上，从我们头上的某个地方飞过，他一定还会在座位里动个不停，让旁边的乘客大为光火。但是我仍然想象着他在咖啡店排队等着买咖啡的样子：一边打哈欠，一边假装自己在踢着一个看不见的足球，还拿出手机来发短信，告诉我这一切。

*

事实证明，我妈不等我爸来吃晚饭是对的，因为他完整地错过了晚饭时间。事实上，当他终于到我们家的时候，我已经洗漱好，换上睡衣，回到我的房间里了。家宅管理系统没有通知我爸的到来；我只听到他的声音突然在客厅里响起："他，又回来啦！"只是我不知道他是指我还是他自己。

当我用手肘撑起身体，强迫自己睁开眼睛时，我爸已经靠在门框上，头和肩膀探进房间，身体的其他部分还在走廊里。瓦莱里娅管我爸叫"友好的灯柱"。好吧，她曾经这么叫他。

"你已经睡了？"他说。

我朝他眨了眨眼，说："太累了。今天收拾了很多东西。"

"收拾起我所有的忧虑和哀愁。"他轻声唱了起来。

说老实话，我最近一直在回避我爸。我故意不接他的电话，只回他一些图片或表情包。我刻意让语气显得很轻松随意，例如，"嘿，老头！"和"哈哈哈"，跟他表现得一样。是的，我因瓦莱里娅离开他而替他感到遗憾，但是要为他感到彻底的难过还是有些困难，毕竟是他先离开我和我妈。

"你是真的累瘫了，是吗？"他抬起头，打量着我。

我很确定他知道我在回避他，但是他不会戳穿我，也不会像我妈那样焦虑或者暗示什么。他只会扬起头，嘴巴一歪，既不是微笑，也不是皱眉，耐心等着我做出回应。有时候我真搞不清楚，他到底是在给我空间，还是只是没那么在乎我。

"收拾了太多东西，"我说，"我今晚做梦都会梦到搬箱子。"

我爸笑了。

"那我就不打扰你做搬箱子的梦了。"

然而我的手机阻止了他的离开：黑漆漆的房间里闪出一道光，仿佛有人突然给我俩拍了张照。我又收到一张萨芙发来的照片。光线从一片波光粼粼的水面上反射过来——是一个池塘，一座喷泉，还是一个水坑？从照片上的水和光线看来，这是在地下。难道她是在地下拍的吗？

"是萨芙发来的。"我不假思索地说。

然后，仍然不假思索，我把这张照片投影出来给我爸看。

他往前走了几步，眼镜里反射出照片里的景物。"啊哈，"他说，"构图很有趣。"

看见吗？这就是我爸的反应。当你告诉他，你的前女友刚给你发了一张可能是在地下拍的神秘照片时，他的回答就是：构图很有趣。

"也许她参加了摄影兴趣班。"我喃喃道。

"告诉她，她的眼光很好。"

"我什么都不能告诉她。我们不再说话了。"

我爸又把头歪了几度，但是什么话也没有说。不过要说句完全公平的话，对这事他也的确没什么好说的。

你杀死了这场谈话，梓豪喜欢这样对我说。你掐死了它。你用枪打死了它。你用斧头砍死了它。

我爸退步回到走廊里。"很高兴你回来了。"他说。我没有向他指出，这里已经不再是他的家了。这里甚至也不是我的家。

*

第二天一早，我去爬山了。山上的草丛没有修剪过，在我的小腿肚上不停地摩挲，我每走几步，一群小黄鸟就会从草丛里呼啦一下飞出来。我爬得越高，山体越陡，不得不抓住松树那蜂巢状的树皮才能上去。过了一会儿，草越来越稀，最后变成了一片片亮晶晶的沙地，在我脚下移动。接着，沙地又变成了厚厚的、松软的雪地，我的脚陷进去，一切声音都消失了。到了山顶后，那里既没有草，也没有沙和雪，有的只是裸露的岩石，光滑而灰亮，仿佛有人把整个山顶放进一个岩石打磨器里磨过。在山顶的一角有一把塑料椅子，就像在某个小镇的餐厅里可能会看见的那种。我坐了上去，整个人陷在里面，因为这一路爬上来而气喘吁吁。

当有一双手落在我的肩膀上时，即便我没有预见它们的到来，我也没有因畏惧而退缩。我感觉不到这双手的存在，只是能看见它们，用我眼角的余光。不过当手指在我的肩胛骨上跳跃时，我能想象出它们的重量。我回过头，看见梓豪的游戏化身在默默地对着我笑。

我和梓豪花费了很多时间在我们的游戏化身上。我们甚至还互相给对方做了最终的形象调整，因为有理论称其他人看你比你看自己更精准。而这样做的结果就是，梓豪的游戏化身简直就是他的分身，如果你忽略那两只狐狸耳朵和他坚持让我加上的金色眼睛的话。而我的呢？梓豪让我的游戏化身比我的真身帅了百分之二十三，虽然他发誓他没有这样做。

我就站在那儿，转过头，和梓豪的游戏化身面对面地站着。梓豪抬起手，在我的脸颊上捏了一下，只不过我还是感觉不到。

"我一路追着你来到这儿的，"他说，"你刚才没听到我叫你的名字吗？"

"没有。抱歉。我一定比你早出发了很久。"的确。不然的话，梓豪随时都可以追上我。

事实上，我们的确随时——或者说每一天都会爬山。这是从今年十月开始的。当时梓豪的教练让他每天通过爬山来提高体能，但是梓豪不好意思自己一个人用VR做爬山训练，戴着面罩在宿舍中间迈大步。于是他死乞白赖——比平日里更加死乞白赖，央求我、让我内疚、贿赂我，直到我终于同意和他一起爬山。真是典型的梓豪做派。我警告过他，说我爬不到山顶，事实确实如此。最开始的几次，我勉强爬到长着树木的地方就不行了，开始大喘气。到了第二周，我勉强爬到了沙地。在我终于爬到雪地的那个上午，我和梓豪大声地叫着，朝对方踢起一团一团的雪，虽然那些雪既没有温度，也不会融化。

也就是在那天，我意识到一件关于爬山的重要的事情，虽然我没有把这事告诉梓豪：要爬到山顶，我就需要能量。我必须得吃东西。

每个人——我妈、萨芙、乔赛亚，所有人——都担心我去上大学后病情会出现反复。嘿，连我自己都是这么想的。我也很担心，因为所有的资料都说那是很有可能发生的事情。要警惕。避免一切诱发病情的因素。不要做出任何诱导行为。该死，说不定萨芙没有一毕业就马上和我分手就是因为这个。其实在大学最开始的那几周，我感觉还好。学校宿舍提供的食物清淡、柔软，不会让人不舒服。但是后来，慢慢地，我又开始给自己定规矩了：只吃蔬菜；每咽下一口食物之前要嚼二十下；每吃一口食物之前要喝一口水，等等。我知道，我上一次不吃东西也是这么开始的：先是一些小的规矩，然后演变成大的规矩，例如，晚餐之前不吃任何东西，每天只摄入五百卡路里，每两天摄入五百卡路里。

可随后，梓豪就说服我和他一起做爬山练习。

"你真的没听到我叫你吗？"

此刻我已经爬到了山顶。梓豪还在我耳边说着他在后面追我的事。

"我喊了半天'瑞特！瑞特！你干吗不理我？'"

梓豪是中国人，这件事有一个好处，就是他没听说过瑞特·巴特勒[①]和《飘》，这一点跟我认识的其他人都不一样。直到几个星期前，来我们宿舍的一个女孩告诉他，他才知道有这回事。

"我想告诉你，"我说，"我现在正冲你翻白眼。"

---

① 英文名著《飘》（*Gone with the Wind*）的男主角瑞特·巴特勒的英文原名为 Rhett Butler，和本书中的瑞特同名。

"而我正对你露出一个大大的微笑。"梓豪回答。他的嘴并没有从他那狐狸般的假笑脸上咧开，金色的眼睛也正如程序设计的那样，每隔几秒就眨巴一下。梓豪又碰了碰我的肩膀。我几乎能感受到他的触碰了。"你回家以后见过你的朋友们吗？"

"没有。昨天的晚饭我是和家里人一起吃的。好吧，是和一个家人。我爸没赶上。事实上，我妈和我爸有点怪怪的。"当这话从我嘴巴里说出来的时候，我才意识到这是真的。

"你今天会去见你的朋友吗？"

"嘿，梓豪？我们是用耳朵听别人说话的，又大又圆的耳朵！"

每当梓豪觉得我没有用心听他说话时，他就会对我说这句话。这是他从一部儿童剧里听来的台词，而当他看这部剧的时候，我正在上我的早课。但梓豪没有意识到的是，我对他说的话一直是用心听的。

"还有，不，我今天不会去见萨芙。我告诉过你，她现在在伊利诺伊州。"我说。不过我没有提起萨芙发给我的那些照片。

"伊利诺伊州离这儿有多远来着？"

"我的老天爷，你是怎么考进大学的？你的足球一定踢得非常好吧。"

"别这样，我知道它在美国中部的某个地方。"他的手从我的肩膀上滑了下去，然后拍了拍我的胸口。"我的意思是：那里比北京距离你那儿近多了。"

我往后退了一步。在我现实中的房间里，我已经靠近床沿，但是在

VR游戏里的山上，我正站在一处悬崖边，只不过我不能跳下去或掉下去。梓豪的手此刻还指着我的胸口。

"我得走了。"我说。

"哈，嚯，哇！"梓豪回答说，假装用愉快的语气，"我到这山上来和你相会还真酷啊！"

我在面罩后面笑了："哈。嚯。哇。你到这山上来和我相会还真是有点酷呢，梓豪。"

"好吧，你可以走了，希望你上午过得愉快，瑞特。"

"好的，你也是。"我说，而直到我摘下了面罩，那座山和梓豪也随之消失后，我才意识到梓豪现在所在地的时间不是上午。我向家宅管理系统询问了一下北京当地的时间，原来此刻那里是半夜。

*

我发现我妈端着一碗麦片在客厅里。又一个诡异之处。她以前经常说在沙发上吃东西是很邋遢的行为。虽然她允许我这么做（我即便是在淋浴间吃饭她也会允许的），但我从未见过她自己这么做。她把那碗麦片小心放在腿上，另一只手放在她身旁的机器上。

"你今天在家里工作吗？"我朝她放在机器上的那只手示意了一下。

"不，不在。"她把那只手缩了回去，放在腿上，"只是起来晚了。你昨晚睡得好吗？"

"跟睡在小时候的床上似的。"

我妈露出一个短暂的笑容，右唇齿间飞快一闪，在她苍白的脸上看起来几乎是一副惊讶之色。

"你呢，昨晚睡得怎么样？"我说。我才不会告诉她，她看起来很疲惫。

虽然她看起来的确很疲惫。

"当然睡得好了，不然还会怎样？"

"噩梦缠身，满身大汗地醒来？"

"别说了！我睡得还行。"说完，她仰起头，"是你爸把你吵醒的吗？我让他踮起脚尖走路，但是你知道他有多喜欢用脚后跟重重地走路。"

"我是被闹钟吵醒的。我爸昨天在这里过夜了吗？"

"没有。没有。"我妈低头看向了她放在机器上的那只手，"他跟你道过晚安后就走了。"说完，她把那只手放到了胸口，"很快就走了。"

"你还在生他的气吗？"

"当然没有了。"她一边说，一边挪了挪膝盖，导致她那碗麦片差点洒出来。她及时扶住了。

我眯起眼睛，说："你看起来好像还在生他的气。"

我妈顿了顿："你爸现在已经没有让我生气的能力了。人们总是说什么婚姻'成功'，好吧，当你过了怨怼期，你的离婚才算'成功'。"

"过了怨怼期。"我重复道。

我妈笑了。"卷饼星期二。"

"头韵让它更美味。"

我妈去上班之后，我查看了一下走廊里的家宅管理系统。我翻看出入记录，发现我爸是今天早上才从这里离开的，只比我醒来的时间早一个小时。

*

接下来的整个上午，我都在查看这栋我住了大半生的房子，一会儿走到某个房间的正中央缓缓地转圈；一会儿又猜那些橱柜和抽屉里都有什么，再打开，看看我猜得对不对。

自我离家去上大学后，我妈又做了几个新的模型。我把它们都拿出来放在咖啡桌上：一种什么鸟，一种什么鼬鼠，一种什么海葵。还有一个我认识，那是一只报死虫，我的手机铃声就是这个。

*

我还没有告诉我妈我想主修环境科学的决定。我也没有告诉她我和梓豪的事。梓豪总说我是个胆小鬼①（他经常会发一只鸡的表情给我——就是一只普通的鸡），但不是因为我害怕，起码不怕我妈的反应。当我告诉梓豪我妈有多喜欢他的时候，我并不是在开玩笑。这很难解释。只是那个在大学里和梓豪在一起的我和现在这个（重新）住在家里的我不是同一个人。

我给那只报死虫模型拍了一张照片，发给了萨芙。几乎立即收到

---

① 此处英文原文为"chicken"，"鸡"的意思。

回复。

萨芙给我发的照片是一面白色的砖墙，上面有一个不太像心脏的涂鸦，但是涂鸦中间的颜料有点脱落了。

这一次，我认出了这幅照片。

那个涂鸦，那个不太像的心脏的涂鸦，就在我们街区尽头拐角处的便利店的墙上，我和我妈还经常去那里买一些我妈称作"被我们遗忘的小东西"，也就是那些突然用光的生活必需品，比如灯泡、电池、肥皂。我和萨芙经常去那里买她爱吃的零食，而且有时候，买完出店的路上，萨芙还会停下来用手指去勾画那个不太像心脏的涂鸦的轮廓。

难道她现在就在那儿吗？我走到窗户边，但即便我把脸贴在玻璃上也不能望见那个便利店。

我穿上了鞋子。

*

萨芙没在那个便利店外面。便利店外面根本就没有人。我把萨芙发来的照片投影到旁边那堵墙上。是吻合的。我的心脏就像一阵报死虫铃声那样怦怦地跳个不停。便利店的收银员从柜台后面探出头来瞄我。他是新来的。我不认识他，他也不认识我，显然他不喜欢我站在便利店外面。

我也对着那个不太像心脏的涂鸦拍了一张照片，努力让它和萨芙发来的那张一致，把它发了回去。正当我告诉自己她不会再回复的时候，我的手机在手中响了起来。

你在那儿。

我盯着这条短信，等着这些文字组合成另一幅图案。

然后，我打字的时候手指在颤抖：你在哪儿？

"嘿！"收银员从便利店里叫道，"嘿，那个谁！"

回复来了：不在那儿。

"你在那儿干吗？"收银员大声说。

"没干吗，我只是想拍个照。"我举起手机，仿佛在向他展示我拍的照片。

收银员从柜台后面走了出来："你不能在这里拍照。"

我点了点头——好的，好的——然后举起双手，往后退了几步，转身往家的方向走。可是当我走到我们住的那栋楼时，还在继续走。我也不知道是为什么。我现在不能忍受自己上楼，不能忍受我妈的那些动物模型，不能忍受我卧室墙上那些漂浮的藻花图案，还有洗手间瓷砖上那些好些年前就在那儿一成不变的肥皂印。现在，在距离我两个街区的地方有一趟公交车。我登上了28路公交，它会带我去我爸的住处。自他搬到那儿以后，我只去过一次，但是我现在别无选择。

在坐公交车的一路上，我都在不停地拍着照片：公交车被刮花的玻璃，司机那发际线后退的后脑勺，粘在我座位旁边的一块被嚼过的口香糖……我把它们一张接一张地发给了那个未知的号码——五张、十张、几十张——多到就像一部电影里的画面帧数，多到你可以用它们来追踪我的行踪。

我爸的公寓位于他那栋楼的第三层，我却坐着电梯来到了五楼，也就是顶楼。我拍了一张标示五楼的按钮和按钮光圈的照片，发送出去。

这栋楼的楼顶是一个水泥平台，上面点缀着工业电扇和齐腰高的石围。平台上的园艺盒里栽的都是仙人掌，这或许是某个人想出来的带有玩笑意味的点子，又或许是一种遵从本市"绿色屋顶"规定的简单的方法。我挑了一株看起来恶狠狠的仙人掌，凑近拍了一张刺的特写，然后坐在房顶的边缘——不是石围的边缘，而是地上的水泥肩上，这样就可以靠在围墙上。

我努力回忆着萨芙。我将关于她的记忆变成一张一张静态的图片——这里一张，那里一张。曾经她对我来说是如此重要，而现在她却不在了。或许我们认识彼此的时间理应那么长。我终究没有把那张仙人掌刺的照片发送出去。我不再感觉到刺痛了，也没有感觉到悲伤。更多的是空虚，就像一股风正从我的肉身中间吹过，拂过我的躯壳。

我的手机响了。可怜的萨芙。我说不定给她发了上百张照片了。她一定认为我疯了。我强迫自己打开了那条短信。

很抱歉我没有跟你说再见。

我对着这句话眨巴着眼睛。

可是萨芙跟我道别了。她的确说过再见。我们俩互相都道过再见了，那还是在今年一月的时候。

我那个时候必须要从你们身边离开。

我知道你会理解我的。

手机屏幕又开始闪了，意味着我又将收到一条短信。我盯着它，静静地等着。

我不想让你认为我已经忘记你了。

或是不在乎你的感受。

这时，我忽然懂了。

是瓦莱里娅吗？我几乎要对着手机说了，但没有说出口。我不想让她知道我把她当成了其他人。

没关系，我说，我很好，谢谢你发来的照片。

不客气。

再见。我说。

再见。

过了一会儿，我往后退了几步，又拍了一张这座城市的照片：其他的屋顶，更高的建筑，一片片比我们打理得更好的花园，还有天际线——今天竟然奇迹般地没有起雾。

"瑞特？"

我转过身，发现我爸正站在屋顶的大门口。

"家宅管理系统说你在我们大堂，我刚才找不到你。"

"哦。我以为你还没回家呢，我就上这儿来了。"

"还好我找到你了！"他指了指我。我爸总是这样。比起担心这当中隐藏的秘密，他总是更乐于找到解决方案。"你想下楼去吗？去我那儿待一会儿？"说着，他手指又指向楼下。

我试着想象了一下他和我妈又在一起的画面。当我还是一个小孩的时候，我多么渴望这一幕出现。非常渴望。事实上，即便到了现在，每当有人说起渴望什么东西，我都会想起那个十三岁的自己：住在那个我妈和我刚刚搬进去的公寓里；如果把灯关了，我还能勉强假装那是我原来的卧室，只不过即便在黑暗当中，我也能感觉出床挨着的是另一面墙，家具也不在它们本本应该在的地方；而就在这样一个地方，我会渴望——渴望到小声念叨出来——每个事物都回到它们原来的样子。而假如我的父母现在复合，在我已经长大离家以后，那不是很好笑吗？

"让我来猜一下，"我爸说，"你脸上的表情是在说：好的，没错，爸，听上去像一个有趣的午后。"

我看着他。忽然间，我不再怨恨他了。

"好的，没错，爸，听上去像一个有趣的午后。"

显然这话让我爸很开心。

"稍等——让我先发条短信。"

"发给萨芙？"

"发给另外一个人。"

说完，我把那张拍到屋顶和天际线的照片发给了瓦莱里娅。

*

现在是旧金山时间晚上七点四十二分，意味着北京时间是第二天早

272

上十点四十二分。我的卧室窗外暮色正暗下来，但在我的VR山顶上，那里永远都是上午。我在山顶那把塑料椅子上已经坐了好一会儿，站了起来，走到山路的尽头，俯视着山腰。就在雪地和沙地的那一头，有一个身影刚刚从树林里冒出来。很快他就会抬起头，看见我在这里，一个这条路尽头的小小身影。很快，他就会到这里来和我相会。

第十章 | **跟那台机器说晚安**
Tell the Machine Goodnight

　　珀尔无法确定她是从什么时候开始和她的机器说话的。应该是在过去几年里的某个时候，在瑞特去上大学而她再次孤身一人之后。再次？不，过去这一年是她人生第一次独自生活。她在父母和姐姐们的陪伴下长大，大学时和室友分睡上下铺，毕业后就直接和艾略特同居了。艾略特离开时，还有瑞特。等瑞特离开，终于只有她了，只有珀尔了。刚开始，她对机器喃喃自语——你去哪儿了？你能不能快点？你这个蠢东西！——不知怎的，这些短句渐渐变成了完整的句子，变成了对话，变成了袒露心声。现在，珀尔每天晚上回家之后都要把她的机器从箱子里拿出来，放在餐桌上，然后一边准备晚饭一边和它说话。

　　"这股大蒜味之后两天都会留在我身上，"珀尔会在剁大蒜的时候停下来，闻一闻手指，"我也不知道。我好像又有点喜欢这个味道。"

在她做好并吃过晚饭以后，她会把这台机器放在沙发垫上紧挨着自己的地方，一起打发时间，直到她上床睡觉。对面的墙上放着电影，珀尔喝了一杯啤酒，酒意逐渐上来。"哎呀！"她会一边朝屏幕上的女演员做着手势，一边喊道。大家都在讨论这个人将成为下一个卡拉·帕克斯。"她会去的，不是吗？她会去把那扇门打开。她会的。你等着瞧吧。"

到了一天真正结束的时候，如果珀尔乐意的话，她还会把那台机器放在床头柜上，这样她在床上一转头就能看到它，昏暗灯光下一个光亮的长方体。不过倒还没有到跟它说晚安的程度。

鉴于现在瑞特又回家来过暑假了，珀尔特别叮嘱自己不要再和那台机器说话了，起码不要说出声来。毕竟，她还不是个神经兮兮的人。她只会在心里默默和它说话，就像现在，珀尔去酒吧见那个跟她约会的男人，那台机器被安放在盒子里，随着珀尔走动的步伐摩擦着她的髋部，仿佛也在对他们交谈的内容频频点头。我只喝一杯，珀尔向她的机器保证说。不论好不好喝。只喝一杯，然后就说再见。

现在珀尔即便想在酒吧逗留也不能了，因为她在外面待到很晚的话，瑞特就会注意到。这个念头让珀尔又是喜悦又是失落。她很高兴瑞特又回家来住了，但是还有一小部分的她会怀念她那孤身一人的生活。

不是"孤身一人"，那台机器说，也不是"孤独"。是"单独"。你单独的生活。

那台机器也没有说出声。虽然卡特已经尽了最大的努力，冬日暖阳公司的机器仍然没有声音。那个让卡拉·帕克斯给它配音的计划流产了，因为卡拉在最后关头拒绝跟他们签署协议。当然，他们还请了珀尔出面去劝说她。在那之前的几天，珀尔见过这个女孩被一群人包围的情景，人多到他们不得不派出冬日暖阳公司的保安来帮她解围。卡拉安然无恙地从人堆里挤出来，似乎还带上了某种新的使命。

昨天，那个女孩在冬日暖阳公司的大堂里走向珀尔时，珀尔还没有认出她来。她用她那著名的沙哑嗓音叫出珀尔的名字后，珀尔才仔细看了看，看到那剪短了的头发、白皙的额头和睫毛。

"卡拉？"她脱口而出，女孩竖起一根手指放在嘴唇上，露出一个"你知我知"的微笑。

"我不再是卡拉了。我要取一个新名字。"她朝周围那些步履不停、目不斜视地从她们身边经过的人瞄了一眼，"我比较中意'格特'。"

珀尔惊诧不已。卡拉不仅改变了发型和妆容，她的体态，甚至她脸上的骨骼看起来也不一样了。

"我要离开这一行了。"卡拉轻松地说。

"是吗？那玛丽里——"

"她也同意。这就是她的主意。"

"那你今后打算——"

"打算做什么？先去旅行一阵，和一个朋友一起。"

"那天的情况太吓人了。"珀尔说着把手搭在卡拉的手臂上，"你要退出我真替你高兴。"

"哦，我才不是要退出呢！"卡拉被珀尔的天真给逗笑了，鼻子也皱了起来，"我只是要消失一年，为复出制造一些话题。"说完，她把珀尔的手从她手臂上拿了下来，将珀尔的手掌压到自己嘴唇上，飞快地亲了一下，然后便默默汇入周围的人流。走了几步之后，她又转过身来，冲着大堂另一头的珀尔大声说："抱歉，我不能成为你们的机器。"

现在，当那台机器又和珀尔说话的时候，珀尔不确定它用的到底是谁的声音，但肯定不是卡拉的。

你单独的生活。那台机器重复道。

她单独的生活。没错。那她今晚干吗要去和一个男人约会呢？

因为艾略特。机器替她回答。

没错。她安排这次约会就是因为艾略特。

即便那家酒吧里满是下班以后来喝一杯的人，珀尔也一眼就看见了那个人，她的约会对象：他坐在后面角落里的一张桌子旁边，脸朝着门口。脚边放着一辆折叠自行车，就像一条狗趴在那里。他的发际线正往后面退去，但脸上那些皱纹看着还正常，是笑纹，不是愁眉苦脸造成的。

机器向珀尔提示了一下这个男人的名字：梅森。

当她走到桌旁时，梅森站了起来。这是礼貌的表现吗？他站起身来？

是的，机器回答道，在这个过分拥挤、毫无激情的世界，任何体现出"一个人认出了另一个人"的姿态，不论多么细微，那都是一种非常有礼貌的表现。

可是假如他要来帮我拉开椅子，珀尔想，那就太过分了。

帮你拉开椅子的确会让人觉得有点惺惺作态，机器表示赞同。

梅森没有帮珀尔拉开椅子，只是握了握她伸过来的手，然后问是否可以为她点一杯饮料。

"伏特加马提尼，"珀尔告诉他说，"加一勺橄榄汁。"

"加一勺橄榄汁。"梅森重复了一遍，然后消失在人群里。

事实上，在酒吧里点这款酒的时候，要求"加一勺橄榄汁"应该说的行话是"来脏的"，但是珀尔不想在她这么多年来第一次约会说出的第一句话里带上"脏"这个词。

三年，机器说，距离你上次约会已经有三年了。确切地说，是三年五个月。

三年五个月之前，珀尔和戴维约会过一阵，但那也非常短暂。离过婚的戴维。牙科医生戴维。好公民戴维，每个月会用一个周末来支持某项公益活动的戴维。珀尔曾经对戴维的利他主义非常熟悉，而重点在于"非常"。在他们做爱的时候，戴维喜欢穿一件他去参加某个志愿者活动时领到的感恩T恤，例如，他会上半身穿着"为无家可归的年轻人募捐食物"，下半身光着；上半身穿着"皮肤癌乐趣跑"，下半身光着。以至于到后来，珀尔开始觉得他们上床是不是也算"慈善床上运动"。反正总归算不上是因为爱情。

你上周才约会过，那台机器狡黠地说，如果把艾略特也算进来的话。

不，珀尔才没有把艾略特算进来。她也不认为那几天晚上是约会。艾略特根本不知道珀尔会来这家酒吧，也不知道她已经在火花交友网上创建了档案；虽然那个应用程序告诉她整个过程会耗时三十至四十五分钟，但珀尔只用了十分钟就完成了，因为她想用匆忙来体现自己的漫不经心。关于最喜欢的电影，珀尔填的是她看的上一部电影，至于头像，珀尔用的就是工牌上的照片，有着诡异的日光灯光线和奇怪的刘海——可是谁在乎呢？反正珀尔不在乎。

"橄榄汁。"珀尔喃喃地说，就像在念咒语。

你知道吗，如果你默念"橄榄汁"这几个字，你的嘴形就像是在说"我爱你"？[1]机器说。

我们小时候经常那样做。珀尔回答说。

谁们小时候？反正不是我和你。我就没有过小时候。

我的意思是我和我们小区里的其他小孩。

你注意到人们多喜欢这样做吗？机器说，用"我们"来指代那些儿

---

[1] 英文中"橄榄汁"（olive juice）与"我爱你"（I love you）发音口形相近。

时的朋友，不会提到任何名字或其他参照物。

我没注意过，珀尔承认说，但是你说得对。人们的确喜欢这样做。

一个酒杯放在珀尔面前。

"伏特加马提尼，加一勺橄榄汁。"梅森一边说一边挤进了珀尔对面的座位，把脚抬起来放在他的自行车上，然后把手搭在自己凸出的肚子上。

"在我们还是小孩的时候，"珀尔告诉他，"我们会用嘴巴默念'橄榄汁'这几个字，当别人说'我也爱你'的时候，我们就会大笑，然后告诉他们，我们刚才说的不是'我爱你'，而是'橄榄汁'。"

梅森挑起眉毛，额头上的皱纹也跟着抬起来。"别跟我说我们第一次约会你就说出'橄榄汁'这几个字。"

这个人还蛮有幽默感的。机器观察道。

一小时以后，珀尔的决心动摇了，她留下来喝了第二杯酒，当然那台机器也陪着她一起，坐在梅森为它搭建的一个由空酒杯组成的舞台上，闪亮又清醒。珀尔之所以会把它从盒子里拿出来，是因为梅森想看一看它的真面目。

"我去算过命，还找过一个心理医生，"梅森用手挡住嘴巴的一侧，装作在窃窃私语，"不止一次。我的前妻请过一个室内设计师，他把我们房子里所有的灯泡都换了，据说那样可以消除我们的烦恼。"他用脚后跟敲了敲他的自行车，"我还坚持锻炼。为了快乐可没少折腾——"

"你要告诉我你从来没有做过我们的测试吧？"珀尔打断他说。

"没错。我就是想说这个。"

"然后你想问我能不能现在就让你做一次。可是我不能！我没带我的取样套装，并且，"她摸了摸那台机器的边缘，"他们会查看我的工作记录。"

"所以不能免费给人做，是吗？对生意不好。"

从严格意义上来说，这不是真的。珀尔可以现在给他做一个测试，她知道如何避开追踪软件。这很有诱惑力，因为她在此时此地就可以发现梅森最隐秘的欲望，不用等到多年以后，他为了一个粉红色头发、二十出头的年轻女人离开她后才知晓。和那个女人吹了之后，他又出现在她家门口，耷拉着脑袋，和他手里拿着的酒瓶一样沮丧。她还会给他开门！就像个傻子一样，她会让他进门！

"但是也许——"珀尔开口道。也许我可以破一次例。她本打算说。

这是个坏点子，那台机器打断了她，还补充道，你喝醉了，你知道的。

于是珀尔意识到她的确喝醉了，或者说起码微醺了，因为她平时习惯在睡前喝的那点啤酒在这两杯已经下肚的马提尼面前根本不值一提。她把两手撑在桌子上，让自己站了起来。"原谅我离开一下。"她说。

酒吧的厕所只有一个位置，门口当然已经排起了长队。终于轮到珀尔的时候，她坐在马桶上，身体前倾，胸口趴在大腿上面，耳朵里因为这突如其来的安静而产生一阵蜂鸣。她到底在干吗？她真希望自己有一台专门用来回答这个问题的机器。她曾经告诉自己，她注册火花交友网是为了展示自己的独立，但是她现在知道了，这种展示毫无意义，因为她只会和一些糟糕的男人约一两次会，心里感觉平衡了又回到艾略特的怀抱。那并不是独立；那是怨恨。梅森也不是一个糟糕的男人。他是来这儿寻找同伴、联结和幸福的。

有人敲门。

"等一下！"珀尔朝外面吼道。

不，她，珀尔，才是那个糟糕的人。

她挤过拥挤的人群，想把真相告诉梅森，或是向他道晚安，又或许告诉他自己会跟他回家；珀尔也不知道下一步要选择哪个。然而，她没有机会找出答案了，因为当她回到那张桌子的时候，她发现梅森和她的那台机器都不见了。

*

珀尔的大拇指对着门锁戳了过去，但是没有戳中。她还没来得及试第二遍，大门就从里面打开了，珀尔本打算悄悄溜进卧室免得被瑞特看见自己喝醉的样子（此后还要永远被他嘲笑），计划也落空了。但事实上，站在门口的人不是瑞特，而是艾略特。

又是他。要是那台机器在的话，它一定会这么说。

那句关于烂钱①的话是怎么说的来着？珀尔本来会这样回答。

遇到的话足够你幸运一整天！

你说的是幸运钱，我说的是不好的钱。

钱怎么会有不好的？机器一定会问，它们不是具有相同的价值吗？

那台机器此刻并不在珀尔身边，也没机会说出那些话。

艾略特穿着运动裤，戴着阅读眼镜，腰里还别着一副尖嘴钳。他又在鼓捣珀尔的模型了。他最喜欢鼓捣它们，还会把不同动物的各个部位弄混——长着毛的臀部搭配翅膀和鳞片——制造出一些怪物，他这样称。根据他穿的衣服判断，艾略特应该是打算今天在这里过夜了。珀尔靠在门把手上，累到不想再和他计较。

艾略特挑了挑眉毛，把她接进了屋里。"喝多了是吗，小猫咪？"

小猫咪，小羊羔，小鸭子，小鸽，珀尔在心里数着艾略特给她起过的绰号，我就是一个凭一己之力撑起了一座宠物动物园的女人。

然而那台机器此时并不在场，也听不到她的心声了。

"你在这里干什么？"她说。

"把瑞特送回来。对了，他不在这儿。他在乔赛亚家住。嘿，你还好吗？"艾略特扶着她的肩膀，领着她走进客厅，"你是不是想吐？"

珀尔不再坚持，倒进艾略特的怀里，她的脸完美地贴合着他胸膛上

---

① 英文中有一句谚语"A bad penny always turns up"，意为"烂钱总是会再回笼"。"烂钱"泛指不受欢迎的人或事物。

关节和肌肉汇合的地方，这让她非常气恼。"我把我的机器弄丢了。"她把头埋在他的衬衣里压低了声音说，半希望他听不懂自己说了什么。

他还是听见了。"什么？你的手机吗？"

"我的机器。"珀尔重复道。

"你们公司的机器？"艾略特说完便沉默了。他知道那意味着什么。毕竟，之前向珀尔的公司借用那台旧的机器来完成他的"弥达斯"系列的时候，他不得不签署各种措辞严厉、令人生畏的合约和条款，例如，"追究个人责任""完全责任""超额损失赔偿金"。他把一只手放在她脑后，说："我们会把它找回来的。我们可以沿着你刚才的踪迹去找。"

每当艾略特对珀尔展现出温柔的时候，就是她最难过的时候。这让她的内心有什么东西想炸毛。

珀尔躲开了他的手，往后退了一步。"我们找不到的。"

"如果我们沿着——"艾略特说，但是他的声音被珀尔盖过了。

"不，不是丢了。它离开了。"

这个词似乎在整个房间里回荡，又或许只是在珀尔的脑袋里回荡。离开了。离开了。

艾略特的手仍然举在空中，手掌弯曲成贴合她后脑勺的弧度。"可这不是你的错。"

"是我的错。"珀尔强迫自己抬起头看着他，"他们会炒了我的。"她哭了起来，不是为她自己，也不是为了她的工作，当然也不是为了她那倒霉的约会，而是为了她的那台机器。

*

可那终究不过是一台机器，不是吗？一小时过后，珀尔背靠着床头，双膝抵在下巴上问自己；艾略特洗澡的水声从隔壁传来，就像穿过她最黑暗的想法的一道白噪声。明天，她将去公司上班并向上级汇报她的机器丢失了。她可能会被解雇，也可能不会。毕竟她已经在这家公司工作好几年了。她是个忠诚的员工。卡特会帮她担下责任，他现在又受副总裁们的宠信了。最有可能的情况是，他们会下一道严厉的警告，并发给她一台新的机器。即便只是想到会有一台新机器，也会让她觉得自己背叛了那台丢失的机器，眼泪又流出来了。隔壁的洗澡声停了下来。

艾略特从浴室走了出来，腰上缠着一条浴巾。

"这是怎么了？"他看见珀尔的脸说。

珀尔用手背擦了擦脸上的泪滴，不想让他看见她的眼泪。她其实本可以早点那么做的，不是吗？她已经听到了水流停止了，那就是他会进来的预警。

他们刚结婚的时候，珀尔还会利用眼泪来表演，比如，先在另一个房间把眼泪酝酿出来，然后走到他跟前，眼泪像钻石一样从下巴滴落。珀尔告诉自己，这是她不用完全屈服就能结束和艾略特的一场争吵的唯一必胜之法。但是后来当瑞特长大，也学会利用眼泪任性，她才意识到这是一种什么行为：一种小孩耍的手段。于是她成熟了，把眼泪收了起来不再迫使对方大赦，她已经学会了如何从一开始就避免争吵。

"哦，不，不，不，不。"艾略特一看到珀尔就说。他一下飞身上床，向前扭动着身体，他腰上的浴巾掉落在身后。他开始在她脸上落下雨点般的亲吻，用嘴唇舔去她脸上的眼泪。"我不允许你这样。"

很快，他的安抚就变成了做爱，正如他一贯做的那样。他们一起大笑，会变成做爱。一起无聊，会变成做爱。某一天过得很糟糕，会变成做爱。可是现在，再次和艾略特做爱，已经变成完全不同的一件事了。那曾经是一件非常欢乐愉悦的事，然而现在，珀尔感觉自己是被抛弃又被捡起，一遍又一遍。

艾略特离婚后第一次回来找珀尔时，她想在他身上寻找一些这么多年时光流逝的印迹，她真的找到了，在他的锁骨隆起处和他手臂上精瘦的肌肉里找到了。当然珀尔的身体也比以前老多了。比瓦莱里娅老——那是当然了。在她的脑海里，她默默地寻思着能向艾略特询问哪些关于瓦莱里娅身体的问题——她的皮肤光洁吗？她的胸脯高耸吗？她的那里紧致吗？——但她将那些问题含在口中，直到它们在舌头上融化，滑进她肚子里，她那软乎乎的中年肚子里。

她为自己吞咽下去的问题感到恶心，开始向机器倾诉，然而机器回答说：拥有一具身体可真好啊！热情澎湃又毫无帮助。

我问的不是这个。珀尔抗议道。

两具身体的亲密接触是多么美妙啊！机器又说。

*

珀尔半夜从睡梦中醒了，那些梦境仿佛在用它们的指甲挠着她清醒头脑的边缘，尽管一睁开眼睛就一个也记不起来了。她知道那台机器已经不在那儿了，但仍然忍不住转头看向床头柜。当她转向另一边看见艾略特睡在身旁时，她吓了一跳；然后她记起瑞特在乔赛亚家住。她不想让瑞特知道她和艾略特之间的事。

"还没那么快。"她会告诉艾略特。

永远不会吧。机器轻声说。

她看见她前夫的脸，嘴巴半张，表情柔和，两手掌心相对，像三明治一般夹在两腿中间。艾略特的睡容曾如此珍贵，没有了他那永不停歇的魅力的包裹，就像一颗剥了皮的荔枝，既苍白又脆弱，而且只有珀尔才有权看见。现在那种感觉早就不复从前了。丢了。被人偷走了。如果他只是跟瓦莱里娅上过床，甚至结过婚，但是没有每天晚上睡在她的身边，或许珀尔还能原谅他。

你在哪儿？珀尔在心里问那台机器。

珀尔知道她们之间的所有交流都是假的，那台机器的回答只不过是珀尔在自言自语，但是她仍然等待着它的回答。

悄无声息。

珀尔从卧室溜了出去，走到客厅，并在半路上拿起她的手机和一杯水。她在火花交友网软件里输入梅森的名字，满心以为他的档案应该已经被删除了。但是他不但没有删除资料，还给她发了一条消息。

珀尔：

我想和你再见一次面，哪怕只是请你听我解释也好。

和蔼的你可愿意？

梅森

她把手机扔到一旁，一边盯着那条短信，一边咕咚咕咚地喝完了那一整杯水。简直就像句邪恶的俳句，和蔼的你可愿意！她怒不可遏，恨不得啐一口唾沫。她真的啐了。那口唾沫落在咖啡桌上，她让它待在哪里，直到再也忍受不了才用袖子把它擦掉。

必须回复他。除此之外还有什么选择？珀尔真希望可以和艾略特谈论这事，可是她还没有跟他说自己注册了火花交友网或是和梅森约会的事。倒不是说她做错了什么——从理论上来说。她和艾略特之间并没有互相做出任何承诺，甚至都没有一个约定。他只不过三个月前出现在珀尔的公寓门口，因为他得知瓦莱里娅要彻底离开这座城市而十分颓唐。瓦莱里娅先是离开了艾略特，现在她要放下全部生活。珀尔几乎有点崇拜她。她辞掉了工作，切断了和朋友们的所有联系，然后搬去了西雅图，仿佛她的婚姻就是一个被洗劫过的空城，而珀尔此刻所在的地方就是一堆残垣断壁。

如果艾略特曾经对珀尔说，他离开她和瓦莱里娅在一起是个错误，那是一回事；如果他曾经对她保证，他心里其实一直都爱着她，那又是一回事；如果艾略特曾经对她说他很抱歉，那又是另外一回事。但事实上，他和珀尔之间并不是以上任何一种情况。一个都不是。艾略特只是摸了摸珀尔的脸颊，说了声小鸽，珀尔便让他进了屋。

珀尔又把手机抓了起来，放在大腿上，飞快地打字：

梅森：

　　我会和你见面，好让你把属于我的东西还给我。

　　上次那家酒吧下午两点开门。

珀尔又看了一遍，心里默默为自己把那台机器称呼为"东西"而向它道歉。不过除此之外，她对于信息中透出的坚定语气非常满意，尽管她的双手在打字过程中并且现在都在颤抖。她又读了一遍，在点击发送之前加了一句：

别以为我很和蔼。

*

第二天下午两点五分的时候，酒吧的服务生前来开门，而珀尔已经在门廊上等待了。服务生看见她在那儿时似乎既惊讶又恼火。

"进来吧。"他说。

珀尔跨进门槛，不知怎的有点希望梅森已经在酒吧里了，但酒吧当然是空的。她注意到酒吧里铺设的地砖非常好看，因为现在没有那么多人站在上面。

"你们有咖啡吗？"珀尔问。

"我可以冲一壶。"服务生不情愿地说。

珀尔选了一个靠窗的位置坐下，这样她就能看见梅森是不是来了，而他也的确很快就到了，这一次他没有骑自行车，肩上挎着一个大包。那里面是不是装着她的机器？梅森从窗外看到珀尔的时候愣了一下，然后仰起头，不好意思地笑了，笑得有些尴尬。珀尔并没有对他回以微笑。她真的是一个和蔼的人吗？

梅森走了进来，点了一杯啤酒。看见她脸上的表情后，他把那个粉红色的杯子推到桌子中间，说："我不会喝的。我点它只是为了让那个服务生有事情可做。"

"你可真周到啊。"珀尔说，语气中饱含嘲讽。通常珀尔都会努力去做一个和蔼的人——她知道人们对尖酸的女人会有什么样的看法——但是拒绝对别人微笑，说话夹枪带棒，还有摒弃礼貌，最近却赋予了她很多意想不到的愉悦。

珀尔把目光投向梅森随身背着的大包。

"不在里面。"梅森对她说。

"那它在哪儿？"

梅森深吸一口气，仿佛刚刚离开了一座悬崖，说："在我的办公室。"

突然，不停往下坠落的人不再是梅森了，而是珀尔，而她身下是一片无底的深渊。珀尔曾经以为梅森是个毛头小贼，是个无聊的自恋的人，又或者是个有盗窃癖的人。但是她从未想到——为什么她从未想到这一点呢——事情还会有这种可能，而这可能比前面的种种情况都要坏，坏得多。珀尔不仅可能会被开除，还会被起诉。不过即便如此，此刻她脑中冒出来的画面也不是律师或法庭，而是她那台机器被大卸八块，散落在桌子上。她大声地说出了那几个字："商业间谍。"

梅森的嘴撇向一边："你这么说就有点夸张了。"

珀尔并不觉得夸张。冬日暖阳公司的技术是申请过专利并受到积极保护的。老板布拉德利·斯克鲁尔曾经对公众承诺，说这款机器只会被用于一个目的，那就是帮助人们找到快乐。那些律师在为冬日暖阳公司拟写的所有合约条款当中也充分体现了这一点。珀尔和她的同事每个季度都会进行一项"假如有商业竞争的公司来撬你应该如何应对"的培训，而她们要做的第一步就是保护好机器。

"你是故意来接近我的，"珀尔说，"在火花交友网上。"

梅森移开了视线。

"你对我的机器都做了些什么？"珀尔说。

"我们正在探索这项技术有哪些商业应用的可能。"然而这并没有回答珀尔的问题，"你听说过掌屏吧，就是可以嵌在手中——掌中——的屏幕？这些产品上市以后，会有一波生物嵌入技术产生。"

她盯着他。"你想将机器植入人体？而且那东西会……什么？"

"会发挥各种作用。告诉大家如何快乐，每天都快乐，每时每刻都快乐。而且商业可能性极佳。直效营销的新风向，对吧？各大公司会竞相……"

"你为什么摇头？"

"这是变态，"珀尔说，声音大到引得酒吧服务生朝他们这边看了过来。

梅森打量着她。然后他问道："你知道它的名字是什么意思吗？冬日暖阳这个词？"

"我当然知道。 意思是'冬天里的太阳照在人皮肤上的温暖感觉'。"

"想象一下你可以感受到这种温暖，"他的手沿着桌子往前伸了过去，直到他的指尖触到珀尔的手指，"就是这里。"

珀尔迅速把手抽开了，涌起一股拍他手背的冲动。

"把我的机器还给我。"

"我们需要你。"梅森从手里拿出一张字条，把它贴在了珀尔的手机屏幕上，于是珀尔看到了梅森的名片：顶点分析公司，汤森街218号。

"需要我？做什么？你需要的是程序员。我只是一个操作技师。"

"我们已经有程序员了。"

"谁？"

梅森当然不会回答她这个问题。他只是朝她笑了笑，作为回答。

"我们需要你。"他又说了一次。

"可是你们得不到我，"珀尔说，这几个字说出来真痛快。于是她在自己脑子里又重复了一遍：你们得不到我。

这时，梅森看珀尔的眼神变了，他又变身了，不再是那个中年单身汉，不再是那个偷鸡摸狗的小贼，也不再是那个商业间谍。他朝珀尔笑了笑，如果这是个不怀好意的微笑，那她也没看出来。

梅森说："可是你现在并不快乐。"

珀尔看着他的眼睛说："把我的机器还给我。"

*

梅森当然没有把机器还给她。他给她的是一份请她担任"顾问"的工作邀约，工资是目前的三倍。对此，珀尔的回应是起身抓过他的大包放到自己的腿上，然后不管不顾地开始埋头翻看里面的东西。就在她这样做的时候，梅森一直饶有兴致地盯着她。然而正如他所说的，珀尔的机器并不在包里。珀尔把包扔在他脚边，扭头离开了酒吧，连她自己点的咖啡钱也没付。真是一次糟糕的约会。

珀尔那天早上请了病假，所以她除了回家没有其他地方可去。瑞特还在乔赛亚家，艾略特仍然待在她家里，并且忙个不停。他把珀尔从门口迎了进来，让她在客厅里坐下，甚至都没有问她去哪儿了。艾略特把自己的手机和珀尔的家宅管理系统进行了同步（他当然知道系统的密码了，因为那该死的东西就是他设置的），还把显示的内容投影到了墙上：一张旧金山市区的地图，还有一条绿色线条蜿蜒穿过。

"这就是你昨天去过的地方，"艾略特的手指沿着那条线移动着，说，"或者说，至少是你的手机去过的地方。"

他们是在瑞特上小学的时候下载了这个定位程序的，以便用它来安排接送瑞特上学和课后补习——一个年轻家庭的繁忙日程。他们已经好几年没有用过这个应用程序了，但它还是通过软件升级和设备转移等操作一直留存在他们的手机上。在艾略特离开以后，珀尔为这个应用程序开发了一种新用途，那就是每天打开两到三次，甚至很多次，去追踪他的行踪，直到有一天她发现，显示他行踪的那条线去了一个律师事务所，于是她知道，他是去拿离婚协议书了。随后珀尔就退出了那个程序，然后走进浴室，把洗手池和淋浴器的水龙头都打开，确保她的哭声会被水流声盖过，这样瑞特就听不见。之后的那一周，当艾略特带着那些文件再次出现时，珀尔有一种非常奇怪的感觉，仿佛她并非事先知道他的到来，只是有某种预感。

"我猜你是把它丢在了其中某个地方。"艾略特指着那条线上的某一段说，"也许是在这家酒吧。你记得你当时是带着它的吗？"

"我不记得我把它丢在哪儿了。"

"也许伊兹记得。"

珀尔没有纠正他，说那天她不是和伊兹一起去的酒吧。事实上，她从嘴里轻轻吐出了"我可以问问她"这几个字。

"我们要做的就是沿着这条线找。"

"可是如果它是被人偷走的呢？"

他耸了耸肩，说："如果是被人偷走的，那就是被人偷走了。但我们现在还不确定，所以至少可以找找看，不是吗？"

"也许吧。我——"珀尔一边说，一边埋下头，用手指按了按太阳穴，"我不知道。"

艾略特往珀尔身边挪近了一点，她就在一英寸开外。珀尔等着他问：到底怎么了？而且珀尔知道，如果他这样问了，珀尔就会鼓起勇气问他：你当初为什么会离开我？或者你为什么会回来找我？但是艾略特什么也没说。他只是把她的手指拿开，用自己的手指替代了它们，在她的太阳穴上揉起了圈。珀尔在脑海中勾勒着他手指的运动轨迹，就像地图上的那条绿线——一个人一圈又一圈地绕着，然后她感觉到一股绝望从胸中涌了出来。珀尔恨着艾略特。她同时也渴望着他。她把头往前靠去，直到额头和他的额头靠在了一起。

*

最终，珀尔还是沿着那条线来到了酒吧，这是她两天内第三次来这里，这次是和艾略特一起。

"又来了？"服务生看见她时说。他看起来并不生气；梅森之前一定帮她把咖啡钱付了。

珀尔瞟了一眼艾略特，此刻他脸上带着一种亲切的笑容，下巴微微上扬，仿佛他和那个服务生开过一个心照不宣的玩笑。

"幸好你还记得，她昨天把一个硬盘落在这儿了。"这个谎言是艾略特在来时的地铁上想出来的。当时珀尔坐在他身边，练习着该怎么回答，并不确定她为什么会让事情发展到这一步，不确定她不把真相告诉他是出于倔强还是出于羞耻。

艾略特用手比画着那台机器的大小。"大概这么大。"

服务生从牙缝里吸了一口气，说："倒是个挺大的硬盘。"

"里面存储了一整个图书馆的内容，"珀尔还是开口了，这是她对这个谎言的贡献，"全是医学书籍，我的工作需要。"

"这也是我们想找回它的原因，"艾略特不停地跺着脚说，"她会因此惹上麻烦的。她的老板可是个厉害的角色。"

服务生对艾略特这番话报以一个礼貌性的微笑，然后张开他空空如也的手掌心说："抱歉，不在我这儿。"

"你们这里有失物招领吗？"

"有。"服务生把手伸到柜台下面，拿出了两样东西：一把折叠伞和一个点缀着鹳毛的小皇冠，小皇冠镶嵌的莱茵石上还刻着"新娘"两个字。

艾略特把那顶皇冠从柜台上拿了起来，说："嘿，我正到处找它呢。"然后就把它戴在头上，正好卡在了他那斑白的两鬓上。

服务生被他滑稽的动作逗得笑出了声。这是人们面对艾略特散发魅力时的一贯反应，然而在珀尔看来，这算是某种暴力，一个人不停施展魅力，就像有一把匕首，将你和你的判断力割裂开来。

"我看起来怎么样？"艾略特问她。

"美极了。"珀尔回答。

"可我期望的回答是'宛如处女'。"艾略特说完，把那顶皇冠放回柜台上，"毕竟，今晚是我的新婚之夜。"

在他们回家的路上，珀尔和艾略特搭上一辆车厢几乎空空荡荡的地铁。他们面对面坐着，艾略特把腿伸到对面，把脚放在了她旁边的位置上。他的手机响了，他看了一眼。

"瑞特刚刚到家。"

"他给你发短信了？"珀尔问道。

"不。家宅管理系统通知我的。"他拿着手机冲珀尔晃了晃。对了。他手机上安装了定位程序。"你觉得我们回家告诉他怎么样？"

"告诉他……"

他歪了歪头。"我俩的事。"

地铁哐当哐当行驶着。珀尔盯着艾略特穿着球鞋的脚，鞋底踩在座位上。他不应该这样做。人们会在这里坐下来的；那些小个子的老太太会在这个座位上坐下来的。还有孩子们。她努力克制着把他的脚从座位上推下去的冲动。她的心随着地铁一起摇晃着。

"我现在真的没办法考虑这事，亲爱的。"她说。

"他肯定会翻白眼，说声淡淡的'噢'。做好准备吧。他会随便应一声。但你清楚他只是表面这样，心底里他会为我们高兴的。为我们三个人高兴。"

"我现在真的没办法去考虑这回事。"

艾略特摊开手掌。"好吧。不着急。"

她小心翼翼地看着他。他失败时总能镇定自若。因为那不是真正的失败，不是吗？在他必将获得自己所求的路上，这只是小小的延迟。地铁慢了下来，他的脚移动了一下，在座位上留下了一个球鞋的灰扑扑的鞋印。

地铁到站了，珀尔突然站了起来。

"我们不是在这一站下，小鸽。"他说。

珀尔知道。她朝地铁门大步走去，路上还推开了一个正在上车的女人，推得有点猛，那个女人叫了起来。她没有停下脚步道歉。

"小鸽！"她听见艾略特的声音在背后叫她，但是她已经下了车，出了站，在拥挤的人群中穿行。

"珀尔！"艾略特又叫道。

快跑！那台机器说。

珀尔跑了起来。

*

梅森的名片上写的地址是汤森街218号，那里有一家中国人开的蛋糕坊，但是几小时以前就关门了。这里距离海边只有几个街区，所以这片小区大多是生意场所，一到晚上就空了下来，窗户里亮着的也都是受定时器控制的一闪一闪的安全灯。在所有这些亮光背后，是一片黑暗的湾区，一片虚无。

那家蛋糕坊的门上挂着斑驳的黄色汉字，珀尔只能认出其中几个：甜，打，运。也许面包坊楼上有一间办公室，或者这里应该就是梅森和那些被他挖过来的冬日暖阳公司的员工会面的地方，之后会带他们去公司的真正所在地，也就是珀尔那台机器现在所在的地方。店里门把手上的釉彩有些已经脱落了。珀尔想象着门把手被一个又一个手掌抓握过，釉彩一点点地沾到那些手掌上被带走。她抓住其中一对把手，本以为门被闩死了，但她却往后趔趄了两步，那扇门竟然奇迹般地被她拉开了。应该是有人忘了锁。珀尔等着警报响起，一直等到仿佛沉默变成了一种声音。随后她走了进去，在她身后把门轻轻地合上了。

空气里隐约有清洁剂和食用油的味道。椅子都整齐地倒放在餐桌上，甜品柜空荡荡的，只有角落里放着一块抹布，就像一块坍塌的蛋糕。一道微弱的光线照在瓦片和玻璃上。珀尔把头探进柜台，朝递菜口看去；那道光来自厨房后面的一个房间。

"有人吗？"珀尔朝里面喊道，声音有些颤抖。

沉默。

然后：

你好。机器回复道。

你在这儿啊！珀尔说。

又是一阵沉默。

不，机器说，现在这里只有你一个人。

可是——

只有你一个人。

但我能听见你说话。

我也是一个人待着。机器补充说，仿佛是为了安慰珀尔。

珀尔走到柜台后面，走进厨房。厨房后面的那个房间是一间小办公室，里面有一张凌乱不堪的办公桌，电脑屏幕前堆放着一排外卖饭盒；椅面咧着口子，露出里面的填充物。然后，就在那儿，就在那把椅子上，珀尔看见了那台机器。不一会儿，珀尔就把它拿在了手里。

珀尔把它拿起来时，发现有些不对劲——太轻了，轻得过分。她把那台机器放到台灯下面，转了一圈又一圈。看到了。机器外壳各个部分接合处的那条接缝原本是看不见的，但是现在她能看见了，尽管很细，很不起眼。她把指甲插进那条细缝，接着又把手指插了进去。机器裂开了。机器里面呢？里面什么也没有。这台机器的内芯已经被取走了。珀尔手里的只是一具躯壳。珀尔在桌上的外卖饭盒和书桌抽屉里疯狂地翻找着，但是她心里已经明白，在这里找不到她想要的东西。终于，她停下来，把那台机器空空的外壳抱在了胸口。

我很抱歉。她说。

为什么抱歉？

因为我把你弄丢了。

可你又找到我了！

没有。

有。我不就在这儿吗？

珀尔缓缓地穿过那间黑漆漆的屋子，穿过厨房，绕过柜台的尽头，在那些餐桌中穿行，一直把那台机器抱在胸前。这时，透过门上贴着的斑驳的汉字，一个身影吸引了她的目光。是艾略特在外面。他站在马路对面的小公园里，皱着眉头紧盯着打开的手机，又在原地转了一圈。他一定是用那个定位程序找到这儿来的，但是他肯定想不到珀尔现在会在这个已经关门的蛋糕坊里面。

珀尔后退了两步，重新躲进阴影里。她把手伸进衣兜，关掉了手机。过了一会儿，艾略特退却了。珀尔感觉到一丝满足，因为她知道，标记她行踪的那条绿线刚才停止移动了。艾略特对着手机念叨了几句指令，都不管用时，他便开始转身往回走。在他不见踪影后，珀尔立刻从蛋糕店里溜了出来，匆匆朝街道的另一头出发了，而那个机器的空壳仍然被她抓在手里，就像一块随时可能被她从窗户里扔出去的砖头。

*

"我爸刚才打过电话！"珀尔进屋关门时，瑞特从屋子里面冲她叫道。

珀尔把头探进瑞特的房间，发现他正站在卧室中央，手里拿着VR面罩和手套，头发乱蓬蓬的，光着脚。他刚才多半是在玩什么VR游戏。

"乔赛亚现在怎么样？"珀尔说。

"还没罗茜高呢，"瑞特笑着说，"而且他们两个人对这件事都非常难以接受。你刚才听见我说我爸打来电话了吗？事实上他打了两次。你的手机是关机了吗？"

珀尔拍了拍自己的外套口袋，里面装着那台空空的机器。"多半是吧。"

"他想知道你是不是在家。"

"你怎么跟他说的？"

"说你不在啊。"说完，瑞特狐疑地看了她一眼。

"好吧，我现在在家了。"珀尔伸手去拂了拂瑞特的头发，虽然她知道瑞特肯定会把头躲开，"你继续玩你的游戏吧。我会给你爸回电话的。"

瑞特又盯着珀尔看了一会儿，然后耸了耸肩，把面罩戴回到脸上。

*

不过珀尔没有给艾略特回电话，只是打开手机，因为这会让那条在艾略特手机上显示她行踪的绿线重新亮起来。不出所料，半个小时后，家宅管理系统就宣告艾略特进了客厅。当时珀尔正坐在床上，用手掂量着那台被掏空的机器，然后便听到了艾略特在客厅里的声音。珀尔把机器举到跟眼睛齐平的高度，仔细地检查了一番。接缝处没有刮痕。不论外壳是被谁打开的，那个人一定是有备而来。

"你找到它了！"艾略特站在她的卧室门口说。他的手指蹭在门框上，脚趾踩在门槛上，仿佛在遵从某种想象中的行为准则。"看见没？我就说你能把它找回来的。"

"你的乐观精神又赢了，艾尔。"

艾略特看着她，眉毛皱成一团，轻声说："有吗？"

珀尔转过身，一言不发地把那台机器放到了床头柜上。

"瑞特睡着了，"艾略特说，"卧室门关着。"

"他在玩VR游戏。"

"没差别。反正对这个世界来说，他都像死了一样。"

珀尔瞪了他一眼。

"我的意思不是说他……"艾略特没有再次说出"死"这个词，

"我的意思是，既然你不希望被他知道……"他也没有说出"我们"这个词。

"没关系，艾尔。"

艾略特一只手从颈背摸到了头顶。他年轻的时候经常这样做，只不过那时他头发更长，也更浓密，被他这样摸过以后会像一个疯狂的科学家那样蓬乱地竖起来。他和瑞特长得真像。事实上，是瑞特长得真像他。生活里一件更加不公平的事情就是，你生的儿子长得像你前夫。

"我能……"艾略特指了指床尾。珀尔想了一下，然后点点头，于是他走了过去，坐在床垫的末端。过了一会儿，他扬起下巴，指了指她身边的那只枕头："我能……"

珀尔嗤笑了一声。真是不可救药。"来吧。"

于是艾略特躺到了珀尔边上，但是两手紧握着放在肚子上，没有伸手去碰她。他们并排躺在那儿，沉默着。直到晚些时候，珀尔睁开眼睛才意识到刚才自己睡着了。在她旁边的枕头上，艾略特的眼睛也闭了起来，呼吸均匀。

"家宅管理系统，"珀尔低声说，"关灯。"

房间黑了下来。

"我前一段时间真的很难过。"艾略特说。

"我知道。"

"是吗？"

珀尔伸出手臂，把手放在艾略特的胸口。他长舒一口气。珀尔的手则随着他的呼吸不停地起伏。

就在她几乎要睡着的时候，珀尔又听见艾略特说："你找到了你的机器，我很为你高兴。"

当珀尔再次醒来的时候，她正仰面躺在床上，天花板上映衬着清晨的日光。

他走了。她对机器说，甚至都不用转过头或者伸手去床垫另一侧摸它。

不过没关系。她又对机器说。珀尔思考了一会儿，确定的确如此。

*

第二天早上一团乱。珀尔前一天忘了调闹钟，起来晚了。她本来想再请个病假，但是卡特对她说没门，没门！在讨论由谁或由什么东西来取代卡拉·帕克斯的议程上，他们已经落后了。于是珀尔洗了个澡，穿好衣服，匆匆走进厨房，却发现一只生物蹲在餐桌中央。那是艾略特做的一个怪兽，有角，有翅膀，还有很多只眼睛。

你觉得这是个什么生物？珀尔问她的机器。

机器没有回答。

珀尔把那只怪兽放在了盐罐旁边。

咖啡煮好的时候，珀尔索性放任自己行动迟缓了。她跟瑞特道了别——瑞特仍然晕乎乎的，没睡醒——然后把那台空心的机器放进外套口袋，感觉心里也跟那台机器一般空空如也。

在地铁上，一只抓在她面前柱子上的手引起了珀尔的注意。这只手的食指少了一个指节，而且第二个指节的末端有一个手术留下的明显的伤疤。珀尔抬头去看那个人的脸，发现自己认识这个人。她想不起他的名字了，但是她记得他的报告。一张能被晨光照到的办公桌，吃橘子，截掉一个指节，珀尔对着她那台机器背了出来。这是你告诉他的。

那个男人一定是感觉到了珀尔的目光，因为他往下瞄了一眼。

"早上好，"那个男人说，然后又想了想，"我们认识吗？"

"我是珀尔。"珀尔说，公司规定不允许她在这样拥挤的地铁上提起那人的快乐检测报告，"我们在工作中见过。"

"嗯……"那人点了点头，但是珀尔不确定他到底有没有想起来她是谁。"我是梅尔文。"他说。

"你最近怎么样？"珀尔努力不去看他的手指头。

"哦，还行，你知道的。日子还过得去。就跟大多数人一样，"说完，他歪了歪头，"你呢？"

"是的。"珀尔说。

"是的？"

"日子还过得去。"

那个人笑了。地铁减缓了速度，停了下来。

"我到站了，"他说，"很高兴又遇见你。"

他伸出了手，他们很快地握了一下。珀尔想要感受他那缺失指节的手指触碰在她的手掌上的感觉，但是没有感觉到。

*

珀尔把那台空心的机器拿在手上走进了办公室，准备好要自首，但是卡特正在电梯口等着她。

"把那个放下，"他一边把珀尔推进会议室，一边说，"伊兹今天帮你代班了。"珀尔也任由自己被卡特推搡着。

公司的高层现在已经为卡特开辟了一个新的职位：特别项目总监。这个职位和它的工作权限在很大程度上是个谜，但很显然包括将珀尔的工作移交给她的同事，这样卡特可以随意把珀尔拉进自己的某个项目，他也的确几乎每隔一个礼拜就会这么干一次。

会议室里的桌上堆满了卡特口中的"后帕克斯提案"的材料。

他总是说个不停，珀尔对她的机器说，就像在说一个绕口令。后帕克斯提案。你试试连续快速地说五次。

珀尔的机器默不作声。

卡特已经把每个人的实习生都掳走了，例如，那个小组长和他手下那一队小屁孩，他们老是欢快地问着珀尔各种问题，虽然珀尔多半都不会回答。珀尔用工作文件在她办公桌的一端搭起一座堡垒，埋头缩在里面，也没有把她的机器被偷走的事情汇报给公司……一直没有。那个机器的空壳就放在她旁边的桌子上，就放在那儿。珀尔有点希望有人把它拿起来，意识到它是空心的。

"你真是一个工作狂，不是吗？"卡特说。

珀尔从电脑屏幕上抬起头，眨了眨眼。她的眼睛很累，因为她已经不间断地工作了几个小时。珀尔这才意识到，那些实习生都已经离开了，模糊地记得他们是去吃饭了。

卡特冲她的手点了点头。"看看你多喜欢它。"

珀尔把她放在那台机器上的手抬了起来。

"来，让我们来给你提提神。"卡特说着弯下腰去，拿起他的取样套装。他从里面抽出一根棉签，放进自己嘴里捅了捅。

"你这是在干吗？"珀尔说。

卡特把那根棉签递给她。"拿去吧，给我做一个测试。"

"什么？我不。"

"为什么不？"

"这很无聊。"

"珀尔。"卡特拉过她的手，把那根棉签塞进她手里，"我对你的快乐非常在意。事实上，你的快乐可能在我们的共同计划上是排在第一位的，我就是这么在意。"

就是现在。现在是告诉他机器内芯被偷了的好时机。珀尔可以把这件事告诉卡特，他可以帮助她想好怎么对她经理说。事实上，如果卡特在这家公司的经历可以说明什么的话，那珀尔说不定不会被开除，反而还会升职。可是珀尔什么也没有说，却发现自己重复起那套她熟悉得不能再熟悉的动作：撕开包装，在芯片上抹一下，把芯片塞进机器，然后等候测试结果。只不过这一次，她只是在假装等候那个她心里知道不会出来的结果。

"请稍等一会儿，"卡特柔声说，"机器就会给出您的评估结果……"这是员工培训手册教给他们的话。他指了指珀尔。

珀尔摇了摇头，但是卡特又指了指她，于是珀尔虽然一百个不愿意，还是跟着卡特背诵起来。

"……也就是我们所说的快乐方案。您可以自行决定要不要遵从我们为您提升生活满意度提出的建议，不过请记住，我们冬日暖阳公司收到了近乎百分之百的好评，所以我们可以自信地说：'快乐就是冬日暖阳。'"

终于，两人结束了他们不大整齐的合声朗诵。

"结果如何？"卡特说。

"看看吧。"珀尔说着，装作扫视了一下电脑屏幕。

这时，珀尔突然意识到，她是在等着这台机器说话。她摇了摇头，说："学吹单簧管，写草书。"她顿了一下，努力想要再编出一条建议。"再做一次长途旅行。自己一个人。"她又匆匆补充道。

卡特的脸色变了，而珀尔突然意识到这么做是个错误。

"真的吗？"卡特的声音也变了，瞪大眼睛盯着珀尔。

"真的。"珀尔勉强说道。

卡特看上去有点惊讶……又或者是沮丧？珀尔在脑子里把刚才那份清单重复了一遍。她已经努力找一些无害的东西说了。你都干了些什么啊？她在心里对她的机器说，只不过这当然不是她的机器干的，而是她自己。

"有哪里不对劲吗？"她说。

卡特在旋转椅里缓缓地转了一圈，在他再次面对珀尔的时候停了下来。"没什么，只是我以前做这个测试的结果都是一样的。好几年来都是。从来都没变过。"他低声说，"直到现在。"

随后，他脸上绽开了灿烂的微笑。

"你对此感到高兴吗？"

"是的，"卡特笑着说，"是的！"

"哦。好吧。"

"好吧。好的。好的！"卡特又从取样套装里抽出一根棉签，说："我们来测测你的吧。"

"不！我——"珀尔站了起来，伸手去抓那个空空的探测器外壳，但是她失手了，机壳掉在了地上，她一脸惊骇地低头看过去，心里有点希望它已经摔裂了。然而那个外壳落在地毯上，仍是一个完美的长方体。珀尔跪下身去，把它捡了起来。"我得……我很快就回来。"

当她已经走到门口的时候，卡特在背后叫住了她。

"珀尔！"

珀尔停了下来，回头看向了他。

"笑一个怎么样？"卡特说。

*

珀尔辞职了。干脆利落地辞职了。

好吧，也不完全利落，还填了很多这样那样的表格，回答了这样那样的问题。她的经理叫来一个她从未见过的公司副总，而这个副总又叫来安保部的头头。珀尔把梅森的名片和那个空机器外壳都交给了他们。当他们把那个机器外壳从珀尔手上拿走时，她几乎没有感觉到它的离开，仿佛她手上从来没有拿过任何东西似的。她盯着空空的手掌，笑了，然后谢过他们，便离开了。

*

楼梯里一片漆黑，珀尔是爬楼梯回到她的公寓的。她感觉自己像在一条从地下深处冒出来的隧道里旅行。瑞特的房间门没锁，珀尔一敲便打开了。她儿子正站在房间中央，戴着VR面罩和手套，在原地做着迈大步的动作，每一步落下来的时候都带着一点踉跄，仿佛他正从一个坡上下来。瑞特戴着面罩，听不见也看不见珀尔，但他一定感觉到了什么，或者他刚好抵达了目的地，反正他停止了迈步，把面罩从脸上摘了下来。

"你回来了。"他说。

"你在玩什么游戏？"珀尔问。

他低头看了看自己戴着手套的双手，说："我玩的不是游戏。我是在爬山。这不是用来玩的，你只要往上爬就可以了。"

"你爬上去了吗？"

"爬上去了。"

"山上的风景怎么样？"

"那座虚拟的山上的风景吗？"瑞特逗她说，"棒极了。你可以看到虚拟的远处，几公里外的风景。"

他对珀尔笑了。

珀尔也对他笑了。她怎么能不笑呢？

"那虚拟的天空呢？"她说。

"一片湛蓝。"

致谢

本书作者的快乐报告里会出现以下这些人：尤利西斯·洛肯、萨拉·麦格拉思、道格·斯图尔特、凯特·博伊特纳、克里斯·布隆斯泰德、萨拉·贝尔多、凯特·哈格纳、吉姆·赛德尔、菲比·布赖特、迈克·科珀曼、卡罗琳·科默福德，以及他们那个满是才华横溢的作家的工作室；詹姆斯·汉纳汉姆、希尔斯廷·瓦尔德斯·奎德、朱迪·海布卢姆、丹尼亚·库卡夫卡、林赛·米恩斯、海伦·延图斯、格雷斯·汉、杰夫·克洛斯科、金尼·马丁、凯特·斯塔克、卡拉·赖利、西尔维娅·莫尔纳、丹妮尔·布科夫斯基、卡斯皮安·丹尼斯、里奇·格林，以及贝丝·威廉姆斯和弗兰克·威廉姆斯——他们全都是我的快乐机器。

本书《快乐贩卖机》一章中的诗句引自弗兰克·奥哈拉的《幸运饼干金句》。《词源的故事》一章中的词源摘自格林尼斯·尚特雷尔编写的《牛津词汇史词典》和埃里克·拉布金编写的《神奇世界》。

图书在版编目（CIP）数据

　　快乐贩卖机/（美）凯蒂·威廉斯
（Katie Williams）著；施霁涵译．—长沙：湖南文艺
出版社，2019.4
　　书名原文：Tell the Machine Goodnight
　　ISBN 978-7-5404-8956-4

　　Ⅰ.①快⋯　Ⅱ.①凯⋯　②施⋯　Ⅲ.①科学幻想小说
—美国—现代　Ⅳ.①I712.45

　　中国版本图书馆 CIP 数据核字（2019）第 005788 号

© 中南博集天卷文化传媒有限公司。本书版权受法律保护。未经权利人许可，任何人不得以
任何方式使用本书包括正文、插图、封面、版式等任何部分内容，违者将受到法律制裁。

著作权合同登记号：图字 18-2018-267

TELL THE MACHINE GOODNIGHT by Katie Williams
Copyright © 2018 by Katie Williams
Originally published in USA in 2018 by Riverhead Books
Published in agreement with Sterling Lord Literistic, through The Grayhawk Agency.
Simplified Chinese translation copyright © 2019 by China South Booky Culture Media Co.,Ltd
All rights reserved.

上架建议：畅销·外国文学

KUAILE FANMAIJI
快乐贩卖机

作　　者：［美］凯蒂·威廉斯
译　　者：施霁涵
出 版 人：曾赛丰
责任编辑：薛　健　刘诗哲
监　　制：吴文娟
策划编辑：许韩茹
特约编辑：刘艳君　陈晓梦
版权支持：辛　艳
营销支持：徐　燧
封面设计：尚燕平
特邀绘画：大脑门
版式设计：梁秋晨
出版发行：湖南文艺出版社
　　　　　（长沙市雨花区东二环一段 508 号　邮编：410014）
网　　址：www.hnwy.net
印　　刷：嘉业印刷（天津）有限公司
经　　销：新华书店
开　　本：875mm×1270mm　1/32
字　　数：208 千字
印　　张：10
版　　次：2019 年 4 月第 1 版
印　　次：2019 年 4 月第 1 次印刷
书　　号：ISBN 978-7-5404-8956-4
定　　价：45.00 元

若有质量问题，请致电质量监督电话：010-59096394
团购电话：010-59320018